康辉 /著

Energy
and
persistence
conquer
all
things.

平均分

长江出版传媒 长江文艺出版社

目录
Contents

自 序

光阴的故事

"别人家的孩子" / 003

广院断章 / 016

康辉：21℃，不多不少，刚刚好 / 030

在巨人的肩膀上

我与《新闻联播》/ 049

难忘的 2008 / 073

十年一觉世博梦 / 092

那些年，我们一起追过的神舟 / 100

今天是你的生日，我的中国 / 105

此地空余老山墓 / 111

平均分

Energy and persistence conquer all things.

国家与尊严 / 124

弹指间,数载芳华 / 133

忆 罗 京 / 137

南京之祭 / 146

在《新闻联播》里寻找"中国气派" / 149

硬币的另一面

我来上春晚 / 165

我不是"播神" / 183

"念稿子"的人想"说"的几句话 / 193

康老师

成 长 / 201

念念不忘,必有回响 / 209

对不起,我爱你

我的"成人礼" / 217

写给妈妈:不是祭文的祭文 / 223

与妻书:万千荣耀,不及日日晨昏间的琐细 / 229

姐姐——我曾是她的"灾难" / 233

我的孩子们

萌宠人生 / 241

姐姐,送你离开 / 253

平均分

Energy and persistence conquer all things.

那些风花雪月的事

欲寄彩笺兼尺素 / 263

绿茶心处是江南 / 266

枕边厕上书 / 269

那是一道光、如此美妙 / 294

后 记

自序

人生若以百年计，忽忽然，我已走过近半生。回首向来萧瑟处，端的是也无风雨也无晴，努力的，不过是别把平凡的人生活成平庸的人生。

因为工作的性质特别，这些年，我得了些许薄名。然于这薄名，我常心怀惴惴，唯恐名不副实，这一行太容易让人把一些不属于自己的光环套在自己身上，以致飘飘然，进而昏昏然。

做这一行，我没有耀目的外表，也没有异于常人的天赋，有的，只是不甘人后的那点儿好强。

年轻时，满心仰慕的都是天纵英才、仿佛生下来就带着使命的极致人物。年岁渐长，倒更加敬佩起那些平凡但一直努力让自己不平凡的人，比如刘德华。当年四大天王时代，刘德华虽不缺拥趸，但评价却不高。人人都说他没天分，歌不如张学友，舞不及郭富城，样貌也比黎明少了几分清贵之气，演技因靠着"耍帅"而总有一点现在人们常说的"油腻"。那时候，要显示自己品味的卓尔不群，连李宗盛都嫌俗了些，四大天王自是入不了我的法眼，更遑论样样平庸的这位了。

而今，回头看只会哂笑自己青涩时的浅薄。事实是，直至今日，无人会再轻易嘲笑刘德华的歌喉、舞姿，因为他已用一次次高水准的演唱会证明了只要够努力就一定有光彩；无人会再轻易质疑刘德华的演技，因为他已用一个个扎实的角色证明了只要够用心就一定有成绩；无人会再轻易认为他可以随时被超越，因为他已用一项项远超演艺范畴的社会贡献证明了只要够坚持，他就是永远的刘德华。他就像赛场上的一名全能运动员，也许每一个单项都不是冲在最前面的，但每一个单项都无法忽视他的存在，在每一个单项上他都努力地保持着专注与水准，于是，作为全能运动员，他便王者无敌。

其实，他又哪里是没有天分？他最好的天分就是这一股永不服输的劲头。这样平凡却又努力不平凡的人生，或许才是大多数人可参考的人生范本。世上的天才能有几个？我们大多是女娲抟土造人疲惫时随手甩出的泥点子吧？但落地为人，只要更多地投入自己的生命里，那些被精心创造出来的和那些被随手甩出的，都一样，都同样拥有给自己做主的权利。

若论起天分，我便是那平凡中不能再平凡的一个。在人生的赛场上、职业的赛场上，想不甘人后，也只有努力地去试每一个选项，在每一个选项上都能及格，在及格之上再努力，也许就能再站上一级台阶。一项一项，才能给自己拿到一个高一点的平均分。

年近知天命，天命何为，我仍不敢说尽知。唯一已了然的，就是天道酬勤，这个世界从没有不劳而获。

我是如此平凡，却又如此幸运，在一个和平安宁的时代与国度，可以选择，可以努力，可以好好书写自己的人生。

1

平均分

Energy
and
persistence
conquer
all
things

光阴的故事

"别人家的孩子"

一

如果说被称为"别人家的孩子"确实属于一种夸奖的话,那我的童年和少年时代确实常常得到这样的夸奖。

妈妈曾不止一次地拿我和姐姐对比,说我从小(指从婴儿时起)就是个让人省心的孩子——姐姐会彻夜啼哭,而我只要吃饱了一定酣睡至天亮;姐姐会隔三岔五地闯祸,我只要坐在那儿就不会轻易乱动。

有一个常常被妈妈用来证明我小时候是多么乖的一个例证:有段时间爸爸总出差,有一天妈妈加班到挺晚,忙着赶去托儿所接我,又担心姥姥在家带着姐姐还要做饭忙不过来,更是心急火燎。到了托儿所，妈妈发现门锁了，往里瞅瞅，黑灯瞎火，一点儿声音都没有。妈妈怕了，赶忙去找托儿所的阿姨，问怎么回事。"我们家的孩子是被别人接走了还是仍留在房间里？怎么就关门了呢？"阿姨一脸无辜地拿着钥匙去开门，边走边解释："我是看着家长都把孩子接走了才关灯锁门的，临走还去屋里转了一圈，没发现还有孩子在啊，要不怎么也得有点儿动静啊。"进了屋，开了灯，妈妈直奔我睡的那张小床，看到我裹在小被子里睡得别提有多香了。因为被子盖得实在严实，托儿所的阿姨来来回回巡视，愣是没发现我，倒也真是情有可原。我后来一直质疑妈妈的记忆，我得是被瞌睡虫纠缠成什么样才会睡得那么悄无声息?!大概妈妈为了向别人证明她的儿子有多么乖，多少有些故事化的加工吧。

不过，乖并不等于腼腆。妈妈也会时常忆起，我在夏天的傍晚会定时站在院子里的一个石桌上给爷爷奶奶叔叔阿姨唱革命样板戏，据说我能把词记得一句不差，没少让大人们竖大拇指。说实话，我仍然不敢完全相信妈妈的记忆，也许，那只不过是大人对一个三四岁的孩子能在娱乐并不丰富的生活中带来一点茶余饭后的乐趣的肯定吧。只是这种活跃仅仅持续到小学阶段，青春期的来临让我一下子变得羞涩与不自信，尽管仍然有机会站在台上给别人表演，但心底里总想躲在一个角落里，特别害怕自己成为被众人盯着看的中心。那个时候无论如何想不到，未来的自己会因为工作而成为经常露面的一个人。直到今天，在众人面前得体且滔滔不绝地讲话，都只是我的工作状态，只是我的生活中占比并不大的一部分。脱离这个工作状态，我会马上回归人群，躲在人后，不被瞩目的状态才让我觉得更安全。

很客观地讲,从小学到高中毕业,我都是老师眼中理所当然的好学生,同学家长眼中理所当然的"别人家的孩子"。小学毕业,值日去打扫校荣誉室,室内满墙的奖状、锦旗,我看了看,几乎每一项都有我的参与;初中毕业,我的中考成绩排在全市的前五名,几所重点高中随便挑;高中毕业,高考成绩也是不出意外地好,惹得班主任直后悔不该为了双保险把能加分的市级三好学生给我,如果给了别的同学还能再提高一点升学率。几乎每次开家长会,爸爸妈妈总被问及:"您是怎么教育孩子的?"通常,他们会一边故作矜持地谦虚几句,一边绞尽脑汁地编几句所谓教育经验,以防有故意不与人言的嫌疑。但其实,父母并没有什么经验可供学习,在他们看来,我似乎是那种天生不必操心的小孩。

但作为"别人家的孩子",老师也好,家长也好,都未必看到了我在努力满足成年人的期待,同时在偷偷固守自己的小世界。今天,我更想回忆并记录下的,反而是一个带引号的"别人家的孩子",一个不太合格的"别人家的孩子"。

二

不写作业、装病不上学、请假出去玩、帮着别人作弊……这些理应是"坏学生"的劣迹,我这个"别人家的孩子"都干过。

我上小学的时候,学生的课业负担远没有像现在这样逆天,可每天抄写字词、演算习题,这些重复工作在一个小孩看来,仍旧是可怕至极。我经常一边抄写一边腹诽:"这些我写两遍就已经学会了的东

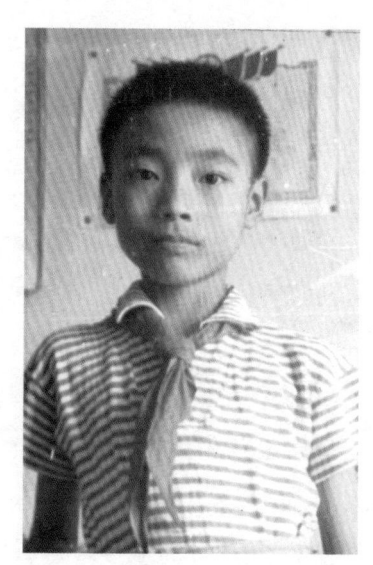

小学三年级奖状已一大摞，表情已很成熟，哈哈！

西，干吗要没完没了地写下去？"有时候当天留的作业有不少和前一天的作业内容重复，于是，我会仗着自己在老师心中的"永远认真完成作业"的好印象，偷偷把作业本上前一天有老师批改打分痕迹的那一页（通常都是作业的最后一页）撕掉，保留前面与今天作业一样的部分，只写最后一页，第二天当作新的作业交上去，竟数度成功，从未露馅。不知道是我改头换面的技术真的高超，还是老师从未料到如我这般的好学生也会有如此的小动作。

也许就是因为对我而言功课实在没什么压力，所以对于自己更喜欢做的事情，我会想方设法地去实现。那时候家里还没有电视，收音机是我的最爱，对于电台哪个时间段有什么节目，我一清二楚。有时候头一天预告了第二天上午要播我最喜欢的电影录音剪辑，我会在早上装作肚子疼，混得半天病假逃避上学，待爸妈上班去、姐姐上学去，我便优哉游哉地抱着收音机享受我的美丽时光。可也有弄巧成拙的时候，有一次想如法炮制，妈妈大概担心我最近总肚子疼，不由分说带我去了医院。不知道是不是心虚紧张所致，肚子竟然真的疼了起来，且一来二去地检查，居然查出了各种病症，那一次真的休了好几天病假，弄到最后我自己都担心跟不上功课，发誓再也不装病了。

可一遇到心动的事情，脑袋瓜里还是忍不住转转鬼点子。电影是我的最爱，是小时候最最重要的娱乐方式，无论什么题材什么内容，只要进电影院，就是我的节日。如果有场电影没看成，那真如百爪挠心。我不止一次以功课都做好了为由向老师请假，不上最后一节自习课，跑去看电影，仰仗的无非还是老师对我这个好学生的睁一只眼闭一只眼。同样有走麦城的时候，有一次，爸妈单位发了电影票，又是下午的，我熟门熟路地向老师请假，果然不出所料地被应允。我收拾书包正准备出教室，老师随口问了一句："看什么电影啊？"我老实回答："《冷酷的心》（一部墨西哥电影，讲的是一对姐妹与一对兄弟间的爱恨情仇）。"老师显然知道这部电影的内容，当即改口："这么小的孩子，看那种电影干吗？不适合，别去了！"唉，我到底还是一个诚实的孩子啊。那节自习课，我灰溜溜地什么也没习进去。

大概每个"好学生"都被派过这样的任务，和"差生"做同桌，要"一帮一，一对红"。我被派去帮助过好几个留级的同学，他们除了功课差一点，其他什么都挺好的，体育好（这是我自小最羡慕的）、动手能力强、讲义气等等，不一而足。我唯一要帮助他们的就是提高成绩，平时讲个题、提醒上课听讲、下课督促作业，这些都不在话下。到了考试的关键时刻，我会把做好的试卷特意往旁边挪一挪，以便有人临时需要"参考"一下。这可是关系到成绩出来之后,这些"差生"会不会被老师请家长的大问题,现在不两肋插刀,更待何时?所以,被我"帮助"的同学成绩总会提高一点,老师很满意,还表扬我们。如果那时候知道成绩是这么"帮"出来的,老师估计会气歪了鼻子。

三

在平坦也平淡的初中阶段,除了些许为赋新词强说愁的少年烦恼外,我还是那个按部就班的"别人家的孩子"。少了些小学时蔫蔫的淘气,倒并不是因为有多懂事了,只是觉得小时候的那些营生已太过幼稚,何时才能经历些不寻常的事呢?

于是进了高中,倏忽间感觉自己已经是个能做主的大人了,对父母的唠叨、老师的要求,答应得痛快,可心里有一百二十个不愿意,总觉着按自己的想法来才是好的,无限期盼着有机会能自我放飞。终于,高二的下学期,八九个同学纠集在一起,策划了人生中第一次没有老师、家长带着的,完全独立自主的"走向远方"。

期中考试前,我们就计划最后一科考完当天就去登泰山,一览众山小,多么意气风发! 我们提前买好了火车票,和家长报告的是"大队人马集体出动,完全没有安全问题"。整个期中考试,我们都处在一种莫名的兴奋之中,最后一科是数学,几个人不约而同地提早交了卷,打起背包就出发。从石家庄到泰安,一夜火车倒也顺利,早上到达的时候,天气好极了。我们从山脚下的岱庙游起,走走看看,从清晨到傍晚,终于登上了南天门。迈上最后一级台阶,背包一扔,回首向来踏过处,顿觉人生得意不过如此。那是我迄今为止唯一一次全程徒步登泰山,如今即便再有机会,恐怕也没有那样的脚力了。第二天一早,日出东方,我们雀跃着留下了一张合影,尽管摄影的技术很差,万道霞光的背景上,每个人的脸都黯淡模糊得一塌糊涂,但青春朝气还是止不住地透出来。泰山的日出虽不像黄山日出那么可遇不可求,但初次登临就能赶上,不禁会想这份好运气是不是将伴着我们走完全程呢?

按照我们的计划,早上看完日出,中午前下山,正好可以坐从泰安到济南的一班火车,再换乘从济南到石家庄的火车,时间刚刚好。那时候可没有网络订票,都得到火车站排队去。下得山来,我和另一个同学因为是班干部,理所当然地成了临时领队,也理所当然地要负责买票。一进泰安火车站小小的售票处,我们就傻眼了,人山人海,水泄不通,哪里还有队?全凭挤了!我们只计算了车程,根本没想过买票难!

几个外国人大概从未见过如此人潮,一会儿被挤出来,一会儿又被挤进去,如巨浪上一叶无助的扁舟。眼见着离火车开动的时间越来越近,错过了就不能按时回去,不能按时回去就……我们只好逐浪潮头。那是我平生第一次插队加塞,也不知道是人太多挤的还是心里忐忑吓的,脸涨得通红。人生在世,总有要拉下脸皮的时候吧,我不断这样安慰自己。总算接近了售票窗口,那是一个仅容一只手伸进去的狭小格子,我终于把攥着钱的右手与他人的另两只手一起塞进了窗口,剩下的就是大声喊:"我要去济南的×××次车,××张!"一个外国女士,挤在窗口前已经欲哭无泪,继而对我这样的加塞者报以狂怒,她使劲地用一支笔戳着我的手腕,嘴里说着

高二的下学期,第一次完全独立自主的"走向远方"——登泰山

不知哪国语言,但肯定是不雅文辞的抱怨。我想躲,可前后左右都是人,哪里动得了一寸?只有厚着脸皮继续冲小窗口里大喊:"我要去济南的×××次车,××张!"我感觉到手里的钱被拿走,继而又被塞了一把纸状物,哪里顾得上查看,在外国女游客持续的声讨中落荒而逃,逃出售票处才赶紧检查,在这一片混乱中居然车票和找的零钱分毫不差,我在心里使劲夸了一下未见其人亦未闻其声的售票员。再一看,快开车了,急忙招呼同去的同学,再会合上其他同学,冲进车站里。火车开动了,同学们才反应过来,个个惊诧我竟然还会加塞儿。

有惊无险地到了济南,省会毕竟是省会,我们无比顺利地买到了回石家庄的车票,虽然只剩下了站票。离开车还有一个多小时,精力旺盛的少年们三三两两地去周围闲逛。我这个临时领队周到地叮嘱大家按时回来，也兴致勃勃地溜达去了。按着说好的时间回来，才突然发现，自以为周到的我出了个大纰漏，只说了集合的时间，没说好在哪儿集合，时间到了，可还有人不知在哪儿等呢。那可是没有手机、微信的年代，我只好在进站的必经之路上来回搜索，像捡孩子一样一个个把同学们集中起来。生生地起大早赶晚集，等我们凑齐了跑进车站，几乎最后一个人踏进车厢的同时，火车"况且况且"地开动了。

气喘吁吁的一行人明显蔫了，怕再丢了谁，约好一定集体行动。草草吃了口东西，我们顺着餐车和卧铺车厢的接合处蹲了一排，从一大早折腾到晚上了，就算是精力旺盛的少年也疲倦了。可毕竟还是年少，没一会儿，不知经谁提议，我们玩起了咬耳朵传话的游戏，就这么嘻嘻哈哈地一直到了终点站石家庄。我们意犹未尽同时哈欠连天地出了车站，已近深夜，惊讶地发现爸爸妈妈们都等在那里，没有任何通信工具，他们是怎么掐着准点守候在那儿的呢？可怜天下父母心，那一刻，我心里暖暖的。爸妈们可没表现出什么温情，基本都是劈头盖脸地一通埋怨，紧接着就是问："吃饭了吗？"

第二天上课，课间趴倒一片的同学都是"走向远方团"的成员。几天后，期中考试的成绩公布，我们几个人的数学成绩，齐刷刷地没及格，很明显，答题的时候心思早飞越千山向东岳了。老师望向我们几个，特别是望向几个"好学生"的目光，简直痛心疾首。我垂头丧气了没一会儿，转眼心底那点儿窃窃自喜又冒出来了，不管怎么说，我们完成了一次"壮举"，特别是我，这可是人生头一回出门在外自己处理了各种突发的事情，我真觉得那两天长大了。

四

高中时，我还创造了一项自己的人生纪录，只是如果放在档案里，那恐怕要算个污点。那是 1988 年，夏季奥运会在韩国首尔举办，那时候，首尔还叫作汉城。在 1984 年洛杉矶奥运会上，第一次出征奥运的中国体育代表团大放异彩，自然使国人对汉城奥运会寄予了厚望，我们这群正值花季的少年更是热血沸腾。汉城奥运会的开幕式是上午 10 点左右开始，很多同学早就计划一定要看电视直播，可那时候我们已经进入高三了，要旷课去看电视？简直是天方夜谭。当天一早，年级主任就在各班巡视，严防死守学生溜号。可学校越是这样，越是激发了我们反叛的劲头，越是一定要达到目的，甚至把这当成了一个有趣的斗智游戏。现在我已记不清到底采取了什么手段，总之最后我们"胜利大逃亡"！

当大家聚集在一个同学家里，一起为 Hand in hand 的旋律激动的时候，完全没有想过迎接我们的将是何等严厉的处罚。下午，一到学校，班主任就宣布，所有旷课看电视的同学必须写深刻的检讨，第二天在全班宣读，通不过就不允许上课。我至今仍记得班主任看我的眼神，大概他很难相信如我这般的"好学生"竟然也如此大逆不道。于是，我写了人生中的第一份也是唯一的一份检讨书。为了过关，在纸上把自己骂得狗血喷头，可在内心深处，我始终觉得我们没错，对奥运会的关注难道不是比一两节课更重要的教育吗？它可以让我们看得更远，想得更深，关心的范围更广而不仅仅着眼于书本。当我为奥运欢呼喝彩的时候，我可是在领略全人类的宝贵精神啊。

这份检讨书最终还是没有派上用场。也许因为当天旷课的同学太多，法不责众；又或者学校也觉得与其责罚不如教育引导。我就此更加认定了自己的"正确"，并把关心奥运会当作每天除却功课之外的第一要务。只是没想到，那一年中国体育会是惨淡的"兵败汉城"，李宁从吊环上跟跄落下时的落寞眼神是我对1988年最为深刻的记忆，自然也有"旷课等来的却是这样结果"的不甘。不过，也就是从那一届奥运会开始，中国人开始学会更理性、更准确地看待奥运，学会更加注重奥运的精神而不仅仅是金牌，这个国家也在成长，就像我们这些少年一样。

五

比起少年时代这些所谓出格的事，真正出格的是我高考时的选择。

我第一次听说北京广播学院，是姐姐的一个高中同学暑假来我家串门时说起的。他比我大两岁，暑假过后就是大二的学生了，他上的正是北京广播学院的电视编导专业。在他的描述中，广院简直是天上地下、古往今来最好的一所大学，如果广院称第二，那没有哪个学校敢称第一，而电视编导专业更是天下一等一的好专业。从小喜欢电影的我，那时对电视的认识格外肤浅：就是一个小型电影院，于是我被他忽悠得心向往之。临走，这位"准师哥"还没忘了嘱咐我："考我们专业要报艺考，提前考试，准备准备啊。"尽管当时被忽悠得不轻，但没两天就丢到爪哇国去了。到了高三不得不真的考虑高考报什么专业时，我完全没有方向，忽然想起这个"准师哥"的建议，要不然就试试这个吧？

但我们高考那年，北京广播学院在河北省只招播音专业的学生（当年北京广播学院隶属广电部,每年招生均委托各省广播电视厅代招本省学生,尤其是艺术类专业的提前考试),一直关注着广院招生信息的我看着"播音专业"四个字,脑子里闪过的是:"播音专业?《新闻联播》?"可巧,不久前我们学校举办首届文化艺术节,因为是全市中学里的独一份儿,河北电视台专门拍摄了一部专题片,导演很有创新精神,决定不用电视台的播音员解说,而是从学校找一男一女两个学生给片子配音,这样更有中学生的特点,最后我被选中了。

其实高中三年,我在众人面前表演的次数两根手指就可数过来了,不知道什么时候被发掘出了这种特长。时至今日,我已经想不起那会儿是怎么准备、怎么走进电视台的录音间、怎么稀里糊涂地录完的,好像并没有感觉多么新奇与兴奋。播出时在电视里听到自己的声音,只觉得那是另外一个人,和我没有一点关系似的。极其莫名其妙的是,我到现在还记得里面有一句解说词,是配合画面中生物实验小组在做实验,"瞧,这是家鸽的气囊薄膜",天知道我为什么对这句话如此刻骨铭心。也正是有过这么一次"触电",让我感觉北京广播学院播音专业可以一试。

我起初真没太当回事,主要原因是初试时就被吓着了。报名的人有不少是已经在电台、电视台工作的,他们一个个西装革履、嗓音浑厚,我只觉得自己是来凑热闹的。一进考场,我念了没两句就被叫停,"回去等通知吧",更让我觉得没戏了。不过我倒也无所谓,本来就是试试嘛。什么时候开始把它当回事了呢?一是竟然接到了复试通知,这么说我还行?二是我们班的一位平常就是文艺活跃分子的女同学也去考了,当时班里形成了一种舆论,认为她一定考得上而我一定落榜。这种舆论让本来有一搭无一搭的我焕发了斗志,心底暗暗较起了劲,仿佛一下子变成要破釜沉舟,不达目的誓不罢休了。就这样经过了复试,某一天下午,自习课上,班主任把我叫出教室,一个陌生人带来一纸通知。"你专业考试通过了,跟我去做体检,之后就好好准备高考的文化课吧。"我通过了?我胜利了?我满脑子只有终于可以扭转班上舆论的兴奋,这种兴奋似乎远盖过了考试通过应有的那种兴奋。

可真到了这个阶段,支持我上广院读播音专业的人却没几个。首先老师们几乎众口一词:"这算个什么专业啊,这也要学四年吗?""北京广播学院?怎么听上去像电大呀?""这个专业以后就业面太窄了,还是选一个别的吧。"同时,父母也犹豫不决:"我们家没有搞文艺的,要干这个,这以后全都得靠你自己奔了。""当播音员能干一辈子吗?是不是选个能长远做下去的专业啊?"还有,班上的不少同学也并未因为我跌破了他们的眼镜就对我竖大拇指。而面对几乎一边倒的反对,我那股子执拗的劲头又上来了,你们说的也许都有道理,但那不都是未知的未来吗?焉知未来不可以有好的发展?我的人生应该由我选择!唯一支持我的,是教过我们语文的李忠本老师,他说今后做这个工作很有意思,可以接触很多不同的人和事,可以去很多不同的地方,开阔眼界。至今,我都很感谢李老师的这番话,他护佑了一个少年迈向成人世界的那份单纯的勇气。

自供了这许多,但回想起当年,我还是一直在努力做那个"别人家的孩子",只是不想让这个光环变成枷锁,不想丢掉一点自我的小快乐,不想未来的人生都由别人来规划和书写。况且,那时候我便隐隐觉得标准的"别人家的孩子"也会有很多毛病,被夸奖多了难免骄矜,被纵容惯了难免自私,被期望高了难免失意。幸好,我的童年和少年时代还有如许斑斑劣迹，它们平衡了我的成长，没让我变成自己不喜欢的那种"别人家的孩子"。

广院断章

2019年是我的母校——中国传媒大学65周年校庆。我应邀回校拍摄新版校歌的MV，距上一次拍摄校歌MV，又已经过去15年。我在上一版校歌的MV中讲过："从来没有想过要以说话为职业，是广院改变了我的人生。"我还是习惯称呼我的大学为"广院"，广院与"中传"虽然是同一所学校，但显然又有着代际的区别，以至于所有2004年前入校的人（2004年8月北京广播学院更名中国传媒大学），恐怕都跟我有着同样的顽固。

不过坦白讲，我对广院的感情远不及很多同学深刻，他们时常近乎依恋般地回忆起广院，用情之深每每令我汗颜。我努力地回想着四年的校园生活，试图给自己理出一条完整的大学轨迹，但到底力有不逮，只余一些断章存于记忆中。但也正是这些断章，让我越发清晰地确认，广院于我，纵非刻骨铭心，终有血肉关联。

一

尽管入学经历了我从未想象过的波折，即将开始的大学生活仍然令我兴奋与期待。可踏进广院，第一感觉却是大失所望。我虽从未奢盼广院的校园能如清华园、未名湖、珞珈山一般疏朗阔大，但也绝没想到竟是如此弹丸之地，穿过主楼，向前不超过几百米就是围墙，这分明是个扩大版的中学嘛。

入学后紧接着是军训，在北京郊区怀柔大山里北京卫戍区51117部队一个月的军营生活，填满了我对大学最初的记忆，校园的日子，仿佛还那么遥远。

回到学校，第一学期是没有专业课的，每天排得满满的必修课，似乎也和高中时差不多，新鲜感被迅速磨蚀。有所变化的只是日常生活的一切都要自己安排了。

甫进广院，我就得了个外号"旧社会"，起外号的是班里的女同学，因为她们看到的我永远是一张严肃的脸，仿佛苦大仇深。比如，被老师指定做班长的我去女生宿舍通知事情，站在门口面无表情把事儿说完，扭头就走，这在其他男生看来等于白白丧失了在女生宿舍盘桓的机会，简直是不省人事！再比如，周末进城，公共汽车上几个女同学聊得眉飞色舞，与她们直线距离不到一米的我将头扭向窗外，眼睛不知望向何处，就是不会和她们搭讪。于是，女生们认定我就是这么一副拒人千里之外的装酷架势。天晓得，我其实只是天生慢热，完全没有自来熟的能力，每到这样的时候都紧张得不得了，所谓的装酷，纯属是面对女孩子而不知所措的社交恐惧，尤其是面对播音系这些口齿伶俐的女生，与其面红耳赤地搭讪，不如干脆假装冷漠。就这么撑了几个月，直到大家慢慢都熟悉起来，我才卸下了那副自己也讨厌的面具，可这个外号一时半会儿是丢不掉啦。

大学时期和同学一起学小虎队摆 pose

二

据说，人老了的标志之一就是喜欢回忆，而且以前的事情比眼前的事情记得更清楚。照这个标准，我庆幸还不算老，因为我发现自己对于以前的记忆，很多都是模糊的。现在如果让我回忆十八岁那一天，我是怎么过的？说了什么？做了什么？我真的想不起来。回忆于我，实在是一件头痛的事情。唯一明确的是，十八岁，是在广院的校园里度过的。

十八岁以前，我对十八岁有着某种特别的憧憬，因为歌里总唱"十八岁的哥哥坐在小河边……"，十八岁，似乎可以拥有一切，包括某种特殊的权利。十八岁，呼吸的似乎都是更加自由的空气，还有什么能比这更令人兴奋呢？不过，当十八岁到来的时候，我兴奋了吗？我感受到无比的自由了吗？或许有过，但我真的忘记了。记忆中，十八岁，那曾经被认为会是人生重要节点的日子，其实就那样平平淡淡地过去了，没有惊天动地，也没有刻骨铭心。

十八岁，那是北京漫天黄沙的春日，那是校园里到处飘着姜育恒《驿动的心》的日子，那是日记中常常无端地冒出一丝感伤的日子，当然，那也是永远觉得明天的太阳会更明亮的日子。

十八岁，开始知道人生充满选择，开始学习如何选择。

十八岁到底还是给我的人生留下了一点与广院有关的重要印记。大一终于开始了专业课，第一课就是学习汉语普通话的标准语音。那是一种无法想象的枯燥、机械、折磨人的训练！每天，对着解剖图一般的"舌位图"，摆弄着自己的舌头在口腔里的位置，念着"a o e i u ü……"放假回家，邻居家的小朋友一脸崇拜地问我："大学里都学什么？"知道答案后，一脸鄙夷地给了我一句："我们幼儿园里都学过了。"更痛苦的还在于，努力没有成果，我的语音总是不过关，每堂小课（专业课的一种形式，一位老师带几个学生，逐个辅导），我都是最后被老师留堂的那一个，a，不对！o，不对！e，不对！每堂课的最终，我都近乎崩溃（也许老师同样崩溃）。久而久之，我开始怀疑自己当初的选择，我开始想是否该放弃。

很多次，熄灯后，在黑暗中，我都练习着转天去向系里提出转系申请时的措辞。很多次，起床后，觉得昨晚想好的话漏洞百出，今天还要硬着头皮去接受又一次崩溃。

但奇怪的是，就在这一次次的反复中，我已不记得是哪一天，或者只是有那么一个时刻，我忽然通晓了一切，过去每堂课的煎熬忽然都变成了享受，甚至在第一次全班的语音测试中，我拿到了唯一的满分。我开始可以相信自己，我做得到。我问过自己，这是为什么？也许因为，

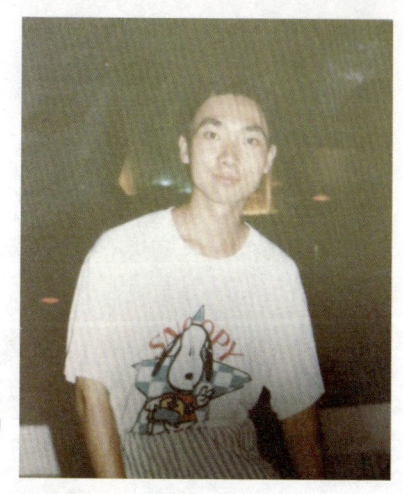

十八岁,请忽略我那"卡哇伊"的T恤图案

在那一次次的煎熬和崩溃中,我至少还在努力,至少没有真的放弃。

于是,每当想放弃的时候,我"十八岁时的广院"会告诉我:"再坚持一下,再坚持一下"。

当然,如果十八岁,我放弃了最初的选择,也许今天会另有一番天地。谁知道呢?人生本来不就该充满各种可能吗?

三

大一有一门很特别的课程——莎士比亚剧作导读。

特别之一,教这门课的吴辉老师,长发飘飘,知性温婉,妥妥的女神级别的人物,引得一起上这门课的文艺编导专业和播音专业的男生几乎从不翘课;特别之二,这是为数不多的选修课,要求没有那么严格,顿时觉得友好了许多,比如期末结课的方式,吴辉老师要两个专业各展所长,文编的同学写一篇莎翁剧作分析,播音的同学排练一段莎剧对白,可以独立完成,也可以结伴完成。

这大概算是我们这些艺术院校的艺术专业学生在学校里的第一次

艺术实践，同学们都跃跃欲试。让我没想到的是，我这个"旧社会"也能收到女同学的合作邀约。王静文，来自上海、祖籍山东的女生，爽朗又细腻，有着极佳的声音可塑性。那么，排练哪一段呢？那时也真是年轻无畏，我们好像压根儿没考虑过自己的理解、表现能力究竟有几分，直奔高难度而去。最终决定，一起完成《哈姆雷特》中哈姆雷特和王后那段著名的母子对话。

不过，要说完全是胡打乱撞，也冤枉了我们，选这段的原因，是内容、台词相对熟悉，特别是上海电影译制厂当年翻译制作的莎剧王子劳伦斯·奥利弗的那部《王子复仇记》，我们都看过不止一遍，孙道临和张同凝的配音珠联璧合、无与伦比，让我们有了模仿的最好参照。而且，比起朱生豪、卞之琳先生那古雅却也难免拗口的译本，上译的台词版本更适于口语表达。同时，真是年轻无畏，我们自认为我的声音清亮，她的声音厚实，还挺接近孙道临和张同凝的音色。

经过昏天黑地的背台词过程（直到今天，我都无比佩服那些莎剧演员，能把那么多台词记下来，真是神一般的存在），我们踌躇满志地开始了第一次排练。可我一张嘴念出台词："母亲，有什么事情"，俩人同时笑场到不可自抑。这可不行，于是，背对背，不看对方，专注地把词顺了一遍。之前听电影录音数十遍，自以为熟悉至极，照猫画虎总该有个模样。可真轮到自己张口表达，完全不是那么回事，这哪是哈姆雷特母子对话，这简直就是哈姆雷特讽刺的那种"爱直着嗓子喊，宁可找个叫街的来"的蹩脚演员。沮丧的我们只能彼此鼓励：至少，词没错。看来，只是一味模仿远远不够，还要有自己的体会、感受才行。我至今没有问过静文她是如何找到人物感觉的，我完全没有方法、不懂技巧，只有最笨的法子：去想象，去努力在自己的个性中去寻找与人物相通的部分。虽然我无法化身为那个丹麦王子，但他的忧郁，他的彷徨，他的愤怒，他的悲伤，他的冲动，他的犹疑，他的期冀，他的绝望，我都能想象。少年时所感受过的种种不如意，如今回首时变得那么轻飘可笑，但当时的心绪可是实实在在地难以平复，尽管与哈姆雷特的复杂不可同日而语，也尽可拿来培养情绪。只要找到一点感觉，我们就继续排练，一次次的磨合过后，那些台词慢慢地不是从脑子里背出来的而几乎是下意识地脱口而出。

哈姆雷特：别老拧着你的手，你坐下来，让我拧拧你的心，我一定拧，只消你的心不是石头做成的。

王后：到底什么事，你敢这么粗声粗气地对我？

哈姆雷特：干的好事啊，你玷污了贤惠的美德，把贞操变成伪善，从真诚的爱情的容颜上夺去了玫瑰色的光彩，画上道伤痕，把婚约都变成了赌鬼的誓言。

王后：到底什么事？

哈姆雷特：请你看看这幅画像，你再看这一幅。这就是他们兄弟俩的画像。这一幅面貌是多么的风采啊，一对叱咤风云的眼睛，那体态不活像一位英勇的神灵刚刚落到摩天山顶，这副十全十美的仪表仿佛天神特为选出来向全世界恭推这样一位完人——这就是你的丈夫。你再看这一个——你现在的丈夫，像颗烂谷子，就会危害他的同胞。你看看这绝不是爱情啊，像你这样岁数情欲该不是太旺，该驯服了，该理智了，而什么样的理智会叫你这么挑的？是什么魔鬼迷了你的心呢？羞耻啊，你不感到羞耻吗？如果半老女人还要思春,那少女何必再讲贞操呢!

王后:哦,哈姆雷特,别说了,你使我看清我自己的灵魂,看见里面许多黑点,洗都洗不干净。

哈姆雷特:嘿,在床上淋漓的臭汗里过日子,整个儿糜烂了!守着肮脏的猪圈无休止地淫乱!

王后:哦,哈姆雷特,别再说了,这些话就像一把把尖刀,别说了,好哈姆雷特。

哈姆雷特:一个凶犯,一个恶棍,奴才,不及你先夫万分之一的奴才,一个窃国盗位的扒手,从衣服架子上偷下了王冠装进了他自己的腰包!

王后:别说了!

哈姆雷特:一个耍无赖的——国王!

终于,有一天,在这段台词过后,空旷的教室里突然一片静寂,我只觉耳边嗡嗡作响,血已冲上头顶,我似乎真的感觉到了他的存在,存在于我的心里,我的身体里。转身看到的静文,也是一种恍如灵魂出窍的样子。那一刻,我们都知道,可以交作业了。

结课的那天,我们近乎轻松地完成了表演,虽然并没能达到我们曾达到过的最好效果,但吴辉老师和同学们的掌声肯定了我们的表现。大概比起静文,我的成就感更多一些,因为以我这样个性的人,能努力把自己投入到另一个灵魂中去并当众表现出来,连我自己都觉得不可思议。这堂特别的课,也再一次鼓励了我,一切的未知,一切的不可能,都尽可以去试一下。

多年之后，同年级的文编同学王峥做了《艺术人生》的制片人，因为记得我大一课堂上的莎剧片段，便邀请我参加一期节目，嘉宾为著名配音演员童自荣先生，并让我在节目里配了《哈姆雷特》最著名的那段"生存还是毁灭"。多年之后的我过了年少轻狂的年纪，对着高山仰止的前辈，与其说是表现，不如说是致敬。我很感谢王峥，她给了我为回忆再添上一笔的机会。

静文毕业后进了上海电影译制厂，后来辞去公职成为一名自由职业者，如今她早已是沪上知名的配音演员。我则没敢触碰配音这一行，因为自知在声音的可塑性上远不及格，抑或总觉得做新闻工作，需要的不是成为别人，而是自我的理性与清醒吧。

四

学校主楼后面，是小礼堂。广院时代，那里是北京高校最恐怖的舞台，当然，从不自谦的广院人会说，何止北京高校，小礼堂是全世界最艰难的舞台。

恐怖、艰难，都源于广院一种独一无二的文化——起哄。广院人对起哄描述道："不等你上场，全场观众整齐的嘘声就已经响起，像合唱长音一样，还没开口，全场就已经开始喊叫：'下去！下去'，此起彼伏，一刻不停，要的就是吓退一切表演者。""在所有广院人眼里，不管台上是谁，只要站上去，待遇都一样：往死里哄。"

第一次目睹小礼堂漫天的纸飞机以及各种匪夷所思的扔上台的东西，并且听着震耳欲聋、明显是有组织有策划的起哄声，我着实被吓傻了。旁边师哥师姐们的眼神犀利地穿透了我的薄脸皮,那意思就是:是广院人吗?这就是试金石。可我这样的小白兔到底也没变成大灰狼,让师哥师姐们痛心疾首。说实话,我在很长的时间里都没能完全接受这种怪异的校园文化,毕业之后才后知后觉,这看似没礼貌和不尊重背后的门道。广院的起哄就是早期的弹幕,而且比弹幕更直接地对准表演者。在小礼堂里,观众真的是上帝,从一开始就给台上的表演者设定了极其苛刻的标准,如果你恰巧没达及格线,台下的人会产生极大满足的快感,让你下不来台。但如果你超过及格线甚至带来了惊喜,那些起哄声也会瞬间变成"爱如潮水"的尖叫与欢呼。在广院人眼中,你既然敢上台,那就拿出最牛的表现来!别跟我说什么你的感受、你的面子、你的玻璃心。表现好会绝不吝惜地夸,表现差,也会毫不留情地哄。很多成名的腕儿之所以在广院的台上遭遇过平生首次滑铁卢,都是因为走了音或者没拿出最棒的水准又或者假唱了,总之,站在那儿,你就得自个儿成全自个儿。广院文化有其极端独特的印记,就如同一种带有特殊味道的食品,乐之者甘之如饴,恶之者退避三舍。起初或许不大好接受,但凡接受便一生受用。我一向不算是个标准的广院人,大学四年里与这种文化也始终有些格格不入,反倒是现在,越来越喜欢当年那样恣肆、灵动、神采飞扬的广院,它让你不惧怕任何未知的挑战,让你对世界永远充满好奇与探寻,让你的心足够大。

  回到起哄上来,起哄的形式固然粗鲁,但对台上的人来说,却是最有效的磨砺。所以才有了"能在广院舞台上站一分钟,就能在人民大会堂站上一个小时"的说法,虽然这个说法实在有些夸张,但它也说明了站上这个舞台就是一种历练。不可想象,我这么容易害羞的人

我戴着上下眼线和叶蓉主持"广院之春"

居然上过小礼堂的舞台，还不止一次。

记得某年的"广院之春"（校园歌手大奖赛），我和同班同学叶蓉做主持人。平生第一次要化妆，完全不得要领的我上台前在临时充当化妆间的宿舍传达室里，把自己的脸放心地交给了班里的另一位女同学刘红。没有镜子，妆罢，看着她满意的表情，我想象着自己该是怎样玉树临风。到了后台，在一面镜子中骇然看到我如熊猫一般的黑眼圈！原来，刘红只会化女妆，被隆重托付的她一项程序没敢落，也给我化了粗重的上下眼线。擦掉是来不及了，我就这副尊容上了那个最恐怖的舞台。好在台下的观众根本无暇顾及我的眼线，他们有更重要的事儿。快三十年后的今天，我无论如何回忆不起来那天我在台上究竟怎么站到底的，我被哄了吗？当然，即使被哄我也不可能逃脱。我被狠狠地哄了吗？好像没有，否则我一定不会忘记。我听到掌声了吗？好像也没有，否则我也一定不会忘记。但是我至今记得那天上台

大学时，再次登上小礼堂恐怖的舞台

前对自己说的话："不管怎样，把话说完。"

　　印象中，我还在小礼堂唱过歌、表演过配音片段、参加过校园主持人大赛，在那个最恐怖的舞台上，好在我没在起哄声中逃跑过。如今，和任何一个广院人回忆起校园，我都能特拔份儿地说一句："我可是在广院的台上站过的。"

　　如今在中国传媒大学，起哄的文化已经没有了，也许师弟师妹们早已经划定了另一种评判表演品质的标准和方法。据说，有一次中传的"广院之春"决赛（这个名字竟然还保留着），现场站起两个三四十岁的老哥，对着台上绵软无力的歌手大喊："小白兔，白又白……"周边的学生都安静地转过头看着他们，无人响应。尴尬之下，二人环顾四周，缓缓坐下。

　　广院的时代已经过去了。

五

我所在的89级播音班,在广院播音系历史上被称作传奇,其实不免夸张了,所谓传奇,只是毕业时我们班直接分配到中央三台(中央人民广播电台、中央电视台、中国国际广播电台,如今合并为中央广播电视总台)工作的人加起来有12位之多,这个纪录迄今未被打破。中央三台毕竟是这个行业的最高业务平台,即便去掉毕业找工作的运气成分,在某种程度上仍可以证明我们班的整体素质是很好的。

时光如流水日夜不歇,2019年已是我们入学相识的第30个年头了。如今,我们中还有很多人在专业岗位上坚持着,早已成为行业的中坚力量。也有转行的,同样风生水起、业绩昭彰。同时,我们也痛失了一位同学,以至于从此,我们班再也不可能团圆了。

冥冥中仿佛早有预示一般,我们班自始至终没有一张全班同学都在的合影。大一军训回校,我们班的第一张合影,缺了我一个。原因说起来可笑极了,当时英语课是分班上的,我和大部分同学不在一个班里,那天下午,下了课我就回了宿舍,优哉游哉地躺在床上看闲书,还一直琢磨:今天那个班怎么拖堂这么久?结果同宿舍的同学回来说:"合影你怎么没去?"可我完全不知道还有这个安排,而我居然还是当时班主任指定的班长,为什么会有这样奇怪的事情出现?直到现在还是一桩未解的谜案。大四毕业照,王雪纯缺席,她当时已被央视《正大综艺》录用,好像是跟着拍外景去了,从那时起我们就知道了什么叫"工作大于天"。2003年,毕业十年的聚会,好几位同学也是因为工作离不开未能参与,大家都信誓旦旦地说,下次聚会一定一个都不

大一军训回校，我们班的第一张合影，缺了我一个

大学毕业照，还是少了一人

能少。一晃又是十几年过去了，我们中已经有一人与大家天人永隔，有两位去国万里，还有几位因着各种原因断了联系，想要一个都不少地团聚，已是再不能了。

也罢，人有悲欢离合，月有阴晴圆缺，此事古难全，聚散本就是人生常态。无论如何，我们之间都因为广院有着不可分割的关联。

康辉：21℃，不多不少，刚刚好

2002 年采访 / 中国传媒大学　翁佳

采访康辉是最轻松愉快的一件事了，因为我和他是本科时代的同班同学，那时，他是我们班班长和学习委员。前几天在一个小饭馆，我正独自吃喝，听得邻桌有几个人喝爽了酒，大声聊天，说是有四种人可以做一辈子的朋友：一是一起扛过枪的，二是一起下过乡的，三是一起负过伤的，四是一起同过窗的。我想，不仅是我一个人，我们北京广播学院89级播音系的所有同学都会觉得康辉是个值得信赖和敬重的朋友。

他律己甚严，待人却宽，人缘好、功课好、专业好、综合素质好，从不迟到早退，没有不良嗜好，是老师眼中的好学生，同学们眼中的好伙伴。缺点呢？就是有点"闷"啦，外加不喜爱体育锻炼。

康辉自己也颇知道自己的缺点，于是在一年级结束时找到班主任张景绪老师，说是不想当班长了，因为不知道该怎么组织班级活动、活跃班级气氛。张老师沉吟了片刻说：要不，就当学习委员吧。

学习委员可当得不含糊，康辉上课时永远手持一支粗大的黑色硬笔书法钢笔，把笔记记得条分缕析，整整齐齐。到了期末，他的笔记本转辗于各个宿舍，被广泛地传抄和复印。他自己呢？在蚊帐里悠闲地看起武侠小说，冲着身边乱成一锅粥的舍友们点头微笑。待到考试前最后一分钟，大多数同学贪婪地看最后一眼笔记时，康辉又揣着大笔从从容容地推门进来，落座、提笔、答题、交卷，一气呵成，总是第一……俱往矣，学生时代就这么匆匆结束，当他现在在自己家里用体己的新茶招待我时，我们一边笑谈那永不厌倦的话题，一边生出些时光飞逝的感伤。我把事先拟好的采访提纲推到一边，他慨叹说，真没想到自己那么一个不爱抛头露面的人，现在天天在电视里，对着自己的爸爸妈妈以及全国人民喋喋不休。

都说性格决定命运，但在这个大命题下每天又发生着多少阴差阳错的故事？稳稳当当地做人和做事的康辉，内心深处又闪过怎样的电光火石？

不如听他从头说起。

康辉：有一次我听一个人说，做主持人最好天生是个傻大胆，外加是个人来疯，听上去是胡说，仔细琢磨还真有点道理。善于表达和交流是一种天赋，而我显然不是那种人。有的时候我都觉得奇怪，我的性格并不真的特别适合从事媒体工作，因为尽管我在日常生活中感受很好，像海绵吸水一样能汲取很多东西，但很难调动起与人交流的愿望。在我的性格里，甚至尝试去更多地了解别人的成分都并不多。评判一下我骨子里的性格，说好听是有点儿内向多思，说不好听就是有点儿不合群。

我进这一行实在误打误撞，但我这个 A 型血的完美主义者，既然干了这个工作，还是希望达到自己认为的比较好的程度，别让人小看了，为此我只有不懈努力。有时我也在想，那种理想的程度可能一辈子也无法企及，要不要停下来？但我又是个很"轴"的人，总觉得不应该因为有这样的困难、那样的问题或自身的局限而停滞，只有一门心思往前拱。这个状态有点儿像夸父追日，夸父在炎炎烈日下不断前进，有目标却不知道目标能不能实现、何时能实现。我相信，如果夸父和人类一样有某种血型，那么他一定也是 A 型血。

不过小的时候，小到我自己还记不清事儿的时候，据我爸爸妈妈和姥姥讲，两三岁时我还是挺人来疯的，经常在院儿里的一个台子上又跳又唱地当众表演节目，上小学时也还经常上台演出，从没有羞涩不合群的时候。要按照"三岁看大，七岁看老"的老话儿，说不定以后能变得风风火火、能说会道起来，谁知道呢？

我的性格是上中学以后才变的，仿佛一夜之间，对那些特别外在、表面的东西全无兴趣了，现在想来也多少有点装酷的刻意清高吧，看着身边的人嘻嘻哈哈地笑谈那些个俗人俗事，我能做的就是让自己游离于这些劳什子，我整天皱着眉头似乎在考虑着更深远的事情，其实也不知道在琢磨些什么。有时骑着自行车上学，还要特意竖起黑上衣的领子，这种世人皆醉我独醒的感觉似乎特别好，很矫情是不是？就这样，一下子就收紧了自己，再也找不到小时候的玩闹感觉了。

整个中学阶段，甚至上了大学，我都比较自闭，不太喜欢和别人做深入的交流，更多的时候，看了一本书，会琢磨着众多没有答案的问题，想着各种乱七八糟的事情，渴望着一段刻骨铭心的感情，想象着和现实生活毫无关系的场景……男生的青春期各有各样的表现，我的表现就是皱着眉头想事儿。

另一方面，学习对我来说是个轻松的事儿，因为我还算有比较好的学习习惯吧。学习并不算太努力，认真而已，从而腾出了不少课余时间发展自己的一些爱好。我学过国画、书法、篆刻，喜欢古典诗词，我特别喜欢那种辞约义丰、言简意赅的古典美，几个字却大有深意，越琢磨越有意思。少年不识愁滋味的时刻，好像格外愿意在有悲剧意味的诗词里去享受一点痛苦，可能一个人在日常生活中没有切身之痛的时候，觉得在文学作品中找一点苦楚挺有境界的吧。就像有的人喝酒会上瘾一样，享受痛苦也会上瘾，上学的时候，我还挺文学青年的。

说起享受痛苦，我想起我们班二年级的时候，开过一次朗诵会，主题是爱情。刚满二十岁、初涉爱河的少年们，抖擞精神，打点出自己所有的甜蜜和感伤，纵情投入。一时间，全班同学都沉浸在浓浓的小资情绪之中。

朗诵会开始了，有人念深情而激越的裴多菲的《我愿是激流》，刚念两句就双泪长流；有人念席慕蓉的《初相遇》《楼兰的新娘》，念得自己鼻子酸酸的，眼睛湿湿的；有人借徐志摩的《再别康桥》表达"挥一挥衣袖，不带走一片云彩"的失落；还有人用呼天抢地的《杜十娘怒沉百宝箱》感染得大伙儿心里怔怔的、目瞪口呆。事隔多年，我仍记得那场朗诵会的每一个细节，我们青春的、纯纯的、动情的、珍贵的泪水打湿了自己的手帕和自己的心。

轮到康辉上场，他念了一首只有七十字的宋词：苏轼的《江城子·十年生死两茫茫》。

江城子

苏　轼

十年生死两茫茫，不思量，自难忘。千里孤坟，无处话凄凉。纵使相逢应不识，尘满面，鬓如霜。

夜来幽梦忽还乡，小轩窗，正梳妆。相顾无言，唯有泪千行。料得年年肠断处，明月夜，短松冈。

在大家辗转于生的爱时,他已投入了死的情中;大家沉浸于滂沱的眼泪时,他已去品味欲哭无泪的沉郁。一边听他朗诵,我一边觉得一片寒意爬上了后脊背,惊起一身鸡皮疙瘩。呵,读者,不知你是否和我一样,在情绪激动时不是手脚冰冷而是脊背发凉,不是四肢颤抖而是起鸡皮疙瘩。

康辉朗诵完后隔了数秒,大家热烈鼓掌,后来老师点评说,他的理解是准确的,感受是深沉的,表达是含蓄的。

我和康辉回味起这一幕,他说:"你的感受也够细腻的啊,还记得那么清楚。"我得意道:"彼此彼此啦。"他说,学校课本里教的大多数是阳光灿烂的情怀,他内心复杂想法的产生是看杂书的结果。可人人都说学生生活是如此繁忙而压力重重,哪有那么多时间看闲书呢?他说:"没有啊,我觉得学习挺轻松的。"

我们班很多人都羡慕康辉有非常好的学习习惯和生活习惯,他好像有某种方法不费什么劲就把自己的事情未雨绸缪地安排妥当了。他办公室里的书桌、衣橱和家里的布置就像他当年的笔记一样整整齐齐、有条不紊,无论是突击考试还是突击检查宿舍卫生,他都从不慌慌张张。他说其实这都是一种习惯,他从好习惯中得益不少。因为"该你做的功课提前做也是做,拖到最后做也是做;该你做的事,随手做也是做,集中到最后花费大量时间、精力、气急败坏地做也是做。随时看一眼功课就不用到期末考试时挑灯夜战了,随手把东西整理好就不用为找个小东西翻箱倒柜了,把这些事情都安排合理的话,你就很主动,很少惊慌失措,其实这才是最省力气的办法"。这时我想,是了,康辉身上最优秀的地方之一,就在于他有好习惯,一个人所有的言行都是由习惯支配的,正是这些习惯让我们觉得他这个人特别踏实、从容。除此之外,他身上还有一种平实的正气,没有一丝狡猾和坏心眼儿,也许就是俗话说的"老实"。好习惯和"老实"加起来,让人觉得康辉无论身在何处都是一个完全令人放心的人。

康辉:我的生长环境挺保守传统的,从小爸爸妈妈教育我的就是要做一个好孩子,不要有任何坏心眼儿,做什么事都要凭自己的良心、凭自己的本事。其实他们和我也并没有太多的沟通,我们的父母大多这样,也可能他们觉得我的确不用操心吧,觉得任何事情我都能自己解决。

老师特别逗,总是把我塑造成一个好孩子的形象,经常在家长会上举例子说康辉回家如何特别努力地复习功课,我有时跟我父母说:"你们不觉得特别别扭吗?老师说的是根本不存在的事实。"因为我只是在上课时很认真,下课挺轻松的,还看好多杂书。我父母可能觉得反正儿子被表扬了就挺光彩的,也不跟老师说破这层意思,所以老给大家一个错觉。但我其实很不喜欢这种"拔份儿",我觉得很难受,很作,就像说瞎话一样。

高中时我感觉到了自己对文字工作、电影和电视方面的兴趣,但十分模糊,没有什么明确的理想。那时我们学校办了一个科技文化节,电视台来给拍了一个专题片,找了我和一个女生去配音。后来北京广播学院播音系来河北招生,我就去试着考了一下。有的人是很早就确定了自己的理想,我是各方面发展都比较平均,高考过了重点线以后,填志愿从考古到酒店管理都填了,最后广院播音系作为艺术类提前招生,就此定下了自己未来的职业。

那时还年轻

听康辉轻描淡写地讲述自己考大学的事儿,你会觉得他把什么事都看得很平常。四年大学学习之后,以优异的成绩毕业,分进中央电视台新闻中心,似乎也是一件没有悬念的事。

在中央台,他做的最多的工作是新闻播音,主播过《晚间新闻报道》中的《世界报道》,新《东方时空》《新闻早8点》等。新闻节目的平实、朴素符合康辉的个性,在央视国际对他的专访中,那位记者最后用了这样一个题目:"康辉——新闻就是我的性格"。

康辉:日复一日地播电视新闻有点像开长途汽车,大多数时候风景似乎是寻常的,动作似乎是重复的,可一旦出现紧急情况,司机的驾驶意识和技术便凸显出来,技术高的可能做出一个花样表演般的漂亮动作渡过难关,技术差的就此车毁人亡。从这一点上来说,播好新闻不是一时一次的表现,而是一种长期的工作状态甚至生活状态(是的，所有的生活都围绕工作来安排）。另外，新闻播音的外在表现手段非常少，要用尽可能简练的语言把国内国际发生的事情说清楚，做好这件事也是很不容易的，除了大家在电视上看得见的工作，我们在播音之前要花大量时间和精力去做文字稿的修改工作，把新闻导语做一番深加工，让它更适合电视新闻的播出。新闻传播就是一个将信息不断加工整理的过程，把复杂而又活生生的事实用几个画面和简洁的文字说清楚，并不是那么容易。而我始终有一种责任感，在新闻的传播过程中，我是离观众最近的一个环节了，我是最后的一个把关人了，我是信息最后的一个加工者了，我得保证从我这里说出去的话，能明白无误地把意思传达得准确而有道理。要做到这一点，需要煞费苦心地把事件的背景、今后的走向和引导性的理解加入进去。我觉得新闻播音要有喉舌意识、导向意识，也应该有服务意识。为了让观众更清楚深入地接受信息，要做的工作是细碎的没有止境的。

是的，尽管康辉出镜的频率非常高，但很多人好像对他并没有太深的印象，人们记住了他说的资讯而忘记了他，就如同食客们吃到了可口舒适的一餐而想不起烹制饭菜的厨师一样，他辛勤而细致的努力甚至不被你觉察，大概也就不会被许多人所理解。这究竟是一种理想的境界还是一种微微的寂寞，抑或是两者兼有的一种复杂呢？

普通观众会觉得康辉播的新闻，来龙去脉特别清楚，自然流畅的语言、稳重平实的态度和清晰准确的内容传达是康辉播音的特点，这一切都源自对新闻内容的深入了解、细致整理和准确把握。

有一次给学生们上新闻播音小组练习课，我给他们找了几条内容复杂的消息。不播不知道，一播吓一跳。有结结巴巴语焉不详的，有播错了意思自己还没有觉察的,有看似摇头晃脑实则魂飞魄散的……他们也觉得奇怪,明明每个字都认识,为什么连在一起就都越播越乱了呢?正焦躁时,我拿出几则央视新闻播过的消息原稿和当天主播康辉认真改动过的稿子让他们对比学习,一阵静默之后,学生们终于体会到,用简明扼要的语言把复杂的事情说清楚是一件需要功力的事情,以后拿到一篇稿子,他们再也不草草看一眼就扯开嗓子开播了。

康辉说,播新闻自己最下功夫的是在进直播室之前做的案头工作,而在播出过程中,他不刻意追求某种状态,自然可信就好。

现在是个传播个性化的时代,各种潮流裹挟着时尚元素扑面而来,人们视野中出现的各种事物似乎都在忙着"打造"个性,康辉的这种低调自然是不是有点老土啊?他说,性格使然,自己在这方面的确略为保守,个性就是个性,哪里"打造"得出来,虽然出名也有让人陶醉的诱惑,但总的来说,踏踏实实地工作比刻意雕琢换得的出名令人舒服。

康辉:我在屏幕上很本色,本人形象和电视形象基本重叠。有的播音员主持人是台上台下可能很不一样,我不是。我坚持自己是个把资讯送到你脑子里的服务者,给自己定的格是:把要传达的东西传达到位。细微的地方和值得深入的地方也不放过,这就行了。

以前上学的时候老师讲中央人民广播电台的老播音员们追求这样一种境界:用声音把听众的心引领到内容中,最后观众记住了节目内容而忽略了播音员的声音,更忘记了播音员的名字。武侠小说里经常描绘到类似的意境,大音希声,大象无形,无欲则刚,无招胜有招,这对我影响比较大。我没有那种招引人的欲望,"你来看我吧,你来喜欢我吧",我不喜欢太强的形式感。

大多数观众可能更接受、印象也更深刻的主持人是比较外露、热情洋溢、喷薄而出的状态,当一个主持人给出的只是充足的信息,却并未太多表露自己的时候,人们听得很舒服,却未必对这个人有什么印象。但我想这没关系,人每天最需要的是空气和水,这两样东西都是淡而无味的,我们很少去赞叹一杯水如何有用,如何必不可少,但实际是离不开它的。我知道自己的价值所在,也能从中获得足够的满足感,这就行了。

不过,这只是我个人的状态,我并不排斥那些形式张扬一点的播音风格,只要内容清楚。虽然"无招胜有招"的美学境界我还是很欣赏,但电视新闻毕竟是快餐式的,即时传播的、非常实用的东西,它本来就没有那么曲高和寡。从这个角度说,有点形式感上的吸引又是必需的,这对工作有好处,对传播有帮助。好比一盘菜,有个萝卜花点缀一下更吸引人,一杯水盛在漂亮的杯子里显得更清凉,要让更多的人听进去你的话,达到传播效果的增值和信息的最大化,播音员主持人"拔点份儿"也蛮好的。我自己很不善于"拔份儿",但也在慢慢寻找一点适合自己的形式感,很难言传,可能也很难让人明显地看出来吧。

在这个过程中我很高兴看到自己逐渐随和、宽容的性格成长,以前我是个比较苛刻、求完美的人,对人对己要求都比较多。虽然我的性格和习惯让我不会表现出什么锋芒和冲突,但也并不意味着内心对所有人和事都一味地认同。现在想来,二十出头的时候,经常因为某些主观上的认识而对某些人和事抱有负面的想法和判断,但现在,我清楚地看到自己变化了,我已经学会了包容和忽略别人的缺点(其实优点和缺点都是相对的,是用很个人化的标准来判断的),而欣赏别人可取可爱的一面,这让我感到了更多的愉快和彼此沟通的乐趣。

康辉说,小时候曾经觉得自己最适合只身一人从事安安静静的工作,没想到今昔大不同,他现在以说话、以与人沟通为职业。

电视是需要合作的工作,"不合群"的康辉在工作中却与人合作得很好。其实沟通是一件日久见人心的事,偶尔的畅谈可能因为某种机缘而淋漓尽致,长期的合作则要建立在相互尊重和信任的基础上。这点在现场直播节目中体现得特别明显。

自1997年3月9日直播《日全食——彗星天象奇观》以来,康辉作为主持人和现场记者参与了中央电视台的多次大型直播活动,显示出扎实的业务素质、从容谦逊的品格和高度的责任感,受到观众和同行们的高度评价。

现场直播是电视新闻中最具电视特色、最受广大受众关注的报道形式,在直播节目中,摄像机的眼睛代替了观众的眼睛,无论你离现场多远,只要打开电视,就如在现场即时观看。直播的审美在于与事件的共时性,观众与媒体共同经验未知的进程,共同应付偶发事件。1969年人类第一次登上月球,美国用通信卫星进行全球转播,约有8亿人同时观看了太空人登上月球的情景。1997年英国王妃戴安娜之葬礼,几个小时的现场直播,动用了100多个机位,有17亿人能收看。

直到1997年,中国电视新闻开始向现场直播大举进军。

1997年,香港回归祖国,全球的媒体纷纷把眼光投向香港,将香港回归看成是20世纪末最大的新闻事件之一,众多媒体在香港建立转播团队,架设卫星天线,为的是占领电视新闻的国际空间。中国的电视新闻事业面对如此挑战,必须在新闻直播上做重大突破。1997年新年伊始，中央电视台海外中心的《中国新闻》就进行了1个小时的直播节目《跨入九七》。紧接着，中央电视台1997年3月9日的《日全食——彗星天象奇观》的多点现场直播，隆重掀开了1997年电视新闻直播形态发展的序幕。据天文学记载，日全食和彗星同时出现的天象只有过3次，而海尔-波普彗星要等到公元2400年之后才会再次访问地球。当中央电视台获悉3月9日将要出现天象奇观的信息，决定用同步多点直播，利用卫星和微波两种线路，直播昆明、南京、北京的日偏食和黑龙江漠河的日全食。康辉担任了这次直播的演播室主持人。

  实况直播不是单纯现场的再现，单纯的现场直播成不了节目。因为如果只有现场的再现，电视画面常常会陷入信息低谷状态、信息重复状态，或者无效信息冗长状态，这些绝不是直播的优势，所以演播室的调节、现场主持人的应对成为直播中最灵活有效，但也是最难把握的部分。当直播过程中出现画面平淡、信息量不够的情况时，正是主持人用语言补充背景材料、介绍事件的进程和来龙去脉的时机，但又因为这时的表达多有即兴的成分，主持人语言上捉襟见肘的窘态也常常在此发生……

  康辉：做现场直播节目最困难的地方在于现场情况经常和原来设想的不一样，事先准备好的台本往往用到一半就没用了，只能靠现场的即兴发挥。即兴发挥心里难免没底，心里没底生理都会紧张，所以初做现场直播，没有不怵的。

  要想在危急时仍然说出得体的话，只有在事前多做准备，备好料，还有，要和直播时的嘉宾建立起良好的合作关系。在第一次做《日全食——彗星天象奇观》直播时，我和北京、上海的两个专家一起做，在准备的那几天里,我们每天都在一块儿磨。在这之前我对天文知识的了解只有《十万个为什么》里头那点儿基础,所以从头请教,可能那两位先生本没想到我会那么认真吧,他们很快慰地把满肚子的学问说给我听,最后,他们真的很喜欢我,把我当成朋友了。在直播那天,现场画面显得很空的时候,他们帮我弥补了很多东西,他们想了各种办法来帮助我说明问题。我总感觉,在那几个小时里,也许他们都不一定是觉得节目多么重要(因为人家不是干这个的,不一定会全面考虑节目精不精彩),但他们觉得帮助我特别重要,他们为了帮助我而在节目中投入更多,我很感谢。

做《特技飞行穿越天门山》那次直播节目的时候也是如此,因为在外地,和专家一起住在酒店里,接触就更多了,我觉得最后那位专家也很真诚地喜欢我,所以在直播时我们俩配合得很自然、很积极,真的像忘年交一样。在此之前,我听别人说这位老师平常是个不太爱说话的人,可那天他真的超水平发挥,特别愉快,甚至有点忘形。他说:"你看鸭子在水面游,外表特别平静,其实在水下,它的脚底扑棱扑棱地动得厉害;飞行员也是,看上去很镇静、很帅的,其实心里常常咚咚乱跳。"这样生动有趣的语言全出来了。

对于主持人在直播节目中应该处于怎样的位置,我的想法很质朴:认真做好自己的工作,坦诚谦和地面对合作者,让他们说出自己的见解,设身处地地服务于观众,让他们了解尽可能多的信息,也就是这样吧。

2001年上海APEC会议的直播则是另外一种情况,那次强度特别大,一连三天七场直播,主持人就我一个。形式上比较简单,因为各项日程都已安排好了,演播室直播只需开头、结尾和中间简单的串联就行。但就是这次预计难度不大的直播,成为最混乱和最手足无措的一次,因为从第一场开始,一切都跟原来设想的不一样。你越觉得是板上钉钉的事,它越像开玩笑似的发生一个完全想不到的小事打乱计划。那次工作给我的启示是:千万别觉得直播就是你想象的那样。

第一场是 APEC 各经济体召开一次记者会,原定时间到了,画面应该切到现场,但记者会还没开始,一直延后、延后,于是我一个人在演播室里撑了近 20 分钟。最后一天闭幕会也是如此,切到现场又没开始,延后了 38 分钟,好在那一场有一位嘉宾在,我们就在演播室里多说了 38 分钟!那真是很惶恐的时刻、无助的时刻、硬扛的时刻,但扛到最后,也豁然开朗,一下子松弛了。直播其实是最人本化的传播方式,直面嘉宾和观众,摒除杂念,有什么问什么,有什么说什么,自然而然、水到渠成地说就行了。不要担心会不会犯傻,相信自己的新闻素质,不要担心自己语无伦次,相信自己多年的基本功,相信平时的日积月累正是为那没有准备的一刻做的准备⋯⋯

我还记得那次 APEC 闭幕会直播节目的最后一节。衬着夜上海的画面,康辉说:"现在外面已是华灯初上,把夜幕降临的上海装点得非常漂亮,为期 3 天的 APEC 圆满结束了,就让这美丽的夜景送别一下来到上海的客人们吧!"音乐渐入逐渐推上,这情景交融的一刻非常有感染力,似乎也让有些疲惫的康辉感到彻底的快慰,大概他也为这次出乎意料的直播终于有了圆满的结束而感到轻松高兴吧。

尽管现场直播是新闻传播的最高级形态,但到目前为止,"现场直播"这几个字在大家眼中似乎并不意味着一个好看的节目,而意味着一个重大的任务和高规格待遇，如果不突破一些现实条件和新闻传播观念的瓶颈，很难实质性地进步。

瓶颈一：没有独立的新闻频道作为直播平台。重大直播一般在央视一套即新闻综合频道播出，总编室按计划把某时段的窗口开给某次直播，节目时间就此固定，在此时段必须填进节目。但新闻事件是活的，有可能提前也有可能延后，很难完全严丝合缝。

瓶颈二：直播观念亟待更新。目前的基本状态是上头一重视，底下就束手束脚。有人说目前对待直播是战略上重视、战术上藐视。表现为一上直播全体人员一方面紧张、战战兢兢、生怕出错，一方面又常常未做好充分的技术、资料准备，应对非常情况的能力不够。

瓶颈三：没有对突发事件进行直播。对突发事件的直播最能发挥电视直播的优势，其魅力在于媒体与观众共同直面未知，共同应对偶发，其现场性和参与感是无与伦比的。康辉和他的同事们坦言，"9·11"那天，一个国家媒体的新闻工作者在家里看别的媒体报道着一个天大的事件发生，这种感觉很痛苦。这种痛苦在康辉身上演变成了一种后遗症，他再也不关手机了，生怕万一再有大事发生。

看到康辉说到这里沉默了下来，我开口道："咱们说点高兴的事吧。"康辉笑起来："最高兴的事当然是休假出去玩啦，不过直播时也有过特别高兴的时候……"

康辉：我每次直播都没有很长时间的得意，不会像咀嚼一颗橄榄似的回味很长时间，但1997年香港回归时，我做交接仪式的解说，那次真是令人难忘。那次我不是作为主持人、甚至不是作为现场记者，只是在画面后做解说的工作，12点整，直播完最后一句话，话音刚落，只听得新闻中心外面一片欢腾，那一瞬间，我觉得自己完成了特别重大的使命，用自己的声音参与到了这么有意义的记录历史的工作，非常自豪。我想新闻工作者如果能把自己融入社会生活之中，那么获得的情感上的满足是非常巨大的……

敬业、乐业的康辉在日复一日的工作中播完了新闻、做完了各种节目之后，又是如何生活的呢？他过着简单、纯净的日子，沉浸在自己的爱好之中，陶醉于平静的生活之中。

前一段时间，康辉曾以普通观众的身份参加过《正大综艺》中《我的世界真奇妙》栏目，和大家一起分享了他在欧洲旅行时拍的录像。康辉说，他很享受在一个陌生的异乡游游荡荡、溜溜达达的感觉，闲逛中的收获是自由自在的，非常个人化的。其实大多数人的生活中都很少有狂喜，但点点滴滴的温馨、丝丝缕缕的感悟会让人生变得充实、活泼、甜美和有趣……

康辉：我有段时间，常觉得自己的精神世界和别人没有关系，甚至和自己的工作也没什么直接的关系。我想文学和电影是最接近心灵的东西了吧。我看书很多、很杂也很快，我享受文字阅读给人带来的快感，比如金庸的武侠小说里这种感觉就非常明显。现实生活中谁都有心里很堵的时候，可在武侠世界里，侠客的一柄长剑一下子就给解决了，那种快意恩仇的酣畅淋漓也是非常引人入胜的。

电影的魅力也在于它能把人带入和现实生活无关的另一段时空，让你完全沉浸其中。我最喜欢的电影一部是《天堂电影院》，它道尽了世间真挚、纯净、美好的感情;还有一部是《活着》,它道尽了心灵中的苦难与坚持。人的一生注定要受很多苦,但我们必须寻找快乐,哪怕只是电光火石,因为快乐是照在沉沉大地上的寥落的星辰……

认识康辉13年了,了解越多,越觉得他就像21℃的气温,不多不少,刚刚好。这样的人做新闻节目,不温不火,刚刚好。这样的人做朋友,不冷不热,刚刚好。

扫码听康辉再诵
《江城子》

2

平均分

Energy
and
persistence
conquer
all
things.

在巨人的肩膀上

我与《新闻联播》

从正式接触播音专业开始,《新闻联播》在我心目中就不再只是可获取新闻的电视节目,而是一个目标,一个梦,犹如登山者心中的珠穆朗玛峰。待我登上了这座山峰,又发现这里还远不是峰顶,或许终我一生也未必能够真正登顶,只有继续跋涉,也因此,它始终是一个目标,一个梦。

一

若认真追溯,我与《新闻联播》的渊源最早要算到1992年,大学毕业前的实习,我和同班的海霞、文清一起到了中央电视台新闻中心新闻编辑部播音组。我们从短短的简讯稿开始,一点一点向那些只在电视屏幕上仰视过的老师们请教如何把新闻播得清楚、流畅、有分寸，如何把自己锻炼成一个真正的新闻播音员。

终于有一天，我可以给《新闻联播》配音了！但由于我记忆力逐渐衰减，我已记不得到底是哪一天，也记不得给《新闻联播》配音的第一条新闻到底是什么内容，只记得有一种唯恐美梦醒了似的紧张感笼罩着自己，可表面上还要尽量装得淡定一点、再淡定一点。当天联播播出时，我早早地等在电视机前，直到听到了自己的声音，才确定这不是梦。

如今想来在实习阶段就能给《新闻联播》配音，近乎天方夜谭，我们无疑是极幸运的。这固然是因为当年央视的新闻节目没有今天这么丰富、海量，反而离最高等级的联播会近一些，但我必须客观地说，我们很认真、很努力地接近联播需要的标准，没有人会拿这个中国最重要的电视节目开玩笑，如果我们完全不胜任，机会将永不来临。

过程当然是艰苦的，压力时刻都在。从实习的第一天起，老师就给我们打了预防针："你们不能再拿自己当学生看，要用央视工作人员的标准要求自己，别人也会用这个标准要求你们。"那时候，每天各个地方台都会传送大量的地方新闻供央视选用，都需要配好音、制作成片再审核播出，工作量极大，哪会有那么充足的备稿时间，都要干脆利落地完成。做不到？下次也许就没机会了。我最难忘的是当时地方新闻组的一位编辑宋昉（后来他成了大名鼎鼎的《晚间新闻》制片人），每次他走进播音组办公室，我都能感到一股杀气扑面而来。他抱着厚厚的一摞磁带，甩过来厚厚的一沓改得面目全非的稿子（有很多是本来就模糊不清的传真稿，再加上宋大编辑的独门绝技——写得越认真越让人完全不认识的书法，基本等同于天书），眼神示意你

"干活儿了",转身直奔录音间。你必须毫不犹豫地紧紧跟上,进了录音间,屁股刚挨到座椅,就听得外面传来推磁带进机器带仓的声音,旋即一声不容分说的"走——",工作就开始了!如果在配音过程中,多停了几次,多接了几个断点,那么,即使隔着录音间的玻璃,你也早已被无数"眼神刀"劈成碎渣。但如果顺利高效地完成,他劈头盖脸的夸奖也能让你半天缓不过神儿来。还有几位以严苛闻名的记者、编辑大姐,工作的时候个个如灭绝师太般心直口快,可那又完全是对事不对人,只要你活儿干得漂亮,她们绝对在心里打高分。我至今记得有一次已临近《新闻联播》录像的截稿时间(《新闻联播》的直播要等到4年之后的1996年),一条时政新闻赶着配音,我心提到嗓子眼儿地一遍完成,记者大姐百忙之中没忘了冲着录音间里的我大喊了一声"谢谢啊!"那一瞬间,我这个实习生收获了至高的职业满足感。

可能会有人觉得,一遍都没看就播,是不是太随便了?这当然是非常态,但又是我们这个工作的常态。看似拿来就上,实则功夫必须下在平时,实战是不容许练习的。我至今感谢那个阶段的"被高压""被逼迫",那些前辈就像魔鬼教练,以一种看似不近情理的方式激发出你全部的潜力,当然,前提是你有这种潜力、你做了足够的准备。也是从实习开始,我懂得了职业尊严和机会不是谁赐予的,要靠自己一天天一次次工作的高质量完成累积,只有自己才能成全自己。

二

梦想虽然美丽,但追梦的路却不平坦。

1993年,我在大学毕业后如愿进了央视新闻中心,正赶上中国电

1994年,《世界报道》,我作为一个固定栏目主持人的首秀

视新闻的一波大变革,兴奋地迎接着一个又一个新鲜的工作,辛苦却满足。后来的十几年间,各种类型的节目我几乎都做过了,也得到了一定的认可,但除了间或给联播配音,我似乎离《新闻联播》越来越远,那似乎还是个遥不可及的梦。不过,我已慢慢学会了不着急,圆梦需要天时、地利、人和。

直到 2006 年 6 月 5 日。

2006 年 6 月 5 日晚 7 时整,伴随着熟悉的片头曲,"观众朋友们晚上好……"中央电视台的《新闻联播》中出现了两个熟悉而又陌生的身影——康辉和李梓萌。说他们熟悉,因为这两位主持人的身影经常出现在中央电视台新闻频道的各档新闻栏目中;说他们陌生,是因为这两个人打破了邢质斌、罗京、李瑞英等资深主持人的常规配合。

1994年刚工作时的《早间新闻》

　　这是当时有媒体对央视这件"大新闻"的记录。说它是"大新闻"，有一半的原因是台里事先并未对外透露任何消息，连很多联播的工作人员都是当天下午才知道，我们俩出人意料地出现在了《新闻联播》里。而我和梓萌得到通知也不过是一周之前，许是要为6月初新闻频道的再次改版造势，我们才被要求严格保密，以形成甫一亮相就产生巨大影响的效果。这个效果倒真是达成了，只是，我们也就少了之前可以在演播室多模拟几次、充分准备准备的条件。对我来说，上联播，既有"忽如一夜春风来"的惊喜，也有"守得云开见月明"的欣慰。6月5日那天下午，到了办公室，迎接我的是同事们轮番的询问以及或惊诧或祝贺的眼光，但我哪里顾得上这些，我要抓紧做直播前的准备工作——看串联单、备稿、化妆，平复紧张的情绪。虽然已有了十几年工作经验，但这是《新闻联播》啊！ 等到进了演播室，眼看着时钟一点点指向7点，这种紧张达到了顶峰。片头曲响起，我深深吸了一口气，才说出了我在《新闻联播》的第一句话："观众朋友，晚上好。"

这第一句话像开了一道口子，让之前积攒的紧张全部都顺势宣泄了出来，之后的30分钟，不敢说成功，至少算顺利。走出演播室，领导、同事们纷纷给予我们鼓励。还有不知道怎么潜伏到办公室外的其他媒体记者拉住我们要进行采访。而我此时心里想的只有缓缓神，给家人打个电话，等会儿看看重播给自己挑挑毛病。妈妈在电话里很平静地鼓励了我几句（她很少会对我的工作评头论足，也许是对我有信心，也许是只要在电视里看到我就足够了），妻子在电话里嘱咐我一定吃好晚饭，总结一下，回家再讨论（同专业的她是我最严苛的观众）。我一向不习惯看自己的节目，总觉得屏幕上的我是另一个人，但那天，我很认真地看了联播重播。不满意之处有很多，最主要的是欠缺《新闻联播》播音员该有的一种"气场"，这当然还需要时间来不断打磨。我兴奋地等待着更多的历练，但没想到这一等，又是一年。

6月5日亮相后，一段时间，我们再未被安排出现在《新闻联播》里，似乎这机会突如其来，又倏忽而去。那段时间，尽管心里难免波动，但我没有找过任何一位领导去询问。还是那句话，工作了十几年，我已慢慢学会了不着急，如果必须"苦其心志劳其筋骨"，那也许正是"天将降大任"的预示。

那段时间，我继续做着和过去一样的工作，先是帮刚改版、主持人没有完全到位的早间节目《朝闻天下》值了三个月早班，之后回到《晚间新闻》，还有每周日的《世界周刊》。我还参与了"嫦娥一号发射"等大型直播，和周刊团队先后制作了《不可思议的印度》《瑞典环保行》等系列节目，和过往一样忙碌而充实。心中当然有那个梦，而且我愈发笃定地认为，除非联播不再有机会，只要机会来了，一定有我。

转瞬18个月过去，2007年12月8日，我再次出现在了《新闻联

《世界周刊》，很多人是通过它认识我的

播》的主播台上。这次不再追求什么轰动效应，台里提前发布了联播增加新主播的信息，我和梓萌还有海霞、郭志坚逐一亮相。为了更稳妥，我们这几个新人与罗京、李瑞英老师分别搭档首次播出。我自信多了，也踏实多了，这才应该算是我与联播真正的"第一次"吧。

其实，我很庆幸自己与《新闻联播》真正结缘是在工作了十几年后，很庆幸与它有这一年多的若即若离，这都让我懂得该怎样去珍惜、该怎样去不辜负，而不至于飘飘然。我知道，登上这个平台，并不意味着就已属于这个平台，也不意味着就已在这个平台站稳，更多的挑战还在未来。

三

常有人带着不无羡慕的口气问我："《新闻联播》工作很轻松吧？是不是每天晚上7点到7点半上30分钟班就可以了？" 我只能半开玩笑地回应："您的脑洞开得好大呀。"且不说播出前的准备，重播前的在岗,就说直播的时间,也经常不止半小时。

我经历的时长最长的一次播出是2012年11月15日。党的十八大刚刚闭幕,这天的《新闻联播》要发布十八届一中全会公报、新一届常委简历、新一届常委同中外记者见面等重要新闻,而所有重要新闻都要经过极为严格的拍摄、编辑、制作、审稿、修改、再制作、再审稿、传送、播出,时间因此非常紧张。我清楚地记得,那天是我和修平姐当班,19点整,导播发出开播口令,我们看上去神态自若地播着内容提要的时候,播出线上已经确定可以正常播出的新闻,其实只有一条!其他新闻都还在赶制中。演播室外不断传来一阵阵急促奔跑的脚步声,那是同事们在争分夺秒地将刚刚制作完毕、审核通过的新闻送上播出线,来一条审一条,审一条播一条,有的新闻送到播出线时,距离按照既定顺序播出的时间只差几秒钟!而每一条新闻,都要经过那好几道流程,这个过程中,哪怕只是一个人手抖了一下,结果都不堪设想。我和修平姐手里更是备了比平时播出多好几倍的备用稿件,一旦哪一条视频出现问题,我们都要以口播的方式将新闻播报出去,不能遗漏或迟发任何一条重要消息,也不能错发哪怕一个字!

那一天,已经开播了,我们还不知道节目的准确时长,在内容提要中只是预告"今天的《新闻联播》大约需要2个小时",直到19点53分,才确定了整个版面的时长是124分钟。这个播出时长,在《新闻联播》的历史上是空前的,这个纪录一直保持到十九大闭幕后,2017年10月25日的《新闻联播》才被打破。安全播出的难度也是空前的!那真是惊心动魄的124分钟,但也是近乎完美的124分钟!最终124分钟安全播出,准确无误!《新闻联播》台前幕后所有的工作人员以高度的责任心、过硬的业务能力和强大的心理承受力共同完成了一次几乎不可能完成的任务!

《新闻联播》在40年的发展历程中形成了职业的"金标准",也已成为电视行业最高、最严、最有效的编播标准,"万无一失"在这里不是愿望,而是要求。曾有航天系统的工作人员在参观过联播的播出线后,情不自禁感慨道:"我们的火箭是一个月发射一次,你们这是天天都在发射啊。"安全播出大于天,这就是我们平凡而神圣的职责,它不是每天半个小时就能轻轻松松搞定的。

我对那一天记忆犹新,还有个原因,那一天,我也创下了自己职业生涯的一个纪录:因为重要时政新闻播出的特殊要求,我在完成了当天上午十八大的相关直播和当天晚上的《新闻联播》播出后,又一直值班到次日凌晨3点多,24小时内持续高强度工作近20小时。疲劳到下一秒钟就能睡着,但又兴奋到下一秒钟还能精神饱满地面对镜头。我越来越相信,工作中能战胜疲劳、最最提神醒脑的不是咖啡、红牛,而是反复默念的一句话:"我在岗位上。"

四

直到今天,还总有人会问:"《新闻联播》真的是直播的吗?"《新闻联播》从1996年到现在已直播23年了;我窃喜,这大概是能证明联播差错率很低的最好例子吧。直播,保证了新闻的即时性,当然,也带来了各种不确定性。对主播来说,最大的不确定性和挑战性来自那些"急稿"。

"急稿"意味着没有充足的准备时间,难以确保成竹在胸的稳定心态,这与联播所需的"万无一失"是极矛盾的,但又是这个岗位必须能承受住的，否则，为什么是你而不是别人坐在那里呢？我想，面对未知的"急稿"，每个主播都难免恐惧，但内心深处也会有隐隐的期待。

2018年8月16日，中共中央政治局常务委员会召开会议，听取"关于吉林长春长生公司问题疫苗案件调查及有关问责情况"的汇报，中共中央总书记习近平主持会议并发表重要讲话。同一天，国务院总理李克强主持召开国务院常务会议，听取吉林长春长生公司问题疫苗案件调查情况汇报并作出相关处置决定。这一造成极大社会危害的案件关注度极高，中共中央政治局常务委员会就此类事件专门召开会议也是极罕见的，相关新闻的发布势必要求做到极致地及时、准确。当天，18点54分，政治局常委会会议的稿子送进演播室，是刚刚接到的传真件，而国务院常务会议的稿子还在路上。我迅速浏览稿件，特别对其中关于会议做出的问责决定部分涉及的人名、职务等信息仔细核对，这是最容易出现疏漏的地方。18点59分，国务院常务会议的稿子到了，同样是传真件，但已经没时间备稿了。一分钟倒计时，与导播最后核对日期、时长、提要，我还是深深吸了一口气，像运动员站在起跑线上，像士兵等待着冲锋号响起。直播开始，我特意把语速放慢了一些，一是借此稳定心态和语态，因为人在紧张的时候语速会习惯性加快；二是这两篇稿子的分量决定了必须清楚、准确地传达内容，要照顾到各个年龄层、不同知识结构的观众接受信息时的反应程度，即使是急稿也不能忽视对分寸的把握，这些都要求在语言节奏上做适度调整。当专注于内容表达时，可能造成紧张的其他因素反而渐渐消失，5分多钟的政治局常委会会议的稿子顺利播出。

镜头切到女主播，梓萌接着播出"新华社播发长篇通讯《在党的旗帜下奋进强军新时代——以习近平同志为核心的党中央领导和推进人民军队党的建设述评》，幸好有了这条时长1分钟左右的口播，让我能抓紧看一眼紧跟着要播的国务院常务会议的稿子。我能感觉到梓萌也刻意将语速放慢，显然她是在帮我争取更多一点备稿的时间，哪怕能多出5秒钟。可见搭档之间的互相配合是多么重要和可贵。我轻轻挪动着稿纸，避免发出声响，一目十行地浏览。导播在耳机里提示，"还有15秒，男口（男主播口播的简称）"，我在心里提醒自己一定稳住，国务院常务会议的内容除了"听取吉林长春长生公司问题疫苗案件调查情况汇报并作出相关处置决定"外，还有其他事项，千万别只顾着这个重要内容而在其他部分泄了气。3分多钟的这一条也顺利播出了，我再次默默提醒自己，人在闯过难关之后反而最容易松劲，播出还在进行，联播发布的任何一点信息都不容疏忽，安全播出大于天。

  播出后的总结会上，领导对主播的表现给予肯定，在我心里，这只是职责所在，即便特殊了一点。在《新闻联播》历史上，经典的处理急稿案例有很多，2004年罗京老师播出"江泽民胡锦涛出席军委扩大会议并发表重要讲话"、2008年邢质斌老师播出"国家质量监督检验检疫总局对全国婴幼儿奶粉三聚氰胺含量进行检查"、2014年李修平老师播出"中共中央关于全面推进依法治国若干重大问题的决定"等，他们无一例外，都是凭借着对大政方针的了解、扎实过硬的语言功底、专心致志摒弃杂念的播出状态，完成了各项急难险重的任务。我记得在部门的一次业务研讨会上，有年轻主播问修平姐怎样在那种情况下不紧张，修平姐说："不想别的，专注于要播的内容。"简简单单一句话，却是至理。紧张来自杂念，杂念来自忽略了这个职业的根本——传达信息。

比起前辈们，我经历过的挑战还远远不够。未来，这样的挑战一定还会有，能努力做到"泰山崩于前而色不变"，也是联播该有的中国气派中的一种吧，我时刻准备着。

五

常有人说《新闻联播》永远不变，但以我这些年的经历看，联播始终在变。尽管由于它的重要性和特殊性，首先要保证每一步都安全，但《新闻联播》从未缺席电视新闻传播中每一次必需的改变。每一次改变自然也给主播提出了不一样的要求，带来一次又一次新的挑战。

也常有人说《新闻联播》的主播只会照本宣科，这又是固化的印象了。若只会照本宣科，则远不能胜任联播的要求。所以，该播则播，当说则说，我在联播的经历也证明着这一点。

2011年11月17日，中国载人航天工程首次空间交会对接任务完成，神舟八号飞船返回地球。从飞船进入返回轨道到返回舱落地主着陆场，时间段在18：45至19：32之间，而返回舱进入我国上空，主着陆场雷达、主着陆场光学与主着陆场测量站可以搜索到返回舱踪迹的时间又正好在联播播出的时间段内，为了第一时间记录、报道"神八"回家，台里决定在《新闻联播》中插播北京航天飞行控制中心的实时监测画面，进行直播。但直播时画面中能看到什么，时间点是否能掐得准，这都还有变数，而且联播能给的直播时长也很有限，只有3分钟左右，所以必须在飞控中心的光学影像中能看到"神八"返回舱的时段，也就是画面中具备有效信息的时段进入直播，这样的直播才有效果。这种情况下，编辑部门无法为主播提供完备的文稿，主播需要根据实时画面中的信息判断情况、组织语言、完成直播。

任务交到我手上，距离播出只有约2个小时了。不打无准备之仗，此时需要准备的是对返回阶段各时间点、返回舱从入大气层到着陆整个过程的各环节、返回舱相关设施情况的把握，还有，尽量精确计算3分钟以内可以说多少内容。能有条不紊地做这些准备，有赖于那段时间我一直在做神舟八号与天宫一号交会对接的直播，情况是掌握的，专业术语是了解的，对着画面随时解释信息的形式是熟悉的，唯一的区别是这次要在联播里直播。那天，走进演播室，我心里挺踏实。

直播信号接进来了，我开始解说："这是从北京航天飞行控制中心传回的神舟八号飞船返回舱返回地面的实时监测画面，我们现在通过这个实时信号来关注'神八'回家……"很快，过去了1分多钟，我一边看着黑白的光学影像信号语气轻松地告诉大家："刚才在屏幕中间看见的那个白色亮点就是神舟八号返回舱，目前主降落伞已经打开了，主降落伞打开意味着返回舱已经经受住了大气层穿越的高温烧蚀、和地面失去联系的240秒黑障区以及降落伞可能由于各种原因无法打开这几道难关的考验，意味着'神八'安全返回地面有了相当程度的把握……"一边心里起急，那个白色亮点转瞬就不见了，而且怎么在影像里始终没看到主降落伞呢？3分钟很快就到，如果画面里有效信息不足，这段直播效果可真要大打折扣啊。就在此时，一张大伞拖拽着返回舱从画面右侧唰地闪了进来！我下意识地脱口而出："哎，我们看到了！这就是神舟八号返回舱的主降落伞在拖着它向地面的着陆点逐渐靠近！"有了这个画面，有了这些信息，直播就成了！随后，我一边看着时间，一边听着导播的提示，在剩余的1分多钟的时间里将主着陆场各系统的准备、主着陆场的天气、1200平方米的主降落伞是目前全世界飞船降落伞当中最大的,铺在地上有小半个足球场那么大等资料信息言简意赅地解释给观众。最后我做了预告:"返回舱着陆的时间应该在19:36到19:40之间,本台新闻频道会从《新闻联播》之后19:30开始进行全程特别报道,请大家注意收看。我们也共同等待着'神八'安全着陆的消息,等待着中国载人航天工程首次空间交会对接任务画上一个圆满的句号。"

说完最后一句话,我脑子里也闪过一句话:"《新闻联播》的历史上可以再记下一笔了。"

出了演播室,一位同事冲我大笑着说:"连'哎'这种词都冒出来了,谁写的稿子啊?联播里可从来没这么说过话,你这算头一回啊!"

我笑着回他:"这才是直播啊。"

六

我在《新闻联播》里做现场直播连线最过瘾的一次,是2013年的除夕夜。

为了展现万家灯火庆团圆的幸福年景象,当天联播安排了六路记者直播连线、四路直播信号实时解说。为了效果更完整,由当天两位主播中的一位来整体完成,这个任务交给了我。

"今天是除夕,中华除夕夜,天涯共此时。说风光,南秀北雄;看年俗,东西不同。除夕中国就像一个文化万花筒,有人在守着年夜饭和春晚,有人还在天空和大海上巡航,无论走到哪儿,在我们中国人的心中,此时此刻就意味着团圆,此情此景就象征着平安。接下来,我们将带着您跟随着我们的直播镜头,一起去领略除夕中国的吉祥安康。"

热情洋溢的开场白后,我串联起每一路直播信号:"从广州的第一届水上花市,到福建漳州南靖土楼人家的年夜饭;从东北雪乡的二人转,到秦淮河畔的花灯璀璨;从青岛地铁建设工地上天南海北建设者们的欢聚,到海峡对岸上百人家的团圆火锅宴;从首都上空警用直升机俯瞰京华万家灯火,到北海舰队远洋远海训练编队舰艇上官兵们祝福祖国人民幸福安康;再到春晚现场央视48位主持人准备开场歌曲联唱给观众拜年……这中间,有美得移不开眼的景色,有浓得化不开的亲情,有未能归家团圆的不舍,有期待春晚开始的兴奋。"

我把控着节奏,也把控着情绪。每一路直播信号都经过提前测试,每一部分的文稿也提前做了准备,但中间的过渡、衔接怎样更自然、更流畅,如果出现意外情况怎样处理,这些都需要主播实时掌握,即时反应。或许除夕夜本就该顺利圆满,我们的直播行云流水,一气呵成。从6分48秒开始,至22分44秒结束,用时16分钟,占了当天联播超过一半的时长,这个纪录到现在为止还没被打破。我又一次幸运地参与创造了《新闻联播》的又一个第一。

那天的联播还有一个第一,那就是说完结束语——"今天的《新闻联播》就是这样,感谢您收看。在这里,我们再一次祝观众朋友新春愉快,万事如意,身体健康,合家安康,我们给大家拜年了!"我和修平姐一起向观众行拱手礼,这在联播历史上是第一次,很多观众后来评价:"《新闻联播》在努力改变正襟危坐的播报方式,在体现权威性的同时更多了亲切感。"从此,每逢春节,主播们都会以中华最传统的礼节来表达对观众最诚挚的祝福。

类似的第一还有,2014年1月1日,《新闻联播》结尾,我在画外音中说:"朋友们都在说,2013就是爱你一生,2014就是爱你一

我和修平姐一起向观众行拱手礼

世！那就让《新闻联播》和您一起传承着一生一世的爱和正能量吧！"这句话一下子在互联网上火了，网友们说这是新闻联播第一次"卖萌"。我在此证明，这句话并不是我的原创，我是一字一句地按文稿表达，真正"卖萌"的是《新闻联播》的全体工作人员，是《新闻联播》自己。

这些年，我切身感受着《新闻联播》不断的变化，有形式的更新，也有内容的调适，它并非高高在上，也并非故步自封。也许它前进的脚步不像理想化的期待中那样快，但前进的脚步从未停止，这恐怕才是最有效也最智慧的前进。

七

按照《新闻联播》的"金标准"，每次直播前主播要提前15分钟进演播室做准备。从上联播那天起，我一直严格遵守着这个标准，唯独有一次例外。

2016年2月19日，习近平总书记到人民日报社、新华社、中央电视台等三家中央新闻单位进行实地调研。在中央电视台，他专程到《新闻联播》演播区视察，我和海霞作为当天值班的主播，在演播室向总书记介绍了播出准备情况。习近平总书记关心地问起演播室的一些设施是不是已经陈旧、需要更换？我向总书记解释，有些设施在陆续更新，也有一些设施我们舍不得换，比如主播的座椅，这两把椅子陪伴过几代联播播音员，某种程度上它代表着我们事业的传承与接续。总书记欣慰地笑了。接着，他又到《新闻联播》的导控室向工作人员了解新闻制作导播流程，还亲自切换按钮体验模拟播出。在那里，总书记对大家说："要把国家发生的重大事件第一时间播出去，还要做到零差错，这非常不容易，要付出很多努力，你们都是幕后英雄！"

调研结束，习近平总书记当天下午在北京人民大会堂主持召开党的新闻舆论工作座谈会并发表重要讲话。我作为来自一线的新闻工作者代表之一参加了座谈会并发言，总书记很认真地听大家的发言，边听边记，不时插话交流。对我在发言中提到的"《新闻联播》播出的十八洞村扶贫故事很接地气；总书记出访非洲演讲时引用当地热播的中国电视剧与人民拉近距离；新闻舆论工作者应该坚持做社会主义核心价值观的实践者、传播者、引领者"等，总书记都给予了回应和肯定。

总书记在发表重要讲话时强调，党的新闻舆论工作是党的一项重要工作，是治国理政、定国安邦的大事，要适应国内外形势发展，从党的工作全局出发把握定位，坚持党的领导，坚持正确政治方向，坚持以人民为中心的工作导向，尊重新闻传播规律，创新方法手段，切实提高党的新闻舆论传播力、引导力、影响力、公信力。他的讲话既有理论高度，又有平实表达，既有明确要求，又有殷殷期望，听之、观之令人如沐春风。

我一边认真听认真记，一边抽空看表，因为我惦记着还有当天的联播播出呢。离席早退？这当然不行，很不礼貌不说，况且我还想多听听总书记的讲话呢！临来开会前，我请示台领导是否当天的《新闻联播》换一个主播保险一些，领导指示："上午总书记调研时，你和海霞是作为今天当班的主播介绍准备情况的，播出忽然换了人不合适，尽量赶回吧。"台里也做了仔细的部署，特意派了一辆车守在大会堂门口，座谈会一结束我可以立即坐这辆车赶回台里直播，又安排了郭志坚下午在台里随时准备着，万一来不及能保证播出不受影响。座谈会结束，我顾不上和大家告别，抬腿就往外跑，上了车掏出电话打给办公室，告诉小郭我在往回赶，请他还是做好万一的准备。挂了电话，我就在心里默念着，千万要一路畅通啊！千万要一路畅通啊！也许真的心诚则灵，正值北京交通的晚高峰，可回台的一路竟出奇地顺畅，我用最短的时间赶回了台里。

跑回办公室整理了一下，冲进演播室，18 点 52 分。头条新闻正是今天的座谈会和总书记实地调研的内容，有时长 1 分 20 秒的导语。虽然时间紧张，但我心里却并不紧张，一天的充实收获给了我强烈的表达愿望！

这是我唯一一次未遵守联播的"金标准"，但这一天的收获让我对这个"金标准"的认识更进了一步。作为新闻工作者，我们需要在未来建立起更多的"金标准"，这是我们的职责与使命。

八

我没有想到,有一天《新闻联播》和我自己都能成为"网红"。

《新闻联播》距离首次开播已逾40年,是中国收视率最高、传播面最广、公信力最强的电视新闻栏目,也是记录世界、观察发展变化的中国最重要的窗口,这里发布的每一条新闻都是大事,自然都有着巨大的影响力。有时,这种影响力甚至超出我们的想象。

中美经贸摩擦产生后,中方本着合作共赢的立场,以理性务实的态度,希望通过协商谈判解决问题,找到双方都能接受的方案。但美方时常无视双方此前达成的共识,一再出尔反尔,并不断挑战中方的核心利益与重大原则。对此,中方必然做出严正回应与强力措施。

为配合外交斗争,中方主要新闻媒体及时发声。2019年5月12日,新华社播发题为"无惧风雨,砥砺前行"的评论员文章;5月13日,人民日报发表评论员文章《中美开展经贸合作是正确的选择,但合作是有原则的》;5月13日,中央广播电视总台在《新闻联播》刊播《国际锐评:中国已做好全面应对的准备》。

正是这篇国际锐评,旋即在微博和朋友圈疯狂刷屏,24小时内各主要社交媒体平台上该视频、文字的阅读量冲破3500万,并迅速让"新闻联播"这个话题登上了热搜榜的榜首。无数网友表示,"这是中国堂堂正正的声音""太硬气了,太提气了!""《新闻联播》就该这么播!"

这篇锐评到底说了什么?

锐评指出,对于美方发起的贸易战,中国早就表明态度:不愿打,但也不怕打,必要时不得不打。面对美国的软硬两手,中国也早已给出答案：谈，大门敞开；打，奉陪到底。经历了5000多年风风雨雨的中华民族，什么样的阵势没见过？！在实现民族复兴的伟大进程中，必然会有艰难险阻甚至惊涛骇浪。美国发起的对华贸易战，不过是中国发展进程中的一道坎儿，没什么大不了，中国必将坚定信心、迎难而上、化危为机，斗出一片新天地。

无论外部风云如何变幻，对中国来说，最重要的就是做好自己的事情，不断深化改革，扩大开放，实现经济高质量发展。美国下一步是要谈，还是要打，抑或是采取别的动作，中国都已备足了政策工具箱，做好了全面应对的准备。这正如习近平主席所指出，中国经济是一片大海，而不是一个小池塘；狂风骤雨可以掀翻小池塘，但不能掀翻大海；经历了无数次狂风骤雨，大海依旧在那儿！

锐评好就好在一个"锐"字，有锋芒、有气势、有力道、有回味，切合了当前的形势，也切合了公众的意愿，因此，其产生的超乎想象的反响与影响也就顺理成章。

当天联播中这条锐评是我播出的，也有很多网友给了我超乎想象的高度评价，认为这才是铿锵有力的中国之声，有的社交媒体转发时安上了"康辉火了，看康辉怎样怼美国"的标题，甚至有播音主持专业的公众号从专业角度分析说这是新闻评论播音的绝佳示范，国际锐评的评论员见到我说："谢谢你的播音把我们要表达的意思都准确表达出来了。"大家的热情令我感动，也不免令我惶恐，更促使我从业务角度认真检视这篇评论播音的得失。

当天拿到稿子，我第一反应是"这个劲儿挺难拿，但又是自己能把握好的"。因为一直关注着中美经贸摩擦的过程,对中方的立场原则是掌握的,前一天刚刚在《新闻联播》里播发的人民日报、新华社的评论员文章也做了很好的铺垫,这些都让我对这篇国际锐评的基调拿捏有信心,剩下的就是表达技巧的使用了。既然是锐评,就要突出锐度,语言不能拖泥带水,要掷地有声;但又不能一味地使冲劲儿,这不是下战表也不是吹冲锋号,而是有理有力有节的论述,我们的目的是解决问题,要为今后可能继续的协商谈判留有余地;还有,不管语言上怎么表述,有一层底色是不变的,那就是中国的自信,这一点如果表达不充分,如果显得过于剑拔弩张,甚至恼羞成怒,锐评的"锐"也就少了根基。

基于这些备稿时的考虑,一分半钟的评论,我选择了一种不疾不徐、坚定的语气,在"不愿打,但也不怕打,必要时不得不打""谈,大门敞开;打,奉陪到底""对中国来说,最重要的就是做好自己的事情"这几处做了着重处理。同时,如果大家注意观察,应该能发现,我自始至终脸上带着一丝微笑,特别是说到"经历了5000多年风风雨雨的中华民族,什么样的阵势没见过"时,这是以表情等副语言全面铺陈一种自信的底色。

但借一句艺术上的话说,新闻播音也永远是会留有遗憾的。这篇评论播音尽管被肯定,我仍然觉得它可以更好。遇到播音界的前辈葛兰老师,她说在看我播音的时候一直在想,如果是当年的夏青老师来播,他会怎么处理?相信他会在"不得不"这三个字上做做文章。我如醍醐灌顶,同时也觉得如果在收尾处也能处理得更有力度一些,通篇的整体感会更强。这些都留待今后继续体验、历练、弥补吧。

开弓没有回头箭,《新闻联播》不断加大评论力度,继续着眼国家大事、国际大局发出强大的"中国之声"。2019年7月25日,联播刊播国际锐评《究竟谁在全球到处欺侮恫吓他人？》，7月26日刊播国际锐评《美国是全球合作发展的绊脚石》，这两次主播还是我，瞬间，锐评中"美国的观点荒唐得令人喷饭""满嘴跑火车""怨妇心态"等再上热搜，再次引爆舆论场。网友热议："从今天起预定联播热搜""跟着《新闻联播》学说话""联播金句不断，中国语言博大精深"，这也再次证明了主流媒体有棱角、有锐度的表达，说出的是人民心声，道出的是国家立场！

这几次播音该算是我十几年里在联播中播得影响最大的，但也是始料未及的。不过，幸好播出前没有想过这些，如果那时候预知了后来的结果，没准儿还会患得患失起来，就有了杂念。经历了这些，联播的重要性、影响力令我更加刮目相看，也令我更加清晰地感觉到了肩头上那份责任的分量。

为了让《新闻联播》在新媒体上更加发力，让更多年轻人更加走近联播，央视新闻新媒体中心策划推出了一个小视频栏目《主播说联播》，让每天联播的主播们用一分钟左右的时间，讲一点当天联播的延伸内容，或是对重要新闻点的再挖掘，或是提供一些新的知识点，或是就谈谈自己对一些新闻的感受，要求有深度、有温度、有态度，给新媒体用户带来新鲜的感受。7月27日，新媒体的编辑联系我，希望借着前两天的热搜，安排《主播说联播》第一次试水，让我来说点儿什么。说什么呢？我考虑之后，就说说为什么联播能上热搜、我们期望大家关注到联播的什么方面吧。正在出差途中的我，在高铁上只用了十分钟写了这么一段话：

主播说联播，今天我来说。说什么？说热度。不是天气的热度，是《新闻联播》的热度。联播连着上了微博热搜榜，又圈了一波粉，首先我得说，粉联播，您有眼光！

大家都赞总台的国际锐评怼美国金句不断，从"奉陪到底"到"令人喷饭"，从直斥"搅屎棍"到讥讽"怨妇心态"，都问我是不是播得特别过瘾特别痛快？说实话，播的时候没想这个，想的就是怎样拿出中国堂堂正正的立场、态度和气派！

中国一向都是讲道理的，中国的媒体也是讲道理的，对事不对人。但如果美国一小撮人总是兴风作浪的话，那对不起，怼事又怼人！怼得你哑口无言，怼得你灰头土脸！而且，怼的时候我们始终气定神闲。

大家感叹：《新闻联播》好像不是过去的《新闻联播》了。这我得纠正您，《新闻联播》还是那个《新闻联播》，该"高大上"绝不低姿态，该接地气绝不端架子。这样的《新闻联播》是不是还得上几个热搜？

这些话并没有经过多少冥思苦想，相反，它如泉涌一般顷刻而出，这就是我最真实的感受，这就是那一刻我作为主播最想说的话。

7月29日，《主播说联播》的第一期登场了，3天，全网播放量超过一亿次，点赞超600万，"《新闻联播》该'高大上'绝不低姿态，该接地气绝不端架子""粉联播您有眼光"又成了热搜关键词、关键语，没想到的是还普及了一下"怼"字的正确读音。这个小视频栏目试水成功，接着我们其他几位主播也都在小视频中就中美贸易摩擦、香港暴力极端事件等联播的重点内容做延伸性的传播，这种形式契合了移

> 我真的没想到,有一天,《新闻联播》和我自己都能成"网红",但这样的"网红",我喜欢,我愿意当下去

动社交媒体碎片化传播的特点,推动联播年轻化,每一次都得到了网友的热烈响应。特别是很多年轻人,夸张地表白联播,说"早知道《新闻联播》这么好看,谁还追剧啊!"客户端、微博、微信公众号、抖音、快手,各个平台都有了更多《新闻联播》的新粉丝。我真的没想到,有一天,《新闻联播》和我自己都能成"网红",但这样的"网红",我喜欢,我愿意当下去。

十几年了,我不止一次被问过这样的问题:"你上联播还紧张吗?"从开始到现在,我的答案没变——紧张。那种紧张是无可言说的,只有某一天的晚7点,你坐在联播的演播室里,坐在那把椅子上,恐怕才能真的体会到。但最初的紧张是因为陌生,如今的紧张是因为熟悉,越来越了解它,也就越来越想呵护它。

《新闻联播》每天播出30分钟,由8000多字的解说词、500到

800个镜头、近千字的字幕构成，容不得丝毫差错，对它最好的形容就是那12个字："字字千钧、秒秒政治、天天考试"。

我还需努力，方不辜负。

难忘的2008

无论任何史家，在当代或在未来书写中国史，公元2008年，相信都会赋予浓墨重彩。这一年的大起大落，大悲大喜，大开大合，印刻了这个国家，辉映了这个民族。如果我将书写个人史，我同样要为2008年不遗余墨。

一

2008年5月12日14点28分，我在北京繁华的王府井。人群熙来攘往，没有谁会想到，此时此刻，在千里之外的汶川，地下不知已积蓄了多久的能量瞬间将大地撕扯开来……

手机响了，一个朋友语带惊惶地告诉我"刚才地震了"，我赶紧往办公室打电话，确认这一切是否真的发生了。听筒那头是海霞，她告诉我确实发生了地震，台里正紧急布置任务，可能马上要发消息，说完便匆匆挂断了电话。一种前所未有的紧张笼罩了我，遥远的四川地震，居然在北京都有震感，这会是一场怎样的灾难呢？

赶回台里，新闻频道的直播已经开始。紧张播出的同时，各种协调也在见缝插针、紧锣密鼓地进行。晚间的协调会上，我接到通知要值守第二天下午的直播。会开到了晚上10点多，我回到家，一直盯着电视，希望能得到一些来自震中核心区域的信息，可是没有……

这时电话突然响了，直播组通知，晚上的报道可能要延长至第二天凌晨，需要我马上去接班！

5月13日凌晨1点，我坐进了演播室。当时前方记者的反馈清一色的是"当地通讯中断，交通中断，电力中断，一切中断"！但我们的直播时间一直在延长，哪怕只是反复播送仅有的一条消息，所有人都抱着同样的愿望——"也许我们再坚持一会儿，就会有新消息传回来呢？！"

终于有震中第一手的消息了！

我们第一次联络到了震中汶川所在的阿坝州政府应急办的何飚主任，第一次得到了最宝贵的关于汶川的信息。那样的一个时候，"高兴"这两个字或许太刺耳，可是我还是忍不住在与何飚主任连线的一开始就说出了"真的很高兴能联系到您"，我只觉得那是多么宝贵的信息啊！何主任难掩焦灼，即使隔着电波我也能感同身受。我的眉头一直紧锁着……

晚上的直播结束后，有不少朋友发短信给我，说："真不敢看你的表情，心都跟着紧绷起来了。"我承认，那一刻的我真的不太专业，我没能让观众看到一个冷静、沉着的主播。其实日常生活里我并不是一个容易激动的人，但面对这样的灾难，我真的无法不动容。

凌晨4点，直播才结束。走出演播室，外面天光已经隐隐放亮，街头已经能看到一些晨起锻炼的人，这平常得不能再平常的景象竟一

汶川大地震全国哀悼日的第一天，天安门广场降半旗。那天下午，我做了一场毕生难忘的直播

下子让我有了一种近乎奢侈的幸福感！同时，我更加意识到，一场将不知持续多久的战斗已经打响……

睡了几个小时，打开电视，直播还在继续，只是名称已经从"关注四川汶川地震"换成了"众志成城，抗震救灾"。多么熟悉的词啊，"众志成城"，这会是2008年的年度词汇吗？年初抗冰雪，不久前护圣火，到如今，大震面前，中国人选择的都是：众志成城。

二

2008年5月19日，是汶川大地震全国哀悼日的第一天。那天下午，我做了一场毕生难忘的直播。

14点28分，举国默哀的时刻到来，电视屏幕上展现了全国各地默哀的场景。屏幕背后，偌大的演播室里，我和两位摄像师垂首肃立，任泪水奔流，我分明听到了低低的啜泣声。

耳机里传来了导播张君有条不紊的调机声,在这3分钟里,我们的直播要保证把全国各地的现场信号汇集起来传播出去,可我同样听到了她无法控制的哭声。我能想象,这些可爱的同事们,他们是如何带着泪光坚守着岗位。

悲伤的泪水还未抹去,我便听到导播急促地呼喊:"马上接进天安门广场的信号,群众自发呼喊口号,你看着画面解说几句。"画面中呈现的是天安门广场上无数人在齐声呐喊!人们流着泪一遍遍呼喊着:"加油,汶川!""加油,中国!"那一刻,我只觉得血在向头顶涌,真真切切地感受到了什么是热血沸腾!

那一刻,我突然觉得自己拥有了无比的勇气。我看着画面,说出的是:"当13亿人的泪水流在一起时,我们这个民族就有了希望!当13亿人的手握在一起的时候,没有什么可以打垮我们!"

镜头回到演播室,我说了下面这样一段话——

公元2008年5月19日14时28分,为了数万个在瞬间集体陨灭的生命,华夏山河呜咽,神州大地悲泣,悲伤的泪水,汇流成河。这无尽的悲怆,这一声声汽笛,这长鸣的警报,是我们对所有逝去同胞不舍的呼唤,是我们对所有遇难亲人不忍的告别,是整个民族无限的痛楚和创伤,更是共和国对汶川特大地震所有遇难者最后的庄严敬礼!

举国的哀悼不仅是对死难同胞生命的悼念、敬畏和尊重,也是对生者的精神慰藉。我们为哀悼低下头,我们更要为战胜苦难挺起胸!

擦干眼泪,我们还有太多的事情要做。废墟里还有顽强的生命等待我们救援,失去父母的孩子还需要我们抚慰,毁坏的家园还等待我们重建。擦干眼泪,我们把悲痛化作力量。逝去亲人对于人生美好的愿望、对于祖国强大的期待,这些未竟的遗愿将由我们继续完成!擦干眼泪,坚强、坚持、坚守是我们唯一的选择!我们已经相互扶持着走过了最艰难的开始,现在,只要有顽强的意志、不懈的努力,我们就一定能够渡过难关!

中国人民曾历尽沧桑,饱受磨难,然而在灾难面前,中华民族始终展现出无比的坚韧和顽强,不服输、不放弃,灾害无法阻止中华民族奋发进取、不畏前行的坚强步伐。我们坚信,不久的将来,在曾经地震的废墟上,一座又一座更加美丽的英雄的城市和乡村将拔地而起,我们能够听到学校琅琅的读书声、工厂轰鸣的机器声,我们能够看到街市热闹的嬉戏、农田欢快的劳作。这是我们所有活着的人对逝去同胞的承诺,我们一定能做到!

全国哀悼日,更是全国人民的壮行日!我们记住这个时刻,我们用这种形式,寄托我们的伤痛和哀思,表达我们的信心和勇气。在鲜艳的五星红旗下,我们并肩站立!在不屈的中华大地上,我们众志成城,为我们历经磨难的民族积蓄生的力量!

在那些天的直播中,很多时候我的话都是即兴地有感而发,但这段话绝不是简单的即兴之作。它是在播出之前,我和编导张柱宇斟句酌、当时值班的新闻中心副主任庄殿君深思熟虑的结果。因为在这样的一个时刻,我们深知,作为中央电视台,作为这个国家重要的媒体,我们必须要有这样的一种表达!要宣泄所有人的悲情,更要鼓舞所有人的信念!

2008年央视主持人抗震救灾公益广告

今天,已是十年后,但重读这些文字,我仍然像那一天的那一刻一样,被深深地感动了……

举国默哀的悲情,瞬间凝聚的力量,为我当时说这段话做了一个极好的铺垫。我也相信,这段话是我职业生涯中永远难忘的篇章!似乎这之前十几年所有的积累都是在为这一次做着准备,短短两分钟,我倾注了全部的情感与技巧!因为我相当清楚地意识到,灾难的突然降临反而使中国人更加团结在一起,每个人的精神都得到了一次空前的洗礼。如果说灾难还有什么正面意义的话,恐怕就在于此。

对于我个人而言,这场灾难让我更加认识到了我所从事的这项职业的神圣!作为一个新闻人,我的所思所想、我的每一点情绪、每一声表达甚至每一次呼吸,都与我的观众同步、同样、同心、同情,还有什么能比这更让一个新闻人满足的呢?

那些日子里,我每天都会收到问候的短信,温暖而有力,每一次我都回复"尽职尽责而已"。真的,我们不过是尽了自己的职责,比起那些千里驰援救人水火的解放军、武警官兵、消防战士，比起那些夜以继日挽留生命的医护人员，比起那些不眠不休帮助灾民的志愿者，比起那些冒着危险坚守一线的我的同行们……我不过是做了该做的而已。

每天在工作中接触到的那些人和事让我迫切地想到灾区一线去，想尽量多为那里的人们做点什么。但由于直播工作的安排，那段时间还有俄罗斯总统梅德韦杰夫访华、中国国民党党主席吴伯雄率团访问大陆等重要的时政报道，我最终没能成行。不过即使留在后方，还是那句话，"尽职尽责"。每个人都有岗位，站好自己的岗，不让别人因为你而付出更多的辛苦，一样是对抗震救灾的支持。我敬佩在前线的每一位勇士，我同样敬佩在后方坚守的每一个人，因为我们都是为了同一个目标。我至今忘不了一位网友发给我的一首诗，那当中有这样两句，道尽了那段日子里中国人的心声："我们把玫瑰插在伤口，拉着彼此的手，一直向前走！"

三

同样忘不了的还有那年的六一，那是一个特殊得不能再特殊的儿童节。

舐犊之情是人的天性，再粗豪刚强的汉子看到孩子，眼神也会变得温柔。孩子永远是家庭庇护的中心，是国家深种的希望，我们是那么爱他们，爱到开始担心这些"小太阳""小皇帝"是否太过自我？是否懂得关怀他人？是否有保护自己的力量？可是，我们这些自以为是的成年人，真的不了解我们的孩子，中国的孩子。灾难中，他们的坚强令人动容甚至令人惊诧！他们可以在脱险之后返身回到废墟中抢救同伴，他们可以鼓励救援人员说"我不怕"，他们可以在自己受灾的时候还想着帮助其他灾区的同龄人……这些本该被呵护的人却反过来作为更强大的鼓舞人心的精神力量！而到底是什么让他们拥有了这种我们似乎从未曾察觉的力量呢？我想，也许这正是人性当中本来就存在的东西吧，孩子们满怀赤子之心的行为，让我们看到更多人性中的美好、光明，让我们对"人类"这个字眼少了很多迷惑与怀疑，多了很多信心与希望。孩子，给所有的成年人上了重要的一课！真的，谢谢他们！

可是，那个时候，他们毕竟还是孩子，我们在感受他们的坚强的同时，必须看到那坚强背后深深的伤口。当很多孩子说着"我不怕"时，很可能在夜晚，他们仍然会被噩梦惊醒。所以对他们心灵的抚慰与重建就显得尤其重要，而这必然是一个要长期坚持的过程。这些年里，我们是否做到了在不过度打扰他们生活的情况下对灾区孩子进行长期的、系统的心理跟踪，记录下他们的心理变化？如果做到了，相信这将会为今后中国的防灾减灾留下珍贵的资料。这些年里，我们是否做到了对孩子们完整良好的生命教育？珍惜生命、保护生命，无论是自己的还是他人的，这应该成为所有教育的基础。这些年里，我们是否还一直记得桑枣中学，记得叶志平校长的名字？在毁灭性的灾难来临时，那里的教学楼没有坍塌，全校2300多名师生无一伤亡！这并不是什么奇迹，这是他们长期以来积累的防灾意识和教育的合理结果，这是对付出努力的正常回报。这些年里，我们的灾后重建，建了更多"震不垮"的校舍，是否也建了更多"震不垮"的心灵？如果我们做到了，那么在未来，再回想此前所有悲情的泪水，就不会让它显得廉价。

还记得灾区的遵道中学第一天复课,老师给学生们布置了一个作文题目:假如我有一盏神灯。那些作文留下了吗?当年的孩子都是怎么写的?他们把怎样的憧憬、希望记录下来了呢?今天,有没有当年期待的神迹已经成为现实了呢?如果这些作文都留存着,我相信,那必定会是2008年大历史中重要的一部分。

四

那些日子里,我和所有同事的心都被不断地撕扯着。一方面,太多的伤痛与感动让泪水时刻奔涌而出,另一方面,职责告诉我们,要忍住。我们可以在节目中表达自己的情绪,但不能任由情绪失控,因为我们是新闻人,我们有责任要传递给所有观众一个强烈的信念,那就是:坚强!这真是煎熬,以至于有人要在直播结束后放声痛哭来消解。

我一向被认为是理性、冷静、不容易被情绪左右的人,但从那一年的5月12日起,震后一个月、两个月、三个月……每一个需要纪念的日子,我都在逃避。作为一名媒体人,每个纪念的节点都应该要说话,可我真怕,怕自己会失语。该说些什么呢?安安静静地纪念难道不是最好的纪念吗?对于曾直面灾难的人们,我们究竟是要他们忘记还是要他们再次记起?我们应该了解并传递震区人们的需求,可当那么多的媒体在这一天蜂拥而至时,又如何做到不过度触碰他们心底的伤口?我发现自己竟然完全无力控制情绪,我只能失语,顶多躲进记录、宣泄的一些文字里。

我始终跨不过心理上的这道关口,直到震后一周年的日子。

闲谈间，一位同事转述了一位心理学家的话："5·12一周年，我们需要用某种方式，某种仪式感很强的方式，告诉那些灾区的人们，特别是那些面临着心理剧烈波动的人们：那一切都已过去。类似一周年这样的纪念是对过去的告别，而不是追忆。"

谢谢，这正是我需要的！我终于可以在几乎最后的时刻试着跨过这道关口。是的，这一天，要说的就是告别过去！是不回头的决绝，是眼睛向着前方的行进！

告别过去，当面对震区的人们时，努力给自己一点笑容，给他们一点笑容，就算心里的波澜又如洪水般要决堤，也别为了某种目的而送上所谓的感动，因为重生不再需要泪水！

一瞬间，要说的话似乎多了起来。翻出2008年6月12日写下的"汶川一月祭"，忽然发觉，其实我要说的早就在昨日的记忆里。

三年前父亲辞世，我第一次感受到失去亲人时如锥刺股般的心痛。2008年5月12日，这种痛再度袭来，尽管那些逝去的人并非我的至亲，但却让我更懂得了什么叫骨肉相连。

转瞬月余，时间总被当作最好的疗伤药，剂量一点点加大，就可以慢慢抚平所有的伤痕。可是，这伤口如此之深，31天，即使结痂也不过是薄薄的一层吧？对于劫后余生的人们，此时此刻，哪怕以最小心翼翼的方式触碰伤口，似乎都是残忍。今天算是个特别的日子吗？也许不应该吧，日子一天天过，生活还要继续，为什么一定要选个日期回味那不堪回首的过去呢？可我们还是这样做了，包括我写下的这些字。我试着这样说服自己，回望这一个月，不是为了咀嚼更多的痛苦，而是为了汲取更多的力量。

这一个月，灾难让我们失去了太多，家园、亲人、平静的生活；这一个月，灾难也让我们得到了太多，顽强、团结、重生的勇气。我相信每个人都成长了，都更明白什么是生命，什么是尊重，什么是爱，什么是分享。这成长是那么宝贵，因为它的代价太大。所以，这成长必须被长时间地延续，延续更多月、更多年、更多日子，直至化为中国的精神气质。否则，我们何以兑现对数万亡灵的承诺？我们曾流着那么多的泪，彼此承诺给历经磨难的民族积蓄生的力量，现在就该是我们履行承诺的开始。祭，不仅仅是沉思过往，更应"知来者之可追"。唯愿，悠悠汶川，浴火重生。巍巍中华，凤凰涅槃。

从未写过祭文，或者这根本不能算祭文，只是在这个看似特别的日子里，再让自己不平静一次罢了。我想，这应该是我关于灾难的最后一篇文字，因为明天，一切都是新的。

自那之后，我再未写过关于2008年那段日子的只言片语，直到此刻。重新记录这些，只是提醒自己，不要忘了它，过去、今天、未来、永远……

五

2008年，对中国来说，本应是充满祥和与喜悦的一年，因为奥运来了。而当天灾降临时，我曾和许多人一样，不免担心起我们的奥运。但事实是，灾难给北京奥运会铺陈的底色不是悲伤与无助，而是顽强与自信。唯其如此，北京奥运会才更加无与伦比，2008年才更值得秉笔大书特书。

自小就惧怕体育课的我曾经很不解,人怎么会想出这么多复杂的运动项目来折腾自己?但每每看到运动场上的坚忍、执着、不放弃,又仿佛总能感受到什么,人类通过这样的方式在无限地突破自身。体育,也因此可以让我们对"人"这个字理解得更多。奥林匹克,更是早已超越了狭隘的体育范畴,而更多象征着人类的和平、友爱、团结、进步,从这个角度讲,包括我这样的"体育后进生"在内,其实每个人都可以是奥运的一分子。现代奥林匹克之父顾拜旦曾说过,奥运会要体现两种境界:美与尊严。这是现代奥运会所有华丽背后最核心的东西,我们需要看到的、应该看到的还是人。成功是美,失败也可以是美,只要赋予了尊严。

我曾经更欣赏那些个人项目的运动员,因为他们总是要独自面对挑战,并时时观照自己的内心,排除一切压力与阻碍,"孤胆英雄"在我心中是绝对的"酷"。2008年,当我这个"体育盲"也需要全情投入北京奥运会报道时,我也逐渐开始欣赏那些需要大家共同奋斗的团体项目了,我忽然发现,其实这当中的每个人都并未因属于集体而丧失了自己,反而因共同的付出升华了自己。而我的职业,不也是一个同样的过程吗?

新闻频道的《一起看奥运》直播,伴随了北京奥运会的全程,我这个在手机段子里被称作"受运者"("忍受奥运的人")的,居然还成了《一起看奥运》的开场主持人。我告诫自己,别让兴趣支配着工作,对我们的奥运,与其"忍受",不如"享受"。

可真做起节目来,那么多的项目让我几近崩溃。我至今记得要解说帆船帆板直播信号时的那份茫然无助,信号切进来,一片茫茫大海,

直播奥运，那么多的项目让我几近崩溃

那几条帆船到底谁领先了？天知道什么激光级、星级、雷迪尔级到底是什么意思！

后来，我决定不和自己较劲了，况且新闻频道的奥运直播不是要和体育频道拼专业度，既然奥运会最重要的是人，是人的美与尊严，那么我更多地去关注、去发掘奥运中人的故事吧。所以，在我的2008年回忆中，与抗震救灾一样，奥运会的主题词，仍然是"人"。

六

16天的北京奥运会很快结束了，我的生活又回到日常的轨迹中。16天里那些曾经激动、感动、撼动我们的瞬间有多少能长久地留存下来呢？也许不必那么执着地较真，触动过自己的瞬间，一定会让人生有一些变化,这种变化也许会在未来不经意的某一个时刻再次触动内心。

奥运会真是一个奇妙的舞台,它把个体的、小写的"人"与整体的、大写的"人类"直接连接了起来,于是,似乎每个人的命运都代表着人类的命运。成功是人类的高歌,失败是人类的饮泣。我想不出在和平年代,还有什么可以像奥林匹克一样把"人"放大到如此地步。

奥运会也的确让每个人都对"人"有了更多认识。多少年后,也许当年得了多少奖牌,已经没有谁会记得清楚,可我们一定还记得一个或几个面孔,记得他们曾经的悲与喜,因为那也同样是我们经历过的悲与喜。人与人之间永远有共同的、最基本的情感。

为什么在奥运会上,每当看到那些来自伊拉克、阿富汗、索马里等战火频仍的国家的运动员,我们都会那么由衷地鼓掌、喝彩、欢笑、流泪?因为他们告诉我们,人类,永远对美好怀有希望。当那些所谓"敌对"国家的运动员在赛场上拥抱时,等于向全世界大声宣告:我们总有一种方式可以超越国家、种族、政治、仇恨,那就是奥林匹克,它播种的是美与尊严。

这16天里,世界上那么多人都在享受奥运的快乐,可是,这个世界还是不平静,这个世界还是不完美。于是,16天后,我们把美好存在心底,还要继续为了一个和平的世界努力。心中的圣火会熄灭吗?但愿不会,但愿它能如一盏灯,照亮人的道路。

此时,想起了《我和你》,这首歌,我曾经嫌它太过平和,缺乏体育歌曲应有的振奋。不过,当奥运会的狂欢结束时,我忽然喜欢上了它。平静的旋律,超越了赛场上的一切竞争与激越,回荡的是人类共同的梦想:"我和你,心连心,永远一家人。"

七

2008年留在我心底的"人的故事",还有北京残奥会的记忆。

《一起看奥运》结束后,《聚焦残奥会》的直播随即开启。头两天,演播室中接连请来了两位在残奥会开幕式上大放异彩的人物,侯斌和刘德华,他们分别是主火炬的点燃者和主题歌的演唱者。作为主持人,我和他们聊得很愉快,不管是以前并不太熟悉的侯斌还是已经太熟悉的华仔,都给了我许多新鲜的体会。

侯斌是个一米八几的大个子,他走起路来风风火火,一向自认为走路极快的我几乎是小跑着才跟上他的步伐。我必须承认,他比很多健全人要健康得多。什么是健康?世界卫生组织下的定义是"躯体健康、心理健康、社会适应良好和道德健康",以此来衡量侯斌,哪一点不符合呢?义肢在他身上,没有任何异样,甚至会让人忽略掉。

我喜欢他总是笑着的模样,即使做客节目那天,他已经被诸多事务缠得一天一夜没有休息,可他还在努力地笑着,似乎眼睛里看到的永远是美好。和他聊天,知道除了跳高他还喜欢篮球、游泳、书法、国画、摄影……他的生活远比包括我在内的很多健全人要丰富快乐得多,他用对生活的无穷爱赢得了作为人的尊严。当我们习惯性地用怜悯、同情的眼光去看待这些有残障的朋友时,或许根本不知道他们在用什么样的眼光看我们、看世界,我们的眼睛或许远不如他们更清澈。其实什么又是"我们"与"他们"呢?每一个人都是一样的。他缺少的是健全的躯体,也许我缺少的正是他永远健康、向上的心态。无论谁,都需要理解、勇气、宽容、尊重、乐观、自信。

如今侯斌早已华丽转身,从事着与教育相关的事业,也早已成家,

我喜欢侯斌总是笑着的模样，似乎眼睛里看到的永远是美好

有了健康可爱的孩子。每当在朋友圈里看到他的笑容，我都会想起2008年他的笑容，还是那样，没有变过。

刘德华，是很多人的偶像，可我记得，那天在直播节目中，他说他的偶像是残奥会的游泳运动员"无臂蛙王"何军权。那天，他就是从水立方何军权的比赛场地赶到演播室的。一身中国残奥军团的运动衣，看得出他在认真地履行着"北京残奥会爱心大使"的职责。

我喜欢他的认真，他总是认真地倾听，认真地回答，特别是说到他与残奥会16年的渊源时，那种无须掩饰的真挚与满足。我相信，他与那些残疾人运动员的心是相通的，因为他们都知道如何努力地跨越生命中所有的沟沟坎坎。说实话，年轻气盛的时候，我曾经觉得刘德华盛名之下其实难副，他不是唱歌最好的，也不是演技最棒的，凭什么？可这些年一路看着他努力、认真地做着每一件事，就像是一个奋力夺取金牌的运动员，总是在赛场上竭力拼搏着，而且，他终于拿到了金

刘德华，是很多人的偶像，我喜欢他的认真，他总是认真地倾听，认真地回答，特别是说到他与残奥会16年的渊源时，那种无须掩饰的真挚与满足。

牌，不止一块。没有人再质疑他的实力，那是因为从来不会有人质疑他的努力。直至今时今日，放眼华人世界，刘德华三个字，就代表着"付出一定有回报"！我越来越欣赏他，我也相信，那些永不向命运低头的残疾人朋友会更懂得欣赏他。

刘德华为北京残奥会写的歌叫作 Every One is NO.1，是的，每个人都是第一名。这个第一，或许不一定指金牌、冠军、成功，这个第一，在于每个人的内心。只要内心强大，你就是你的 NO.1！

八

直播北京残奥会的过程中，我引用过著名作家史铁生先生的几句话："要是没有了残疾，健全会否因其司空见惯而变得腻烦和乏味呢？我常梦想着在人间彻底消灭残疾，但可以相信，那时将由患病者代替残疾人去承担同样的苦难。"我相信,这不是妥协的无奈,而是满怀悲悯的达观。残疾让我们更真切地了解这个世界的不完美,与此同时,残疾人也让我们更真切地知道这个世界的丰富多彩。每一个存在都有理由,每一个生命都是造物者的光荣。

当北京残奥会落幕时,我内心深处满怀着感谢。真的,越到最后的时刻,越有一种强烈的愿望,想说一声"感谢"。

感谢所有的残疾人运动员,感谢所有坚强的残疾人朋友,因为你们,我有了对人生更复杂也更成熟的体验。我周围的很多朋友都说,从来没有像关注这次残奥会一样,如此关注过这个与众不同的群体。由此,我们懂得了该怎样珍惜生命中的圆满,也懂得了该怎样珍惜生命中的不完美,而所有的这些才共同构成了生命——这个宇宙间最奇妙的作品。

感谢奥林匹克,赋予了每个人爱与美的权利。人,一定有这样那样的差异,但追求爱,追求美,追求尊严的心态,永远都相同。也因此,在今后的日子里,我们理应更加关注如何在我们的社会中,创造一个让每个人都自立、自尊、自信的发展环境。看看今天,新时代"以人民为中心"的新发展理念,这当中何尝没有 2008 年发生的一切所带给我们这个国家的重要启示呢。

曲已终,人将散,而感谢永存心底。

九

在难忘的 2008 年,我忙碌着,收获着,曾经疲惫,曾经无助,但好在坚持,好在前行。

在难忘的 2008 年,我的眉心有了两道深深的川字纹,那是众志成城抗震救灾的日子里紧张、焦灼、悲情、坚强共同刻下的永久印记；我的眼角也多了不少鱼尾纹，那是一起看奥运的日子里忙碌、欢笑、感动、自信共同留下的永久印记。

在难忘的2008年，我在工作的第15个年头获得了职业生涯中第一个金话筒奖。至今很多人也直言，认识这个主持人是自2008年始。我感谢2008年所给予我的工作机会，也感谢这个奖项在这个时刻的到来。如果再早些，我或许难免轻飘，但2008年经历的一切，让我能轻轻地放下奖杯，继续做我该做的事。

2008年的最后一天，我曾记录了我的日程表：

6：30　　起床

7：00　　到办公室化妆、准备稿件

8：30　　上午新闻直播时段开始

9：55　　直播"纪念《告台湾同胞书》发表30周年座谈会"

11：30　　直播结束，回办公室准备下午节目

12：30　　新闻频道年终特别节目《记住2008——回到现场》直播

14：30　　直播结束，吃饭、卸妆

15：00　　给《新闻联播》当天节目配音

19：30　　《新闻联播》结束，吃饭、准备下一档节目

20：30　　《2008十大新闻揭晓》直播

21：00　　直播结束，卸妆，下班

22：00　　播出《世界周刊年终盘点——2008天下势》，好在是提前录制好的

就这样,我在2008年的最后一天,如此长时间地"占据"了新闻频道,如果有观众那天一直收看新闻频道,真要谢谢您的忍耐力。也许冥冥中注定,我必须以这样的忙碌记录下忙碌的2008年吧。

那一天,我曾以为如此的节奏只是那一年的特例,没想到的是,那是从此更加忙碌地工作的开始。回首难忘的2008,原来最后一天画上的并不是句号。

十年一觉世博梦

快10年了,如今每到上海,我还会把目光投向浦东那一片地方,那是2010年上海世博会的园区,那里承载着"城市,让生活更美好"的梦,那里也留下过我的梦。

2010年10月31日,17点55分,上海世博园以及中央电视台演播室中的世博会闭幕特别节目《未来之光》即将画上句号。

此刻,眼前监视器里流动着的,是世博园最后的人潮;耳机里回荡着的,是最中国也最世界的《茉莉花》的旋律;回头,落地玻璃窗外透进来的,是愈浓的夜色;蓦地,心头涌起的,是刚刚连线时同事杜宁在浦江航船上掩饰不住的哽咽。

演播室近旁的世博文化中心,参加晚上闭幕式的观众已经在入场了。忽然又想起,刚刚我忘了在节目最后和观众说"再见",只最后

2010 年上海世博会，城市让生活更美好

一次说了"看世博，知世界"。过往的 184 天里，几乎每一天，我都会在节目里不止一次地说起这句话，熟练到脱口而出。可恰恰是当它似乎已成了生活中自然的一部分的时候，却也是该说"再见"的时候了。

一切恍如一个梦，在世博园最后的夜晚渐起的灯光映衬下，更似一个梦。

可梦境又怎会如此真实？

大概没有谁能把梦完整地记录下来，记得的只有一些零散、不连贯的片段吧……

一

第一次走进世博园，是 2010 年 2 月 9 日，为当时我担任主持人的《世界周刊》栏目制作一期春节期间的特别节目。

那时候,世博园还是片大工地,除了一轴四馆基本竣工外,大部分的展馆都还看不出个所以然。后来令大家印象深刻并获奖的德国馆——"和谐都市",当时连雏形还没有搭建起来。可采访到的各参展方的工作人员,面对着一个个只有大致模样的展馆,全都是兴致盎然,不同的语言描画着同样的精彩,他们似乎都执拗地相信,自己的展馆将给出"城市,让生活更美好"的标准答案。于是,我心中的世博园也被他们的憧憬一点点勾勒了出来。以至于后来看到完工后的世博园,却始终觉得离我的想象还差那么一点。

那次还有件印象颇深的事。采访荷兰馆"快乐街"时,正遇上荷兰驻上海总领事冒雨看望施工的中方工作人员,难道老外也节前送温暖?站在旁边听了一会儿才发现,那位衣冠楚楚的荷兰老头最主要的目的是拜托、也是严肃地要求施工人员加快进度!他一脸的郑重令人无法忽略,让我看到了所有憧憬背后的紧张与压力,也看到了参展方对上海世博会的重视。

那期节目的结尾,记得是在黄浦江边录制的,我说:"即将开始的上海世博会可不可以让我们思考一下,城市如何让生活更美好?而我们希望的美好生活又是怎样的?"

如果说之前,世博梦只是个朦胧的影子,从那一次起,梦境开始清晰了。

二

"在大上海受的苦,没经历过的人是想象不到的。"这是 2010 年 5 月 2 日,我结束世博会开幕特别节目的工作返回北京时,在前方负

十年一觉世博梦，我喜欢特别节目的名字——"未来之光"

责世博会报道的新闻中心副主任庄殿君发给我的一条短信。那年4月18日，我直播完玉树震情的新闻节目后匆匆登上京沪空中快线的航班时，真的没想到，接下来经历的会是如此艰难的一段日子。

首先是开幕前探馆短片的拍摄。留给我们几组团队的时间极其有限，即便在试运营期间，很多场馆也还在做着最后的布展、调整、维护工作，这无疑大大增加了拍摄的难度；其次，我们无论如何不能因为自己的工作影响场馆的试运营和游客们的参观。于是，接下来的十几天留给大家最深刻的印象就是——等待和行走。等待入园长长队伍的一点点前移，等待一个个确认可以拍摄的消息；行走在一个个场馆之间，行走在5.28平方公里的园区里。好像打生下来就没走过这么多的路，于是有了同事间流传的那句名言："椅子是人类最伟大的发明。"那段日子里，坊间还流传着"欧阳夏丹靠明星脸也蹭不来一辆电瓶车""康辉在挤得前心贴后心的园区公交车上还昂首挺胸做联播状"之类的段子。不过既然还能编段子，说明大家有充分的革命乐观主义精神和潜力，也给了领导继续"压榨"我们的充分理由。

体力的透支还算罢了，把片子拍好更耗人心力。这些探馆短片要求既不同于给足信息即可的现场报道，也不同于以铺陈情绪为主的小专题，最重要的是要让观众看了之后对世博会激起浓厚的兴趣。为了达到这个目的，编导们"无所不用其极"，各有各的路数，对主持人也各有各的要求。有的编导说："主持人，你就是我的传声筒，你就是我的表达符号，我不需要你有过多的个人色彩。"有的编导则上来先问主持人："你先告诉我你感兴趣的是什么，你都没兴趣凭什么让观众有兴趣？"老实说，对前一种方式，我曾极度抗拒，成天笑话我们是"传声筒"，怎么现在又反过来让我们做"传声筒"？对电影式的一个镜头多角度反复拍摄也很不适应。后一种方式，主观积极性被极大地调动起来了，可每个人的想法都不同，光敲定拍摄方案就议论再三，进度可想而知。但就是在这样的摩擦、碰撞过程中，节目逐渐呈现出了突破以往的新样态，自己曾经以为不可能的在屏幕上变成了可能。《意大利式生活》中，我看到了自己之前在馆里一趟又一趟以为无意义的溜达，经过编导精确的剪辑后怎样成为极富节奏感的引领；《日本馆：心之和、技之和》中，我看到了在极有限的馆内拍摄时间里，编导赋予我的极大创作自由度怎样使全片有一种如临其境的流动感……

10天紧张的世博探馆短片拍摄，比起艰难和辛苦，收获当然更多。第一，它促使我对"创新"有了更进一步的认识。这些拍摄方式不一定具有普适性，但最核心的一点就是创新、不拘泥，借用一句话，即"大胆假设，小心求证"，才使这些世博开幕前的"急就章"成了后来一系列探馆短片的蓝本。而创新一旦成为模式后，自然也容易流于表面，后期的某些短片的过于"MV 化"就是表征,因此,创新之后,必然面临着再一次的创新。第二,它促使我进一步认识到,合作中团队间彼此的信任是多么重要。没有哪一种方式最好或最坏,即使初次合作,也必须给予合作者最大限度的信任,在信任的基础上才可能共同寻找到最恰切的表达。第三,它促使我对"主持人"回归了某一重认识。现在,提到主持人,一致的标准就是"说好自己的话"才算本事,但"说好别人的话"是否同样重要?如果一位主持人忠实地传达了节目的意图,准确地表现了节目需要传递的情感、言语,即使这些就来源于编导的思路,这位主持人是否同样合格甚至优秀?说到底,主持人是"表达者"。

那段紧张的日子还给我留下了一个印记,那就是完成了探馆的拍摄、演播室的日常播出和开幕的特别节目,到 4 月 30 日晚上,疲劳让我出现了工作十几年来的第一次"失声",可第二天 5 月 1 日早晨,还要做世博园开园仪式的直播连线,因为安保要求,所有到现场的人员都提前报备了名单,无法临时换人。从那天晚上到第二天清晨,我记不清往嘴里塞了多少各种据说可以清火开嗓的药和水果,总算在出发的那一刻,勉强能让人听见我在说什么了。就这么撑着做完了直播,连线结束的时候,北京演播室的主持人文静还特别向观众解释了我的状况,并向我表达了问候。但以工作标准衡量,那真是我的一次失败,这该算是我的世博梦中难忘的"噩梦"片段了吧。

三

必须承认,对上海世博会,我有一种"城市最佳实践区情结"。从第一次走进世博园开始,就已经觉得,浦西的这片区域才是上海世博会最重要的贡献,是对"城市,让生活更美好"主题最恰切的阐释。如果说,浦东的所有展馆给了参观者一个美好的梦境,那么,城市最佳实践区就是引着人们通向那个美好梦境的现实路径,并且可以由此生发出更多、更有效的路径。缺少了这部分,"城市,让生活更美好"这个主题多少会显得有些空、有些虚。

可惜,这片区域一直不是热点。所以,我始终觉得媒体有义务做更深入的引导,那就从我们做起!开幕前拍摄探馆系列片时,"零碳馆""马德里竹屋""汉堡之家""空气树",这几个城市最佳实践区的案例是我投入心力最多的;做开幕、闭幕特别节目,每一次和编导讨论方案,城市最佳实践区的价值、作用、世博后的应用,都是我极力争取"要再加多一点"的内容;直播时,但凡有可能,我也会利用主持人的一点小小权限"夹带私货";制作《世界周刊》的"告别世博"节目,最后的结尾我坚持要在城市最佳实践区采录,就是想告诉观众,告别世博,这里却是"不说再见"的。可惜的是,由于各种原因,人又在上海,难以与后期编导密切沟通,这部分内容在后期制作时被剪掉了,深以为憾事!

还有一点遗憾,当时新闻频道有个《天天世博会》的栏目,其实完全可以给城市最佳实践区更多的展示空间,而不仅仅是在没有国家馆日活动报道时拿来权当填补,或者让报道散落在各个不同时段里。如果每天固定有一段时间,深入介绍城市最佳实践区的80个案例,介绍这些已有的实践的示范作用,我们的世博报道应该会更饱满、更有厚度。毕竟,当我们记录今天的时候,如果还能着眼于明天,那么今天的记录也就绝不只是记录了。

在世博会意大利馆前

2010年10月31日，在上海世博园的世博会新闻中心四楼的办公区。

那一刻，望着窗外的黄浦江以及黄浦江两岸的世博园，我又想起了第一次在世博园录制的《世界周刊》特别节目结尾处问过的那个问题："上海世博会可不可以让我们思考一下，城市如何让生活更美好？而我们希望的美好生活又是怎样的？"

上海世博会给出答案了吗？也许有吧，也许答案还不止一个。而只要你思考过，你就已经感受到了上海世博会最珍贵的宝藏。

快10年过去了，一直到今天，我仍然很怀念那段日子，尤其怀念闭幕特别节目的名字——"未来之光"。世博会是一个梦，但这个梦绝不虚幻，因为那184天，就是未来投射在今天的影子，也是今天投向未来的一道光。

那些年，我们一起追过的神舟

2019年中华人民共和国成立70周年前夕，中国历史上首次颁授国家勋章和国家荣誉称号，42位为中国建设和发展做出杰出贡献的人士获得国家的最高荣誉。这当中，有数位"航天人"，他们分属"航天人"的不同代际，他们的精神是始终不变的。看着他们，总让我想起我与"航天人"曾经的交集。是啊，总让我想起，那些年，我们一起追过的神舟。

我与神舟的缘分，从"神五"到"神六""神七"，再到"天宫""神八""神九""神十"，那些年，我们一直在追赶神舟的脚步，我们的报道团队很荣幸地被看作中国载人航天工程的"第九大系统"。当然，这个系统是伴着载人航天的每一步成长起来的。

2003年，"神五"发射当天，我在演播室。那次，我们没有被授权做大规模、深入的报道，一切要等新华社的通稿。毕竟是第一次有人执行的太空任务，谨慎是很可以理解的。当然，那时候我们的报道手段、方式远没有现在这样丰富与成熟。记得我只是一遍遍地播着发射成功的新闻稿，除此之外就是一遍遍地滚动播出之前做好的背景短片。杨利伟在舱内的画面已不记得是何时播出的了，总之也是规定动作。当天晚间唯一进入演播室接受采访的嘉宾是军事新闻部的记者张正梅，她带来了杨利伟签名的"神五"首日封。不过除了激动的心

酒泉卫星发射基地，航天员们出征前的签名

情外，我们并没有太多的交流，时间有限，约束也太多，自己心里更是多少有点准备不足的忐忑。如果没有记错，应该是从第二天开始新闻频道才做了一些专访节目，算是弥补了前一日不尽兴的遗憾。当然遗憾啊，要知道，那可是刚刚大举报道过"伊拉克战争""抗击非典"的2003年！

2005年，"神六"任务时就大不一样了。航天人的底气十足让媒体人更加跃跃欲试，而掌握着丰富资源甚至是独家资源的央视新闻频道，自然更对此次报道寄予厚望。换到了250平方米的演播室，报道的规模也如同演播室面积一样，扩大了不止一倍。不过，无论对于频道还是对于作为主持人之一的我来说，这仍是大规模科技报道的第一次。之前做过的"勇气号""机遇号"火星探测器着陆之类的直播只能算是小儿科，如何达标进而出彩？真难！犹记得那年国庆长假后召开的第一次报道协调会上，当时的新闻中心主任梁晓涛一直念叨着"主持人进入得太晚了"，那眼神可实在不像一贯意气风发的他。不知道其他几位主持人当时作何感想,反正我如芒刺在背,压力像航天员升空过程中的过载,越来越大。现在回想起来,恐怕不能排除领导当时暗使激将法的嫌疑,不知道此招他是否在所有人身上都使过,总之效果达到了!"神六升空"的报道可以说第一次让新闻频道在与同行的竞争中取得了绝对优势的胜利!第一时间直播最新动态,第一时间请到航天各系统主要负责人做客演播室,第一时间连线各报道点记者……这些在那一次都实现了!我个人也有很多珍贵的"第一次",第一次和杨利伟面对面、第一次触摸真正的航天服、第一次见到硕大无朋的太空蔬菜……当然,还有最糗的事,就是一不小心把拿到演播室做道具用的太空萝卜摔成了两截。

再之后的"神七""神八""神九""神十",直到我不再参与报道的神舟十一号、天宫二号,我们的新闻越来越丰富,故事也越来越精彩。记得"神九"发射的那年,一次开完会,大家开玩笑说,我们这群长追神舟的主持人中,张泉灵可以叫"神婆",我可以称"神汉"。我忙摆手说,泉灵对载人航天各个系统人头之熟、涉猎之深,确乎当得起"神"之级别。至于区区在下,实在不敢不敢。

不过,那些年追神舟,以收获计,一定是大大的。特别是航天人,教会了我们许多,有些,终身受益。

航天人从不说"差不多",他们会让你知道什么是真正的严谨。别的不说,我们每次节目邀请的现场嘉宾,面对媒体人各种道听途说、真真假假的信息求证,从来不敷衍,从来不小看这些非专业人员稀奇古怪的问题。他们最常说的一句话是:"我回去查查,核实后再告诉你。"有些我们觉得只是一个小过渡、一个可以随意调侃几句的地方,他们也一定坚持要准确一点,再准确一点!有时候弄得我们真着急、

"神九"航天员刘旺来到演播室

真恨,可事后,又会觉得这样较劲的认真真的很可爱!

航天人从不说"没问题",他们会让你知道该怎样看待风险。这次"神九"好几项重要任务直播前,我和嘉宾说:"咱们是不是别提太多风险,多乌鸦嘴啊。"他们回答:"航天人不怕乌鸦嘴,就怕有风险没想到。"这是实话,一项任务有500多套的风险预案,在他们眼中依然不是百分之百!"没什么原因,就是达不到你要的结果,怎么办?"当你时时要面对这样的问题时,老天,该怎么办?!但航天人必须给出答案。于是,他们经常要"想想那些想不到的",好一个透着深层哲学意味的命题!

航天人从不说"我如何",他们会让你知道团队有多重要。做这一行的,几乎个个是精英,大概也都听过"不想当元帅的士兵不是好士兵"的名言,但他们更懂得"元帅做好元帅的事、士兵做好士兵的事"的重要性。也许明天的岗位不同了,但今天的岗位要求怎样做,我就应该怎样做。一个团队,只有各司其职,才是有战斗力的。航天员刘旺,"神九"与天宫手控交会对接的操作者,出发前接受采访时说过一句"我

和敬大姐在酒泉卫星发射场采访

能做到百分之百",可您别忘了他的后半句话,"我相信我的工作伙伴,我相信我们团队的实力"。能被你团队中的伙伴如此信任,是一件多么幸福的事情啊!

  航天人从不说"照样来",他们会让你知道。大家都听过航天系统"归零"的传统吧?每次任务完成,无论干得多漂亮,到下一个任务,一切归零,谁也别吃老本。这个归零,不是简单的从头再来,而是技术上的不断积累和心态上的决不放松。说到这儿,我想起了酒泉卫星发射中心发射塔架旁边的一棵树,离塔架只有70多米的地方的一棵老榆树。每次发射,巨大的冲击和热量,都会让这棵树枝叶落尽、状若枯萎,可之后春风吹来,它总会发芽吐绿,生机再现,等待迎接下一次的浴火重生,这难道不像一次次归零又再度出发的神舟吗?要是有机会,您也到酒泉中心去,一定去看看这棵"归零树",也许,您也会有和我一样的感触呢。

那些年,我们一起追过的神舟,留下的记忆自然远不止这一点,而且,我希望这份记忆随着岁月的流逝还能越来越丰厚。曾经,我们一帮一直追神舟的"神婆""神汉"掰着手指头算了算岁数,结论是像我和泉灵这样的,能追到"神二十"!还憧憬过真到了那时候,我们能追得更近一些吗?比如,追上太空?不管这愿望能不能实现,我们都一定不会忘记曾经有过的这份热情。我们后来的年轻人,也会继续追着神舟,追着中国奔向太空的梦。

今天是你的生日,我的中国

2019 年是中华人民共和国成立 70 周年。

70 年,一个国家如同一个人,历史可以写下厚厚的一本,也可以一笔带过,那要看到底留下了什么,又给未来准备了什么。中华人民共和国的历史,无疑是可以运笔千钧、大书特书的。书写历史的,是每一个中国人。作为媒体人,我们更是那个执笔者。

早已开始为今年的国庆报道做准备,查阅过往的资料,寻找新鲜的故事。翻出了 10 年前,2009 年国庆 60 周年时,自己写下的一点文字,竟看得眼角微润。年岁渐长,不说过尽千帆,也算几经风雨,但无论何时,

国与家，家与国，都是最能激荡起胸中波澜的。今天，若我再写一段文字，所表达的也依然是心中那份最真纯的感情。所以，且慢再赋新词，谨先录旧文，为我的国再唱一遍生日歌。

还有不到20个小时，中国人就将再次迎来一个只属于自己的狂欢时刻。尽管有过几次直播的演练，但我还是无法想象，当那个时刻真正到来的瞬间，内心深处究竟会翻滚起怎样的波澜。

随着年龄的增长，对于"国家""民族"这些字眼会有更多的感喟，对于"国庆"这样的特别时刻也会有更多的期盼。那是一种无需动员的凝聚，那是一个最好的回望与展望的平台。

打开记忆的闸门，我清晰地看到：

1984年10月1日，收看完国庆35周年庆典的电视直播，我换了一件崭新的衣服，行走在家乡热闹的街道上，满心是一个少

1999年10月1日国庆50周年大典，我有幸在天安门现场

年人尚不足以完全理解的充盈的喜悦；

  1999年10月1日，做完国庆50周年庆典开始前的直播报道后，我身处天安门广场，却只能躲在搭建着直播设备的地下通道里，无法靠近咫尺之遥的阅兵行进的长安街，满心是一个青年人参与历史的激情与些许的遗憾；

  2009年10月1日，我将在北京长安街西侧的中央电视台800平方米演播室里，为国庆60周年庆典电视直播做解说。此时此刻，满心是一个中年人阅历一点沧桑之后对吾国人民"和平、繁荣、富强、安康"的祝愿。

  每一天都是对历史的一次刷新，明天的中华人民共和国又将如何在历史上烙下一个印记，我们共同期待。

  2009年10月2日凌晨2:00，我结束了10月1日全部的工作，走出彩电中心的大楼。夜凉如水，皓月当空，还有令人惊喜的久

2009年10月1日，和李瑞英老师一起为国庆60周年庆典电视直播做解说

违的繁星。尽管已是新的一天了，但我还是愿意把此时此刻当作2009年10月1日的一部分，因为我实在想把这一天的充实与幸福再延长一些。

1日上午的直播庆典解说，持续了两个半小时，我一直处于一种亢奋的情绪中，以至于有几处地方破音了。从专业角度讲，解说有很多瑕疵与不足，但我唯一百分百满意的，是自己的激情，是充盈于内心、洋溢于外在的激情。就像解说词里说的那样，"中华人民共和国成立60年，我们有足够的理由在这一天，用最真诚的方式为祖国庆贺"。我的方式，就是全情投入地完成好我的工作。

我曾经在一篇文章里这样写过："每个人都是自己历史的书写者，而我的历史由于我的职业，得以与国家、民族的一些历史时刻有了某种交集，它让我的某些记忆变得如此厚重。"今天，我再次感受到了这种厚重。

当无数的中国人通过收看电视直播，感受国庆的隆重和喜悦时，他们听到的是我的声音，我真的很自豪！也许有人会说，你是不是有些过于抬高自己了?这不过是你的职业特殊而已。是的,我修正一下我的措辞,我真的很为我的职业而自豪!感谢我的职业,我感谢它赋予了我这样一种特殊的方式让我为中国送上祝福!今天,我的一个朋友在给我的短信里说,"这是无法复制的经历",但我真心希望它可以复制,因为我还期待着国庆的70年、80年……我希望还能有机会以这样的方式为我的中国庆祝歌唱!

在晚上的"盛典"直播节目里,我和张泉灵与嘉宾甲丁、成龙、郎朗在演播室里聊得最多的就是"爱国"。这不是什么规定情境,这是我们所有人真实的情感碰撞。祖国如同母亲,当她贫弱时,我们的爱里蕴含更多的是心痛;当她富强时,我们的爱里蕴含更多的是欣喜。但无论何时,我们对她永远都是爱!因为,是她,在滋养着我们每一个人。

而国庆,就是这块土地滋养的所有人,在同一个时刻,向母亲致敬!同时,也是向我们自己致敬!因为,也正是有了我们,有了我们的付出,这个国家、这片土地才变得越来越繁荣,母亲才变得越来越美丽!

此刻,月光安详地抚摸着静静入睡的中国;此刻,相信还有如我一般没有安睡的中国人,在月光下再轻轻地说一声,祖国,生日快乐!

又一个10年过去了,真幸运,在国庆70周年时,我又获得了宝贵的机会去创造一段美好的经历,使之成为我职业生涯中又一个重要的刻印。

2019年10月1日,我再次在长安街西侧的中央广播电视总台的演

2019年10月1日国庆70周年电视直播解说团队

播室里,为国家盛典做直播解说,这一次,持续了近3小时。"我们祝福祖国更加繁荣昌盛,我们祝福人民更加幸福安康,我们祝福明天更加灿烂辉煌!"当最后的话和着《歌唱祖国》的歌声落下,我的心中竟生出了一种不舍,我多么想继续这美好的时刻。走出演播室,打开手机,已是满满的信息,朋友们的问候何尝不是一起在为我们的国唱出的生日歌?一位相识多年的老友说:"相较2009年听你解说的感受,我只说一个字:稳。"我很感谢他细致的关心与用心的评价,相较10年前,我稳了,不仅在声音、语调上,更主要的是在心里。这更要感谢我的国,又一个10年过去了,我的国更加繁荣富强,她的儿女也就更加从容自信。我们一直在努力,让中国可以为世界、为人类做更多的贡献。向前走的路,有着并不比过去平坦多少的坑洼坎坷,可我们的脚步比过去更稳、更有力、更坚实了,我们的心里比过去更稳、更笃定、更踏实了。在这一刻,我能用我的声音向世界传递出这样的中国,我幸福了,我欣慰了。

此地空余老山墓
—— 当年北京老山汉墓考古发掘直播的故事

我从哪里来？要到哪里去？这是人类的一个终极问题。自有人类的记忆开始，对此的追问就从未停止，尽管至今没有一个令全人类信服的答案，但不妨碍一代代地问下去。而寻找答案的重要途径之一，便是向历史深处探望，一重重地累积人类对这个问题的解题过程。在这个过程中，每一个民族都会对先辈产生一种历史敬畏，因为每一个民族都曾以伟大的创造在丰富着人类的历史，每一个民族都在历史中建立起一步步接近于回答那个人类终极问题的自信。

中华民族在几千年历史中延续并创造着优秀传统文化，使我们拥有更基础、更广泛、更深厚的文化自信。近些年兴起的"文博热"，从某种程度上讲，也是文化自信不断提升的表现。文博人在努力地"让收藏在禁宫里的文物、陈列在广阔大地上的遗产、书写在古籍里的文字都活起来"，媒体人也在努力地让"文博热"的热度更高，让"文博热"的热度更持久。近些年，有很多文博题材的电视节目、网络节目大火，越来越多的人通过对这些节目的关注，通过对那些文物的了解，学习着如何与古老的历史对话。我也是这类节目的忠实观众，这些节目又总是会让我想起19年前，2000年8月20日，我参与直播的"北京老山汉墓考古发掘"，那也是我除了参观博物馆之外，与文物最最接近的一次。

一

说起来，北京老山汉墓的考古发掘，也算得当年的一桩盛事。公安局根据群众举报抓住了几个盗墓贼，由此在距离天安门只有18公里的地方发现了一座西汉时期的大型王侯墓葬，如此富有戏剧性和神秘感的事情，一时间媒体爆炒，百姓争说，更有央视当时尚无先例的考古直播。但不知道现在再提到"老山汉墓"，还有多少人能记得起来？我特意在网上搜索了一下"老山汉墓"，看到了2005年8月29日的一篇文章，作者钱汉东写到他曾再访老山，"这里一片沉寂肃静，留下人去楼空江自流的感慨"。的确，比起那些出土了丰富的文物遗存的古代墓葬，被屡屡盗挖的老山汉墓没有留下太多的印记，它渐渐湮没在人们的记忆里，也是情理之中吧。只是我汗颜了，已有近20年过去了，我竟再也未踏老山一步。

2000年7月底8月初，接到参加"老山汉墓探秘直播"的通知，当时制作人问我愿意在演播室做主持人还是愿意到现场去，我忙不迭地表示："当然去现场，现场！"心里随即腾起一股隐隐的兴奋。一方面，从学校毕业到电视台，大部分时间都在演播室里待着，对于新闻现场自然有着无穷的好奇；另一方面，考古，多奇妙的职业！撩开时间垂挂下的层层帷幕，捕捉已逝未终的过往烟云，身处两千多年前的墓室里，会不会时常感觉时空在交错？好玩，有趣，当然要去！

自此，老山成了我几乎每天要去打卡的地方。除了头大不已地"啃"一堆《丧葬史》之类的资料，就是跟着北京市考古研究所的工作人员，一点点地认识哪里是墓道、墓室、便房，什么是题凑、封土、盗洞。考古的现场，就像一个大大的土坑，自上而下地层层递进。大多时候，只有三五个人在工作，用大小型号不一的毛刷，轻轻拂去一层黄土，仔细观察，再轻轻拂去一层，再观察。他们神情凝重，动作缓慢，仿佛怕惊扰了谁似的。我也跟着屏气凝神，只是酷暑之日，实在难熬，不一会儿就汗透衣背。再加上蚊虫袭扰，老山汉墓里的蚊子是我迄今遭遇过的最厉害的，被叮咬之处会迅速鼓起一个直径约两厘米的大红包，钻心地痒，忍不住去抓，抓破后又是钻心地疼，要过十天半个月才能消退下去。我怀疑那蚊子一定是有了千年的道行，隔了千年方有噬血之机，将一腔怨毒便一股脑发泄了出来，否则何以如此狠辣？！由此一点就不能不感叹，做考古真要耐得住。

要耐得住的还有过程中的枯燥、乏味，以及辛苦一番却很可能无所收获的遗憾。在发掘过程中，考古人员已经意识到，这个北京地区发现的第二大汉代王侯级墓葬被历代的盗墓者光顾过很多次，就连这次的发掘也是从北京市公安局抓到几个盗墓贼开始的。还能发现什么？它的价值究竟如何？随着墓室结构的逐渐清晰，规格之高已毋庸置疑，陆续也出土了一些精美的漆器、陶片、铁器，大家的胃口被吊得越来越高。要做直播节目的我们自然更是盼着能在那天有惊人的发现，最好又是一个马王堆，那我们岂不是历史的重要见证者？说实话，我在准备的那些日子里，不止一次地想象过，自己成了那个除考古人员外第一个接触到旷世奇珍的人！提前陶醉一下。

临近直播的前两天，突然接到电话，老山发现了一具人骨架！古墓孤魂，是墓主人？还是殉葬者？抑或盗墓者？又一个谜团！加上之前的"墓内到底有几棺几椁？墓主人到底是谁？题凑是否是黄肠？如此高规格的陵墓是否有金缕玉衣？"如果谜底都能在直播中一一揭开，我们也算功德圆满了。

二

和直播编导等同事匆匆赶到老山，遇到了文物局、考古研究所特意请来查看尸骨的考古人类学家潘其风先生，当然马上请教他："这具尸骨是男是女？什么年代？会是谁？"潘先生很认真，很谨慎，一再表示要等进一步发掘后经实验室DNA研究才能下结论，沟通了很久，他终于答应直播那天到现场接受我的采访，只是仍然坚持不一定会有结论。我们又同这次发掘工作的现场总指挥王武钰先生谈了如何修改、丰富我们的直播内容，是否可以把一些有看点的发掘工作留到直播当天进行？比如首次打开内棺的外椁，能够在直播的两个小时内完成吗？王先生表示，对我们的直播肯定会尽量配合，但他特别强调，文物局的发掘计划并不能因为电视直播就改变，考古工作有其特殊性，不能影响正常程序。这一点我们当然接受，其实从最初设计直播内容时，就确定了"一切围绕考古"的原则，例如在现场，规定无论是摄像还是记者都要严格遵守考古专家画出的白线，现场的照明灯全部由碲灯代替碘钨灯，以减少热量，因为考古专家说热量比风沙对文物的损害更严重。但我们内心深处，还是祈祷着在8月20日那天能有惊喜出现。

又经过两次演练，终于到直播的日子了。我一大早就到了现场，再次确认位置、顺序。老山汉墓周围已是"重兵把守"，武警进驻不算，公安部门的安检系统也被"请"到了现场，没有特许的证件，任何人都别想前进一步。当天除了考古人员外，我和摄像是难得获准进入墓室的几个人。上午9点,直播开始,考古人员也开始了清理工作,一切都和平时差不多,并没有为直播而刻意安排什么。按照发掘工作的进度,前一天除了掀开部分墓椁的盖板外,并没有更多新的发现,直播中可以让观众从电视上看到的"神秘的骨架""精美的漆器"等等,其实都是前些天的战果了。不过,也许会有惊喜呢,"未知"不正是考古的魅力所在吗?

从整个墓室的外围到墓道、外回廊、墓室,再接近棺椁,我跟着王武钰先生一点点地为观众介绍老山汉墓的各个方面。发掘工作已到了最关键的阶段,考古人员比平时更加谨慎,当天上午他们主要是清理前室发现的漆器,其中有一件大型的据推测可能是西汉时期贵族家中的屏风或台案。还有一件有贴金动物图饰,而以前发现的汉代漆器大多是描花的。王武钰先生介绍说,这些在北方地区考古中是很罕见的,因为地理、气候条件的差异,漆器在南方地区西汉墓葬中出土较多,而北方地区并不多,所以老山出土的这些文物研究价值很大。还有一些明显汉代风格的黄金箔片,其精美程度更是令人叹为观止。

节目流畅地进行着,虽然没有什么惊喜出现,但内容还是丰富多彩的,我也越来越放松下来,不用再翻看随身携带的资料卡片,只跟着考古人员的工作程序,把每一点有趣、有价值的东西说出来就好了。镜头切回到台里演播室的时候,我们也抓紧时间擦擦满头的汗,为了直播的画面、声音质量,平时可以打开的通风用的鼓风机那天也暂时关闭了,本来就闷热难当的墓室里更如蒸笼一般。忽然,我戴的耳机里传来导播的指令:"把衬衫扣子扣上吧。"什么?我用手势比画了一下"没听清楚"。"把衬衫扣子扣上,台里刚来了电话,说有观众反映现场主持人衣服扣子敞开着,不礼貌。"导播又重复了一遍。同时,我又在耳机里听到了返送的正在播出的节目声音，演播室里的主持人水均益正替我找补呢："天气太热了，考古现场更是很艰苦，大家看到我们在现场的主持人康辉衣服扣子都敞开了，可以想象那儿的温度一定很高。"我的天哪，想想真是冤枉得紧！我那天穿了一件卡其色的短袖衬衣，里面套了件白色T恤，搭配同色系的裤子，衬衣的纽扣的确没有扣。衣服是精心选择的，因为之前看过很多考古的纪录片、电影，里面的考古学家大都身着卡其色的工作服，我的潜意识里也是希望自己的第一次"考古"工作能在各方面都"更像"一点儿。按照那时候年轻人的时髦着装习惯，穿在T恤外面的短袖衬衣的衣扣是可以随意解开的，否则显得太拘谨了，没想到居然会被误解为对观众不尊重、不礼貌。在现场，我当然不可能就这么个"小"问题与导播理论，不过在奉命扣上扣子的时候，我还是"讨价还价"般地只扣上了中间的两颗，其他的还是任它敞着，心想："全扣上多傻呀，没准招来另外一种意见的批评呢。"后来，听在台里演播室值班的同事说，光为了我的衣服，他们就接了好几个电话，我当时真的是没意识到这件事的重要性啊。

三

直播再度进入老山现场，我被王武钰先生引导到前两天发现的那具尸骨的旁边，它位于墓室前室的西南侧，已清理出保存完好的半个头盖骨，下肢也基本清理出来了。这具尸骨几乎可以说是我们的节目中最大的亮点，我自然也在介绍的时候极尽渲染之能事，它会是谁呢？男人还是女人？它在这里沉睡了多少年了？这都是未解之谜啊！

我示意摄像把镜头推近一些，好让电视机前的观众看得更清楚。我正用手指着已清理出的头盖骨上一条清晰的裂缝提醒大家注意时，耳机里又传来导播的指令："别碰文物！""没碰啊，离头骨还有至少两厘米呢。"我在心里嘀咕。

如果您收看过近些年常有的考古发掘电视直播，一定会注意到所有在考古发掘现场的人都带着白色的手套，这是为了不直接用手触碰文物，手上的汗液有可能会给文物带来损害。但老山汉墓直播时，我和我的同事们确实忽略了这一点，没准备手套。不过，我们之前就给自己立了规矩：没经过考古人员的同意，绝对不能随便触摸文物。所以当导播提醒我时，我有些不以为然，甚至有些不高兴，这还用提醒吗？也是后来我才知道，台里又接到了观众的电话，很不满地说："现场主持人随便摸文物，太不应该了！"导播自然担心我一激动，真的上手摸了，所以马上提醒我别犯错误。但天地良心，直到今天，我仍然可以负责任地说，我并没有违反考古专业的要求，没有随意地触摸文物。事后，我特意把直播的录像回看了一下，仔细地检查了那个段落，倒也一下子释然了，也难怪观众误会，从镜头上看，我的手指与那个头盖骨的确像是接触在了一起，应该是镜头的角度与距离造成的错觉吧。其实想想，观众有很强烈的保护文物的意识，这不正是我们希望在节目中传达的理念和达到的效果吗？这么说起来，被"冤枉"一下，值得。

前两天查看尸骨时和我们约好直播当天在节目里接受采访的考古人类学家潘其风先生很守时地到了现场，我把关于尸骨的问题一股脑儿地抛给潘先生，满怀希望地等着他的答案。潘先生很认真地再次查看了清理出的头盖骨、下肢骨（其实那两天他已经查看过很多次了），沉吟着。我的职责是不能让节目冷场啊，于是又问了一遍："您认为这是什么年代的？男性女性？可能是谁？"

"按照我们考古工作的步骤，现在很难说，要完全清理出来后拿进实验室做鉴定。"潘先生依然很谨慎。

"在进实验室之前，您根据多年的经验，可不可以有一个初步的判断？"我还是想套出一点线索。

"很难说，经验有时也会出错。"潘先生显然不愿意违背自己工作的规则。

此时，我的耳机里又传来了声音，"一定请潘先生给一个结果，哪怕是可能性！"

是啊，这个在直播设计中被寄予厚望的环节，如果不能给观众一个交代，观众会不会以为我们在糊弄大家呢？我还得继续"逼供"。

"大家对老山汉墓出土的这具尸骨非常感兴趣，它也很可能对揭开老山之谜有重要的作用，您能给观众朋友提供几种可能性吗？"我强调着给一个结果的重要性，同时把话筒举得离潘先生更近，试图给他一种暗示："很多人在看着您哪，您总不能让那么多人失望吧？"

"实验室的数据会更准确。"潘先生还在犹豫，他带着一丝苦笑看着那个不会说话的头盖骨，大概那时候他特别希望我也能像那块骨头一样闭上嘴吧。我清楚地看到了他眼中的为难与犹疑，那一刻，我忽然很想放弃，为什么一定要一个坚持原则的人违背自己的信条呢？

此时，我在耳机里又听到了带着期望和鼓励的声音："就这样，有一个可能性就行。"这个声音彻底打消了我要放弃的念头，我是在做节目，我要为我的工作负责。

我把话筒又举了举："潘先生，您根据经验，可以告诉我们哪种可能性更大。比如尸骨的性别，是男性的可能性大？还是女性的可能性大呢？您只要提供一个最初步的判断就可以。"

潘先生也许想早点结束这样的尴尬，也许想不让我太为难，他终于妥协了。"从目前发现的并不完整的骸骨来初步判断，这个人的年龄大概是在35岁至40岁之间，身高1.61米左右。男性的可能性是有的。这都只是很粗略地看，具体结果只有通过实验室的技术测试才可以下结论。至于尸骨的身份，盗墓者、陪葬者或被盗墓者从棺木里拖到这个地方的墓主人，这些可能性都存在。"

谢天谢地！我总算完成任务了。我如获至宝地向观众重复了一遍潘先生的推断，还特意强调了一下"可能是男性"，并感谢潘先生参与直播节目。镜头移开时，我似乎看到潘先生苦笑了一下，不过当时的我并未在意，也丝毫没意识到，后来我会怎样后悔这次的"完成任务"。

四

"老山汉墓探秘"的那次直播，起初被很多人误以为是要直播"开棺"，大家的想象力由此被大大地激发了起来。其实到直播那天，发掘工作还没进行到能"开棺"的阶段，再加上直播时间只有短短的两小时，到了中午11点多，已差不多要结束了。直播的最后一点时间里，考古人员小心翼翼地搬动了几块墓椁盖板，让包裹在两层"椁"里面的"棺"露出一点来（"棺椁"常被用来统称棺材，实际上有区别，椁是套在棺外面的"大棺材"）。王武钰先生说，搬开椁板后能看到的也只是棺木的顶板，所以严格来讲，我们的直播节目最终让观众看到的是"开椁见棺"，而并非"开棺"，既然没开棺，大家想象的"寻宝"也就无从谈起。

也许是想让观众更理性地看待这次考古发掘，王武钰先生又一次提起老山汉墓已被盗过的事实，而且节目里已经让观众看到了在墓的前室发现的一块大木板，看上去像门板一样宽厚，斜放在前室中央，明显与墓室正常布局很不谐调。王武钰先生说，按西汉正常墓葬的摆放规律，前室部分是摆放主人生前宴饮、娱乐的日常生活用品的，比如各种盛器、酒器、琴棋、车马、竹简、木简等，而不应该出现这样一块大木板。他们分析这块木板应该是后室棺椁的一部分，出现在前室，说明古墓曾被打开过，被盗确凿无疑。因此，即使以后打开内棺，也很可能没有所谓的"宝物"出现。

我问了王先生最后一个问题："如果真的在内棺里没有发现宝物，老山汉墓的考古价值是否打了折扣？"王先生解释说，老百姓会觉得在老山汉墓发现金缕玉衣等奇珍异宝才叫重大发现，而在考古人员眼中，出土的各种文物对历史研究都有其独特价值，中华民族五千年文化，需要各个时代的实物来证明，每一件出土文物，都像一个连接点，把一段段断开的文明史连在了一起。老山汉墓将继续发现更多的实物，这就是价值所在。

"老山汉墓探秘"的直播顺利地结束了，反响之大有些出乎意料，这当然首先来自老山汉墓本身的特别，这是1949年以来北京地区继十三陵定陵、大葆台西汉墓之后第三次比较大规模的考古发掘，也是一次大规模的王侯级别陵墓的发掘。它创下了中国考古史上的好几项第一：第一次开放式发掘；第一次将遥感应用于考古探测；建立了全国最大的一个考古大棚……当然，还有第一次考古电视直播。如果说老山汉墓本身的魅力已吸引了足够多的注意，那么我们的直播就把这种注意推到了更高的高度，使"老山热"乃至"考古热"进一步升温，成了当年的一大话题。

　　鉴于节目的良好效果，当时，我们也做了进行第二甚至第三次直播的准备，一切取决于发掘的进度，毕竟老山的很多谜团尚未揭开，比如内棺还没有打开，还能发现什么？墓主到底是谁？墓内出土的物品到底价值几何？那具无名尸骨到底是谁？等等。但事实上，8月20日的直播是唯一的一次，取消直播主要还是从考古工作的角度考虑的。当时的一些媒体报道中，有一则关于为何直播没有再进行的报道应该是比较准确的，我把其中的一部分摘录下来：

　　　　就在专家争论不休，百姓兴致高涨的时候，首先，央视取消了原定于9月的开棺直播；随后，集聚在北京的外地媒体相继撤离。直到9月25日，北京市文物局的一位负责人才向外界透露："开棺过程之所以不安排电视台现场直播，主要是因为考虑发掘现场情况复杂，整个开棺进程难以把握，不可能在两三个小时的直播过程中完成整个开棺工作。特别是目前整个老山汉墓墓室已经坍塌，棺木严重挤压，要一层层细致地清理，电视效果不会太好。""上次直播没出什么东西，此次如果还没有，观众肯定会不高兴。"此外，不再直播也受到了电视台准备工作的影响。这位负责人告诉记者："开棺直播原定于9月20日前后，但无论是中央电视台还是北京电视台，都没有做好充足的准备，而考古工作不能因为直播而暂停。"

　　请注意这句话，"上次直播没出什么东西"，这的确是不少观众对8月20日直播的感觉，"我们看到了很多，但不过瘾"。如果真的要满足这部分观众的需求,那或许与考古工作人员会有很大的冲突。在8月20日那次直播后,老山汉墓发掘的工作人员面对媒体的蜂拥而至,也已经越来越谨慎了,他们反复强调:"如果认为考古发掘就是一个寻宝过程,那肯定是不全面的。实际上,与盗墓贼专注于金银财宝的目标不同,考古工作更多的是关注历史文化信息。""与大葆台汉墓比较,老山汉墓揭示的历史文化信息更为完整。尤其是老山汉墓已出土的大量精美的彩绘陶器、饰物、漆器等,不少已填补了汉代考古发掘的空白,肯定会被定为国家一级文物。""在全国已发现的40多座汉墓中,像老山这样的土椁墓都基本被盗过,而从已出土的文物数量看,老山汉墓位居前列。"但无论怎样强调老山的意义,后来开棺的一无所获,还是让很多很多人失望之极,而我们没有再直播也被视为"老山汉墓有头无尾,雷声大雨点小,空洞无物"的佐证。人们似乎也因此而迅速地遗忘了这个曾经关注的热点,更不知道是不是因为这个原因,在此后的"2000年度全国十大考古新发现"评选中,轰动一时的老山汉墓竟然以0票惨遭淘汰。如果确是如此,我真的很遗憾。

老山汉墓的发掘还曾经引发了关于"帝王陵墓,该不该挖掘"的讨论,给后来文物考古工作的一些政策措施的制定提供了正确的思路,这又是闲话了。不过由此也可见得,一项考古工作的价值,究竟不应该是单以经济论的。

五

对于我个人,"老山汉墓探秘"无论如何是重要的,它使我的工作领域有了更大的拓展,使我的工作能力有了更多的历练,使我拿到

考古是撩开时间垂挂下的层层帷幕

了 30 岁之前工作经历中最重要的一个奖项"中国播音与主持作品奖一等奖"。更重要的是,它还给了我职业生涯一个大教训,使我从此对"工作"二字有了更深刻的认知。

还记得我说过"当时没有意识到后来会怎样后悔这次完成任务"吗?直播后的一段时间里,我仍然关心着老山汉墓的信息。有一天,翻开报纸,上面的题目赫然写着"老山汉墓神秘尸骨证实为女性"!那一刻,我眼前蓦地闪现出潘先生在现场的苦笑——那天他在直播镜头的注视下,在我的纠缠下,被迫作出了一个并不算很严谨的判断。尽管他自己和我在节目里都解释过,这只是一种可能性,但我相信,在真实的结果出来后,一定会有"专家不过如此,专家也露怯"之类好事者的流言。我也相信未必没有潘先生的同行会因此而侧目、腹诽。这对于一位一向尊重自己的工作、坚持自己的原则的专业人士来讲无疑是一种伤害,甚至是相当程度的伤害,而我,就是那个造成伤害的始作俑者。也许潘先生没有这样想,也许我认为的伤害对他并不存在,但我直到今天仍心存歉意,也从此改变了自己对"工作"的认识。以前,我以为"我的工作"是最重要的，我应该为了我的工作而想尽一切办法，但我从来没有考虑过"别人的工作"。老山汉墓的这件事提示了我，当"我的工作"需要"别人的工作"来配合时，当"我的工作"与"别人的工作"有冲突时，我首先应该尊重"别人的工作"，尊重别人的规律，尊重别人的原则，而不是为了"我的工作"而无视对方。哪怕"我的工作"因此而并未达到最好的效果，我至少可以问心无愧。一直没有机会对潘先生当面说声"对不起"，今天在这里写下这些，权作致歉。

但无论如何，我喜欢这样的工作，还是那句话，考古是撩开时间垂挂下的层层帷幕，捕捉已逝未终的过往烟云，好玩，有趣，而且，有意义。

国家与尊严

做一名电视节目主持人，于我，只是一个偶然；做一名中央电视台的主持人，偶然的成分就更多一些。但我很感谢这个无心插柳的选择，也曾经想过，如果当初选了另一项职业，我的人生会有怎样不同？或许会有别样的精彩，但我相信，电视给了我更多重的体验、更丰富的生命。每个人都是自己历史的书写者，而我的历史由于我的职业，得以与国家、民族的一些历史时刻交织在一起。我感谢电视，感谢中央电视台，因为它让我的某些记忆变得如此厚重起来。

2019 年，为庆祝中华人民共和国成立 70 周年拍摄的影片《我和我的祖国》成为爆款,这部由7位导演拍摄的7部短片连缀而成的影片,选取了7个中国历史上的"全民瞬间",那与观影者迎头相撞的情感是如此之深沉、饱满、有力。而我的观影体验,因为那当中数个瞬间都是曾亲身经历过的,变得更加百感交集。影片公映前夕,我受邀主持了《我和我的祖国》的全阵容盛典,在那个舞台上,当与《回归》单元剧组的薛晓璐导演和演员们站在一起时,我由衷地说:"冒着可能对其他6个单元剧组不礼貌的危险,我也想表达一下,《回归》是我最爱的单元。当然,这与我的经历有关,因为1997年7月1日0时0分0秒,那一刻,我在香港,我在会展中心,我在《回归》的现场。作为当时中央电视台报道团队中的一员,我负责的是香港回归交接仪式的解说。那年,我25岁,一个年轻人,因为那一刻,深深懂得了什么是国家,什么是尊严。"

真的,我很感谢电影人在短短20几分钟里,逼真地还原了22年前那个回归的雨夜,使得影片有着一种新闻记录的厚重质感。银幕上的场景一次次与我脑海中的记忆叠化在一起。很奇怪,一切都还是那么清晰,就像发生在昨天。那一刻,我在香港;那一刻,无论对于我个人还是对于中央电视台,都是具有非同寻常意义的第一次⋯⋯

1997年《香港回归祖国》72小时不间断的直播报道,是当年中央电视台史无前例的大制作,正处于蓬勃发展期的中央电视台既向全球媒体同行展示着自身已具备的实力,同时也的确有借这次报道进一步提升新闻团队实力的考虑。那个时候,我从事电视新闻工作不过3年多的时间,尽管在每天的新闻节目中播报过很多大事,尽管1997年3月中央电视台历史上的第一次多报道点直播《日全食——彗星天象奇观》也是由我担任主持人,但是,能够参与香港回归的报道工作,真的第一次让我极度真切地感受到了这份工作所具有的某种神圣职责。我从来不是一个会主动为自己争取什么的人,但"香港回归"第一次让我有了一种强烈的冲动,我很想加入到报道团队中!因为第一次,感觉历史距离自己如此之近!

不过,从如愿以偿地接到通知赴港报道的那一刻起,兴奋就被巨大的压力代替了,毕竟我还从来没有经历过这样大规模的直播报道。而这种无形的压迫几乎伴随了1997我在香港的每一天,直到那个历史性时刻的到来。

72小时的特别节目里,安排了很多场重要的直播,其中最核心的部分就是7月1日0时的"交接仪式"的现场直播,而我非常有幸担任了这场电视转播的幕后解说。

1997年6月30日晚,当时刚启用的香港会展中心二期,回归报道新闻中心就设在那个宛若海鸟的新翼里。此时,气氛比平日凝重了许多,各国记者都在为那个历史性的时刻做着准备。我录制完了当天传送回北京的新闻后,就等着零点的重头戏了。几页纸的解说词,已不知看了多少遍,但心中仍不免七上八下地忐忑,毕竟,这是当时只有3年多从业经历的我遇到的最重要、最艰巨的一次任务。那个时候的直播,可不像现在,主持人有更多调控的余地,况且,像这样重大的历史事件,即使现在做直播,同样不可能任由主持人发挥。每一句话、每一个词,都经过严格的审核,我必须将其严丝合缝地嵌入交接仪式直播的每一个环节中,并且,要把这样一个时刻的历史沧桑感与新生的喜悦、未来的憧憬都准确地表达出来,进而传递到每一个观众的心里。

为了让自己绷紧的神经放松一点,我来到会展中心的走廊里,静静地望着硕大的玻璃窗外,被雨雾笼罩着的维多利亚港湾。雨已经下了一整天了，想起下午在电视转播里看到末代港督彭定康告别总督府，电视摄像机的镜头清楚地捕捉到了雨水无情地扑打在他的脸上，也许还混杂着泪水？大概那个时候，彭定康心中会以为老天也在替他哀叹"日不落帝国"的日落吧？可是对我们中国人来讲，这绵绵不断的雨却正是"洗刷"百年民族耻辱的绝好象征！不知道7月1日零点的时候雨会不会停？不过我的解说词里已经准备了"下雨""放晴"两种不同的方案，无论如何都可以应对，关键是情绪要把握到位。我心中不由自主又默念起已烂熟于心的解说词了，看来神经还是放松不下来，索性不管它了。

交接仪式的现场就在会展中心的另一个楼层，咫尺之遥。但因为能进入现场报道的媒体人员的数量被严格地控制，没有证件是绝对不能随便出入现场的，也许一直等到报道结束离港，我都没有机会进去看一看（后来的事实也确实如此）。这也是整个香港回归报道中我最深以为憾的一件事，设想一下，当你明明已极度接近一个历史事件的发生地，却又不可能真正触摸到它时，那种遗憾比起根本没有接近过只会更强烈！不过，当1997年7月1日那个最重要的时刻要到来的时候，我心中对这一切早已释然。说起来，还要感谢我的家人，在通电话的时候，我的遗憾情绪多多少少流露了出来，他们开导我说，应该更多想一想工作本身的价值。"你想象一下，7月1日0点的时候，那样一个历史性的时刻，全中国有多少人在看中央电视台的直播？有多少人听到的是你的声音？还有比这更有意义的吗？"是啊，心无旁骛地投入工作吧，能够做一个用声音、用影像靠近历史、记录历史并且可以通过一个影响广泛的巨大平台传播历史的人，已经无比幸运了！只有完美地工作，才可以把所有的遗憾减到最小。

时间终于到了,我走进演播室,虽然是幕后解说,我还是一丝不苟地换上了正装,潜意识里觉得这样心中会更多一分神圣感,更多一分自信。23:16,交接仪式的直播节目开始,在现场出镜的李瑞英老师神态自若,近乎完美地完成了开场的一段报道,剩下的要看我的了。

"各位观众,这里是交接仪式的现场……"第一句话出口,"声调是不是高了?情绪是不是不够?"我心里又打起鼓来。趁着解说的空当,我深吸了一口气,我知道,这个时候,必须把一切杂念排除掉。

偌大的演播室里,只有我一个人,静得可以清楚地听到自己急促的心跳声。但我知道,我不是孤军奋战,在身后巨大的玻璃隔屏那一侧的导控室里,还有那么多同事一样在忙碌着。电视新闻工作就是这点好,你永远不会觉得孤单,你永远能够清晰地意识到自己是团队中的一员。

交接仪式按照程序顺利地进行着,我的工作也顺利地进行着……

神圣的一刻终于来临了!公元1997年7月1日0:00,中国政府对香港恢复行使主权!当米字旗降落,五星红旗、紫荆花区旗伴随着《义勇军进行曲》的旋律缓缓升起时,我又听到了自己心脏的狂跳声,不过那不再是因为紧张,而是热血在沸腾!我的直播脚本上,此时此刻,是空白。是的,我不需要再说什么了,此时此刻,除了庄严的注目,还有什么语言可以更准确地传递亿万人同样的心情?我很想站起身来,用肃立来为我的祖国致敬!不过我还是清楚地意识到,此时的自己应该处于工作状态中,我必须盯着监视器里转播的每一点信号,这是我的职责。

屏幕上,五星红旗、紫荆花区旗伴着旗杆顶鼓出的风猎猎飘扬着,交接仪式就要结束了。雨还在下,仿佛真的要洗刷出一个新的香港。我看着直播倒计时的时钟,调动着自我感觉从未有过的激情,说出了最后一段解说词:"鲜艳的五星红旗和香港特区区旗已经在会展中心升起,从此后,它将飘扬在香港的土地上。多少年来,几代人为了这块土地奋斗抗争、英勇捐躯的奉献在今天得到回报;小平同志生前以'一国两制'方式和平解决香港问题的伟大构想在今天成为现实。百年长梦今宵圆!从此后,同胞骨肉在一起,血脉相连永不分。香港,在亿万华夏儿女的共同创造下,必定会迎来一个更加灿烂的明天!"说实在的,最初看稿子的时候,我曾经觉得这段话写得有些文艺,有些书面。可是那一刻,我觉得那么优美,那么贴切,那么发自肺腑。一个漂泊百年的游子回到祖国,难道故乡人会吝惜于送上所有的欢喜与祝福吗?

在书写这篇回忆的时候,我又从书柜深处找出了精心收藏起来的当年的所有解说文稿。纸色微微泛黄,翻开最后一页,还能找到上面提到的最后那段话。我极力回想着22年前的情景,耳畔似乎还能听到自己那年轻而激情四射的声音。唯一感觉遗憾的或许是,如果今天再说这段话,我一定会表达得更准确、更意味深长。如果说1997年的香港回归报道对于我的意义,除了第一次让我清晰认识到了电视新闻工作的价值之外,从播音专业角度看,也是一次重要的再认识。那时候刚刚工作了几年,年少轻狂的我也曾经在心里妄自菲薄过传统的新闻播报、解说方式,认为那样的表达实在陈旧得紧。可是,当我需要在这样重要的历史时刻,用一种庄重得近乎神圣的语气向亿万观众传递国家声音的时候,才发觉自己只凭借年轻的热情和尚不完善的技巧,是不足以完成如此重要的任务的。事后,我曾经认真地对比过自己的解说和中央人民广播电台的老播音员的解说,结果只能是汗颜,因为当时自己不光是年龄阅历不够,对新闻播音技巧的掌握也远不到位,尽管自我感觉情感充沛,但实际表达出来并且是很准确地表达出来的还不足一半，更遑论恰切的分寸、细腻的处理了。而这样的遗憾已不可能弥补，因为新闻现场永远稍纵即逝，你可以在下一次的直播中进步，但这一次，留下的只有遗憾。也正是从香港回归报道开始，我学会了真正尊重传统，学会了从传统中汲取有益的养分。我不再轻易地全盘否定前辈们留下的东西，我越来越深切地认识到，在中国电视新闻不断追赶、创造、超越的过程中，所有从业人员的所有尝试，无论经验与教训，都是宝贵的财富。

交接仪式的电视直播结束了，演播室里四周还是静悄悄的，我忽然感觉头很沉，腿也很沉，我似乎在刚才的几十分钟里耗尽了所有的心力。我用双手支着头，俯在演播台上，想让自己平静一点。

新闻中心里突然响起了一阵欢呼声："香港回家了！"我一下子冲出演播室，看到很多同事、很多其他媒体的同行都纷纷举着当天报纸发行的号外，在会展中心这个有历史意义的地方，在香港刚刚回家的这个历史时刻，留下珍贵的照片。好几家港报都发行了号外，几乎都是一整个版面上，用占据半个版面的大字标题写着"香港回归了"！

回家了，这是沧桑的老人叶落归根的悲欣交集，也是初生的孩子嗷嗷待哺的雀跃欢喜。

我也拿起一张报纸，拍下了1997年香港之行最有纪念意义的照片。如今，22年过去了，但我翻开旧相册，仍然会被那时照片上那个年轻人的笑容感动，因为真挚，因为由衷。

回归到现在的22年间，我又曾数次走进香港。有因着工作——2007年7月1日《"香港回归10周年"50小时播不停》的特别节目，我是演播室的主持人，与曾江、焦姣、郑佩佩、文隽等香港影人共话香江；2017年7月1日，我再次走进香港会展中心，作为记者报

1997年《香港回归祖国》72小时不间断的直播报道，是当年中央电视台史无前例的大制作

道庆祝香港回归20周年的盛况；有因着旅行——香港是我不下十数次的旅行目的地，在那里，可追寻少年时就在银幕、屏幕上认识的地方，在那里，总有热气腾腾、能让人迅速融入其中的城市生活气息。虽每次都步履匆匆，但因着1997的那一刻，我始终觉得，对于香港，自己并非只是一个过客……

我爱香港，就像真正爱香港的港人一样。因此，当看到它被抱着丑恶目的、怀着阴暗心理的人肆意破坏、损伤时，我愤怒且心痛。如果面对面，我能想象，那些暴徒们恐怕会大肆叫嚣着："香港是我们的，你凭什么说爱它？"但我想说的是，你们的所为已不配说自己是香港人！不配说爱香港！更何况，你们根本就不爱香港，不爱这个家！真正的香港人，首先是真正的中国人，只有真正爱国家的人才会真正爱香港，才会真正去保护它、建设它。只有在真正的人的心中，才有真正的国家与尊严。

香港回归 10 周年直播现场

香港回归 20 周年直播现场

2018 年台庆 60 周年，这是中央电视台、中国电视事业创新重塑的时代

弹指间，数载芳华
—— 在中央电视台建台 60 周年大会上的发言

尊敬的各位领导、各位同仁、各位兄弟姐妹：

大家好！很荣幸可以在我们共同庆祝中央电视台建台 60 周年、纪念中国电视事业发展 60 周年的重要时刻，代表在职的职工说上几句话。

我是 1993 年参加工作的，至今仍清晰地记得最初走进这座大楼时那近乎朝圣般的心情。在接受入台教育时，我听到了 1958 年"北京电视台"的第一声呼号,看到了1978年《新闻联播》的第一次播出、1984年春节联欢晚会的大放异彩,1993年《东方时空》《焦点访谈》的横空出世……那是中央电视台、中国电视事业初萌成型的时代,稚嫩、艰辛,但纯粹。在前辈们的创业奋斗中,电视真正走进了千家万户,成为中国人生活中不可或缺的一部分。那一刻,我知道自己将与这项事业紧紧联系在一起。

从那时到现在,25年过去了。这25年,是中央电视台、中国电视事业发生巨大变化的25年。我伴着我的台,经历过3次重要的台庆。

1998年,台庆40周年,那是中央电视台、中国电视事业展翅腾飞的时代。我们刚刚开启了重大新闻事件电视直播报道的大幕:香港回归、三峡截流、九八抗洪……电视见证着这些重要时刻,更记录着这些重要的时刻,进一步奠定了中国人生活中"第一媒体"的地位。无数个"第一次"证明着我们的创造力,证明着中国电视发展的无穷潜力。每一天都是新的,如同一颗年轻的心脏,每一次搏动都那样强劲有力。

2008年,台庆50周年,那是中央电视台、中国电视事业成熟发展的时代。"有大事,看央视"早已成为中国人的习惯和选择:汶川大地震众志成城抗震救灾的泪水与力量,北京奥运会无与伦比的自豪与荣光,我们同步着电视机前观众的每一次呼吸、每一次心跳,也同步着世界对发展变化的中国的每一次注视、每一次瞭望。电视带给我们满满的成就感、荣誉感,我们职业的目光也更成熟、更从容,更加承担起一个大国媒体的责任和担当。

2018年,台庆60周年,这是中央电视台、中国电视事业创新重塑的时代。党的十八大以来的历史性成就、历史性变革,党的十九大擘画的宏伟蓝图,让我们更加强烈地意识到时代的使命与责任。世界面临的百年未有之大变局,科学技术进步的日新月异,让我们更加紧迫地意识到改革的机遇与挑战。我们不仅在记录、影响、改变着中国的舆论环境、社会治理,也在不断提升着国际传播能力;我们不仅要保持大屏的优势,也要在小屏创造一个"新央视"。台网并重,网络为先,我们的创新发展正在进行,我们的辉煌重塑益发可待。

回溯中央电视台、中国电视事业的60年,变化万千,但也有一些东西,始终不变。

不变的是我们的理想信念。我们是党的新闻舆论工作者,我们始终秉承的是与人民心连心、同呼吸共命运的情怀。每一篇报道,每一期节目,每一个镜头,每一句话语,60年来,我们始终弘扬主旋律,传播正能量,我们忠实地记录着历史,也负责地引领着时代。新时代,我们将更好地承担起党的新闻舆论工作的职责和使命:高举旗帜、引领导向,围绕中心、服务大局,团结人民、鼓舞士气,成风化人、凝心聚力,澄清谬误、明辨是非,连接中外、沟通世界。我们将更好地完成新形势下宣传思想工作的使命任务,做到举旗帜、聚民心、育新人、兴文化、展形象。

不变的是我们的职业精神。60年来,我们早已形成了一种属于这个群体的职业精神,这是一种建立在真正的专业主义精神之上的奉献精神。我们有业内最高、最严、最有效的编播标准,"万无一失"不是愿景,而是要求。我们有最能战斗也最讲奉献的团队,观众看到的是战地记者长达数小时不间断的大小屏直播,看不到的是镜头外不远

台庆 60 周年大会上,与诸位前辈在一起

处呼啸而过的炮弹轨迹;看到的是新闻播出的严丝合缝、分秒不差,看不到的是编辑们奔跑在播出线上的背影;看到的是直播中美轮美奂的全景镜头,看不到的是酷暑骄阳下坚守高点机位的摄像师被汗水浸透结成盐花的衣服;看到的是主持人屏幕上的光彩照人,看不到的是连续站立七八个小时录制节目,那肿胀的小腿。还有技术、化妆、行政人员,他们的默默奉献更是在屏幕上难以见到,但正像习近平总书记 2016 年 2 月 19 日视察中央电视台,在《新闻联播》播出区说的那样,"要把国家发生的重大事件第一时间播出去,还要做到零差错,这非常不容易,要付出很多努力,你们都是幕后英雄"!这种职业精神已经融入了每一个央视人、电视人的血液之中,更成为一种基因,在一代人又一代人身上传承下去。

不变的是我们的创新活力。60 年来,央视人、电视人不仅有埋头苦干,更有创新巧干,方能成就 60 年每一个阶段的辉煌。不断思变求变善变,正是电视事业永葆活力的根源,今天,创新更加成为这一事业的核心竞争力，我们比以往任何时候都更需要勇于打破过往的自己，创造一个新的自己。电视或许被打上了传统媒体的标签，但媒体融合向深度和广度挺进，给了电视人一个更广阔的平台。在经历了短暂的对新媒体发展的困惑、迷茫、恐慌后，我们静下心来，真正地认识到人是创新最重要的因素，有了人，有了人的坚守，有了60年传承不变的创新活力，我们将继续着"央视制造""央视创造"。

当中央电视台、中国电视事业这棵大树已刻下第60个年轮，它愈发根基深厚，茁壮成长。今天，我们每一个人都满怀着感恩，感谢这棵大树，因为我们都是生长在大树上的枝条、叶片、花朵、果实。今天，我们每一个人也应该感谢自己，因为有了枝条、叶片、花朵、果实的生长，才有大树的笔直参天。感谢过去的我们，付出的劳动；感谢现在的我们，选择的坚守；感谢未来的我们，幸福的奋斗。

忆罗京

一　送你离开　千里之外

人到中年，终于彻底明白时光直如流水之不可追，无怪当年子在川上曰："逝者如斯夫"。今起惊觉，已是罗京老师离开10周年的日子了。

这10年的变化太多太快，忙忙碌碌中并不曾时时记起他，但就像那句歌词唱的那样,"从来不需要想起,永远也不会忘记"。

今天,找出10年前送他离开时记录下的文字,恍若隔世又如在眼前,翻录于此,谨致缅怀:

> 从2009年6月5日早上惊闻噩耗,直到现在,我仍然觉得它如此地不真实,就像那天上午,我们在办公室布设灵堂时,我总是问自己,我在做什么?他真的走了吗?
>
> 这些天,很多人对我说,你该写点什么,但每次提起笔又放下,只余无语凝噎。这些天,除了工作,就在忙着为罗老师最后做一些事,明天,就是最后送别他的日子了,也许,该是最后和他说些什么的时候了,此时,我发觉,有一种伤痛丝丝缕缕,却这般深入肺腑。
>
> 和罗老师共事十几年了,说老实话(忽然惊觉,这不是他的口头禅吗?),我与他并非过从甚密。我知道原因在我,自己实在不是一个善于表达、善于与他人沟通的人。我们的关系更多还是师生,一个严格甚至近乎苛刻的老师与一个认真但需时时敲打的学生的关系。在我的职业生涯中,几乎每一次关口,都曾得到来自他的提点,每一次都切中要害,令我受益匪浅。因此,对我来说,他绝非一般意义上的老师,而是漫漫长路上的一个引领者,永远的引领者。
>
> 如今,他走了,我唯一稍觉安慰的是,我到底曾更走近过他一些。那是今年的元宵节,我去看望他。他还是那样淡淡地、从容地微笑着,和我谈工作、生活的甘苦、为人处世的方式。他对我说:"你该更主动与人沟通,你现在上了一个台阶,该更严格

地控制自己,该做个有心人……"我也把工作、生活中的困惑说给他听。几个小时里,我的内心充盈着快慰,我清晰地感觉到,自己和一直以来都很敬重的这位师长有了一种更紧密的联系,我相信他同样可以感觉到。

那天,说起正在接受的治疗,他的语气里充满了希望和信心,他说会尽快回来工作,眼神里闪烁着重回主播台的奕奕神采。很多人说他冷,其实他何其火热,尤其是对待工作。就在今年5月29日,他最后一个生日,我们到医院看他,他说得最多的仍然是工作。这些天,我常常想,如果这种热度能稍减一点,也许,他的生命还会燃烧得更久一些。

那是我们之间从未有过的长谈,我曾经以为今后还会有更多这样的机会,但第一次,竟也是最后一次。如今,他走了,我已没有机会再弥补,但同时,我又深深感到,我与他之间建立在对共同职业的追求与责任基础上的这种联系,其实早就深种于我们的内心,那是一种更加割不断的联系。我相信,他在天堂里也会永远地看着我,正因为这样,我在任何时候都不会懈怠。

廿六载,几许风雨,始成黄钟大吕;此一去,千里之外,犹闻玉振金声。

谨以此送你离开,千里之外……

二 那是你的眼睛

2012年6月5日,罗京老师3周年的祭日。
那天新闻中心出版的《内刊》上,一位同事写下一篇纪念文章,

某年除夕的办公室，与罗京老师唯一的合影

最后一段话看得人蓦地心中一酸。他说："这一天，有没有人会想起罗京，我不知道……人走，茶可以凉，人心不能凉。"那一刻，我很想对他说："你多虑了，且不说有如你一般的许多人会记起他，只要我们在，只要我们这个群体在，罗京的名字，不仅是这一天，而是每天、每时、每刻，都会被想起。或者说，这个名字从来不需要刻意想起，因为，永远也不会忘记。"

那一天，罗京老师墓前的雕像落成，我们很多同事陪着罗老师的家人，一起在墓前为他举行了祭礼。我一直看着那座雕像的眼睛，那是他的眼睛，总是神采斐然的眼睛。我又想起了2009年，我们在医院最后一次给他过生日的那天，他的眼睛。尽管那时，他已被病痛折磨得憔悴之极，可唯有那双眼睛，没有一丝一毫的黯淡，依然明亮，甚至比健康时更加热烈，那是怎样一双执着于生命、执着于事业的眼睛！

从那一刻起，这双眼睛如刀斧凿刻般印在我的记忆中，每当我承担一项工作时,总能时时感觉到这双眼睛,他在看着我,目光中带着审视,也带着期许。我不敢有一丝一毫的懈怠,因为,那是他的眼睛。我知道,只有我、我们,他的同行、他的后辈,把他一生挚爱的事业做得更好,他的眼睛才会一直这样明亮下去。

夏日的清晨,站在他的墓前,我就这样一直凝视着他的眼睛,而他,也一定在凝视着我,凝视着我们,不需要再说什么。在这一刻,这一天,在未来永远的日子里,就这样凝视着,足矣。

三 永远的引领者

时间无情,总会带走一些你所珍视的人与事,且不容分说;时间亦有情,总会在带走的同时留下关于这些人与事的痕迹,且不断累加。于是,逝去的便化作永存的回忆继续了下去。

更重要的是,有些回忆不仅仅是用来咀嚼过去的,它更可以是推动乃至引领你继续前行脚步的力量。我想,罗京老师之于我们,就是这样。

2009年,罗京老师走了。那一年正值中华人民共和国成立60周年,中国广播电视协会评选出"中国60年广播电视进程中有影响力的60件大事、60个栏目、60个节目、60个人物",罗京老师位列60个人物之一。他究竟怎样影响了中国广播电视的进程?很多专家、学者、业界同仁都进行过深入的论述。而作为他的同事,作为他的后辈,我始终认为,他最重要的影响是通过影响我们、影响这个职业群体而实现的。就我个人而言,我永远会记得他生前曾经对我讲过的三句话。

第一句话，是在我踏上工作岗位的时候，刚刚接触电视新闻工作，兴奋而茫然，有的是热情，缺的是方向。罗老师对我说："从现在开始，你要学会自主学习。"他进而解释："你已经是一个职业的电视播音员了，不可能再像在学校里那样，有老师每天手把手地教你、带你、督促你，你必须具备一副观察的眼光、一种学习的能力，带着你在实践中观察到的所有问题去自主学习。"这句话对一个刚刚踏入这个职业门槛的年轻人来说，不啻为一把打开大门的钥匙！一直到今天，当我也逐渐成长为一个成熟的电视新闻工作者时，我愈发体会到了它的重要和珍贵。因为只有自己学会发现问题，学会解决问题，才能拥有一种持续成长的动力，才不会陷入圭臬或仅仅做到亦步亦趋。罗京老师还特别强调，自主学习并非仅特指播音专业的学习，还要注意学习与电视新闻相关的一切内容。他以自身的实践极好地诠释了这一点，罗京老师被大家熟知是因为他出色的播音，但他还有很多没有被看到的职业技能：比如策划一部完整的电视节目，为一台晚会撰稿，甚至扛起摄像机去拍摄。这样多方面的技能、这样对于电视新闻所需要具备的一切技能的及时补充和学习的能力，是我们这个行业当中很多人无法企及的。所以说，他能成为一个行业的翘楚，绝非偶然。现在，我们的行业竞争越来越激烈，每个人特别是年轻人都背负着很大的成长压力，在这个时候，也许我们更该时常问问自己："我学会自主学习了吗？"

第二句话，是在我工作了三四年之后，电视新闻的表现形式开始多元化，各种各样的新形态层出不穷，我也有机会尝试着做了一些直播报道，开始尝试在"播"别人写的话的同时"说"自己的话，把"播"与"说"的语言表达方式更圆润地融合起来。但也仅仅是做了而已，至于这样的尝试对自己今后的职业生涯有何意义，说实话，当时的我很懵懂。有一次闲聊时，罗京老师对我说："你是组里比较早也比较多做这类节目的，这条路你要坚持走下去，这会是今后电视新闻的一种趋势。"看看今天的电视直播常态化，看看今天的融媒体发展势头，我不得不钦佩罗京老师当年的敏锐。而今天回头看，他当时所给予我的这种肯定和鼓励，也正是我能一直在这个领域坚持尝试下去并不断成熟的重要动力。如果没有那时开始的变化，我不一定有足够的信心应对今日的变化。如今的时代，变化的周期只会越来越短，变化的方式只会越来越多，我们要想让自己不成为"被拍死在沙滩上的前浪"，就必须保持前瞻的眼光与先行一步的行动。

第三句话，是我在加盟《新闻联播》的工作团队之后，似乎已经站在了所有学习播音专业的人梦寐以求的最高峰，而这个平台除了带来更耀目的光环外，还意味着什么呢？我也在思索。这时，罗老师对我说："你的平台不一样了，你现在要更加注意在工作中培养一种气度，培养一种气场，培养一种传递中国最强有力声音的气派。"这句话又一次使我认清了方向。在这个时候，他所关注到的我的职业发展，已经不仅仅局限在一些具体的技术细节上，而是从一个人更长远的发展角度，来关照这些年轻人、这些后辈，而"中国气派"，又何尝不是他穷其一生所追求与攀登的目标？今天，中国人在向着中华民族伟大复兴的目标奋力前行，中国越来越承担起大国责任，我们更需要向世界展现一个真实、全面、立体的中国，展现真正的"中国气派"，在这个新时代去真正实现罗京老师与我们共同的职业目标。

"学会自主学习""这是未来发展的趋势，你要坚持下去""要

2019 年拜访罗京老师墓地

培养一种气度",这就是我永远不会忘记的罗京老师留下的三句话。想来,我何其有幸,在短短的职业生涯当中几乎每个重要的阶段,都曾得到来自他的重要的、中肯的、令我一生受用的提点,所以,他是我职业生涯的引领者,而且是永远的引领者。我更愿意将这三句话与更多的同行特别是年轻的同行来分享,因为我觉得,它不仅仅属于我,它属于我们共同拥有的这份职业。

今年值国庆 70 周年华诞,再次忆起罗京老师,需要的已不再是悲伤,也不仅仅是缅怀,更重要的是把他在 26 年播音生涯中所拥有的那种职业精神总结和传承下来。

记得 2009 年,当接到为国庆 60 周年大阅兵担任电视转播解说的任务后,我马上想到的是"如果罗老师在,他会怎么做?"尽管在整个过程中，我和李瑞英老师几乎从未主动谈起过罗老师，但事后交流，我们发现，心里不约而同地感觉他在陪伴着我们工作。每一次演练，每一遍熟悉稿件，我们都会想，如果他坐在这里，会以一种什么样的状态投入这项工作？那一定是最最严格、最最认真、最最一丝不苟、最最兢兢业业的，因为这就是他26年如一日的职业态度。在他走后，很多人都曾这样评价他："26年中3000多次播出，从来没有出过错。"其实，作为朝夕相处的同事，我们也曾见过他偶尔的失误和人所难免的紧张，但我们更看到了他从未丧失的从容。罗京老师自己说："我不可能不紧张，也不可能没有失误，但是我们这个工作就要求你要有控制，你要自己把自己控制在最恰当的状态上。"所以，实际上，他是用他非常严格的自我控制，把工作中遇到的任何差错减到最小，无论遇到什么样的失误，他都是以同样的态度，将失误化解于无形。大家公认他的业务能力强，但是我想，能够在二十六年的三千多次播出中，达到这样的工作状态，一定不仅仅取决于他的能力，一定是更取决于他的态度，取决于他对这份工作高度认真负责的态度。我认为，这种态度就是他的职业精神中最为精华的部分。这也正是我们这些后辈要继续努力去做到、做好的，只有做到、做好，我们才不会在罗京老师事业未竟的遗憾上再添遗憾。

　　从来不需要想起，永远也不会忘记，不会忘记的是这个人，是这个人的精神。

南京之祭

2007年12月13日,是南京大屠杀70周年纪念日,那天,我曾经写下这样的文字:"作为一位公民,我真希望每年的12月13日能够成为国家的公祭日,让更多的同胞为那30万同胞祈祷,让更多的人都能永不忘却。"写下这句话,是缘于我总是担心当这一天过去了,我们的记忆会不会又一次清零?会不会有意无意地忘却那些不该忘的?

2014年2月27日,第十二届全国人大常委会第七次会议通过决定,将每年的12月13日设立为南京大屠杀死难者国家公祭日。从此,对南京大屠杀遇难同胞的纪念上升为国家层面,每一次的祭奠都是一次声明:中国人民反对侵略战争、捍卫人类尊严、维护世界和平的立场坚定不变。那天,我在《新闻联播》节目里为这条新闻配了音,内心深处有着难言的欣慰。

2014年12月13日,首个南京大屠杀死难者国家公祭日,那天,我在演播室里做特别直播的主持人。望着镜头如一双缓慢而有力的大手抚过大屠杀纪念馆的每一处,我仿佛回到了14年前,差不多正是这个时候,阴沉的冬日里,我第一次走进南京大屠杀遇难同胞纪念馆。一小时后,我几乎是从里面逃出来的,因为再多停留一会儿,似乎就会窒息。逃出来,大口呼吸着并不清爽的冬天的空气,觉得像是又活了一次。可抬眼,又看到了"300000",大大的、粗粗的黑字,就那么无遮无挡,那么无从躲避,冲进眼里、心里,永远忘不掉。镜头停留在那大大的、粗粗的黑字上面,这无声的语言在提醒着我,提醒着每一个走进那里的人,提醒着每一个以任何方式参与公祭的人,别忘记,那30万南京人，30万血肉灵魂，没有再活一次的希望了。

曾经有杂志将南京评为中国"最伤感的城市"。就连"伤感"这个词都太过轻巧，绝压不住这座城市的悲凉之气。这种悲凉之气并非时时处处纠缠着南京人，只是每到冬天，特别是阴云笼罩的时候，便从寥廓的天边一点点氤氲起来。

因为，那30万亡灵的祭日，到了。

这些年，在国家和社会各界的重视、呼吁、行动下，南京大屠杀遇难同胞纪念馆经过了扩建又开放，在墙上布满的遇难者的名字，让每一个曾渺小无谓的生命都被郑重地供奉在祭台上，让每一个来看望他们的人都更清晰地知道，这些都曾经是活生生的生命。写到此，我又记起了2007年12月13日晚，中央电视台新闻频道《新闻调查》播出的南京大屠杀纪念特别节目中的一段画面，让我突然泪流满面，那是1937年12月13日之前的南京玄武湖，划着船的游人，男的，女的，笑着，开怀地笑着，而他们，她们，可是后来那30万中的数个灵魂？在影像记录的时候，他们，她们，何曾想到过生命中将有如此不可承受之殇？

有很长一段日子，我都害怕看到关于南京大屠杀的任何文字、图片、资料，下意识地躲避着更多的真相，我害怕那种从脊梁骨深处生出的寒意，害怕那种从内心深处生出的对"人"这个字的怀疑。所以，后来知道亲历大屠杀的魏特琳、让西方人开始更多了解大屠杀的张纯如不约而同地选择了结束自己生命的方式告别了这个世界，我觉得我是能理解她们的，因为，她们大概是对"人"极度失望了。

但我又以为，更值得尊敬的，是那些大屠杀的幸存者，常志强、夏淑琴……那些随着时光流逝已越来越少的名字。80多年了，当他们

一个个一遍遍讲述着当时那些惨烈的经历时，他们心上的伤疤就是一遍遍被撕扯开，痛到不知痛，可他们还是坚持了下来，他们用自己的痛把真相保留，把真相告知人类。我想，他们还是对"人"、对后来的人始终存着希望，希望不忘却，希望不重演。

　　南京大屠杀，是人类历史的污点，是人类永不可再错的镜鉴。也因此，中国的"国家公祭"，不仅仅是在留存、巩固中国人的记忆，让中国人世世代代有着应有的历史观。同时，更是为世界留存、巩固一份极其重要的记忆遗产，在提示着人类，我们本不该有这样的悲剧，我们本该是命运共同体。这同样是中国、中华民族始终对"人"保有着的希望，尽管至今仍有企图否认、涂抹、颠覆历史的人，这些装睡的人,即使永不可能叫醒,但敲打他们的声音只能大些,更大些。

中华民族总有着博大的胸襟,就如习近平主席在首个南京大屠杀死难者国家公祭日仪式上所说:"为南京大屠杀死难者举行公祭仪式,是要唤起每一个善良的人对和平的向往和坚守,而不是要延续仇恨。"当年的幸存者李秀英老人(现已过世)曾说:"要记住的是历史,不是仇恨。"约翰·拉贝先生也有句名言:"可以宽恕,但不可以忘记。"对此,我接受。理性的思考,冷静的判断,应有的历史观,站在人类全局的角度,都让我们必然做出这样的选择。但是,每当面对那些试图抹杀真相的同类时,总有一种声音在胸中激荡:"我不原谅!"

在《新闻联播》里寻找"中国气派"

《环球人物》杂志　记者　朱东君　郑心仪

《新闻联播》主播台下的康辉,45岁的人却意外地有一种少年感,穿着露脚踝的裤子、白色运动鞋,背黑色双肩包,走路轻快带风。而这又会让你讶异于他的另一重身份——一名有着24年党龄的"老党员"。

"我大学毕业那年入的党,今年毕业24年,入党也就24年了。"在入党的第24个年头,康辉当选为十九大代表。10月18日那天,他将与另外2000多名代表一起,共同见证大会的开幕。

宣读名单得知自己当选

康辉是在六月末当选十九大代表的。那天,他作为中央直属机关的党代表参加中直机关党代会,闭幕会上还兼任了工作人员,宣读中直机关选举产生的十九大代表名单。在一百零九个名字中,他看到了自己的名字。"要说高兴、激动,当然有,不过这种情绪没持续多长时间,因为作为一个专业的播音员主持人,首先想的还是宣读名单别出错,先把该做的工作做好。"那天上午开完会,他就直奔机场,赶最近的航班赴香港,准备香港回归祖国20周年的特别报道。而20年前、10年前,在香港回归和香港回归10周年的重要时刻,也都有康辉报道和主持的身影。

康辉现在是中央电视台新闻中心播音部的主任,被同事们戏称"康帅",同时也是所在党支部的支部书记,是来自基层一线的党代表。"十九大代表是从基层开始推选的。在央视新闻中心范围内,各个支部首先推选候选人,名单汇集到中心党委,再到台里,再到广电总局,一级一级推选,最后中直机关的党代会再对各个单位推选的候选人进行差额选举。"

"在整个过程中,我觉得我的心态挺好的。大家推选我、肯定我,当然心里挺高兴,但我也知道工作做得出色的人有很多,我并不一定是那个最好的,所以对于最后能否当选,我并没有那么高的期许和那么较劲。现在当选了,更觉得是又多了一份责任,平静下来想得更多的是,接下来要怎么做,要怎么做好。"

作为"70后",康辉最初与党的接触很有时代特色。"我小时候有一套很喜欢的积木,搭起来是一栋大楼,其中有两根红色的柱子,一根上写着毛主席万岁,另一根写着中国共产党万岁,最上面还有一个半圆形的太阳放射光芒。我到现在也记得那套积木的样子,但那时对党、对党员完全没有什么具象的概念。"

这种具象的概念,始于一张烈属证。"我们家有一张革命烈士家属证,小时候不知道烈属是什么意思,印象里就是逢年过节会接受慰问。后来大人告诉我,爷爷是烈士,就是和电影里一样,为了中国牺牲的那些人。听长辈说,爷爷参加了党领导的一个青年抗日组织,在一次开会时被叛徒出卖,掩护突围时牺牲了。我见过唯一一张爷爷的照片是他学生时代的证件照,就是一个小孩子的模样,我根本没法想象他后来的样子。"

2015年,康辉和同事做"九三"抗战胜利纪念日的节目,采访了很多老战士,那时他发觉自己对爷爷的事知道得太少。"爷爷牺牲时,我爸爸还很小,他也是听上一辈的人说起我爷爷的事,传到我这一辈就更少,而我们的下一辈人呢?又能知道多少?但他们的故事是多么应该被保留下来。"

从小喜欢电影的康辉,萌生入党的想法,也是受到一部电影的影响,那部电影是1990年上映的《焦裕禄》。那时,他正在北京广播学院(现中国传媒大学)播音系读书。看之前,康辉并没有太在意,只是学校里放映的几部电影之一,而且还是似乎不那么吸引人的"主旋律",对焦裕禄的故事好像也没有太多的新鲜感,新华社的长篇通讯《县委书记的榜样——焦裕禄》早就是他们专业课的练声材料,中央人民广播电台播音员齐越播送的通讯作品,也是广播史上的经典之作。

但电影一开场,康辉就被震撼了。"我记得特别清楚,那是兰考的老百姓给焦裕禄送殡,大家穿着白衣,打着白幡。当时我浑身都激灵了一下。为什么？这个人为什么会让那么多人去送他最后一程，发自内心地爱戴他呢？随着故事的铺陈，这部电影好像让我感受到了很多。我是一个挺理性的人，很少在看电影电视的时候流泪，我记忆中绝对不超过 3 次，而看《焦裕禄》落泪就是其中一次。"

那晚回到宿舍，赶在熄灯之前，有着记日记习惯的康辉匆匆记下："焦裕禄这样的共产党员特别让人钦佩，如果共产党员都是这样，整个国家真的会不一样。"也是从那一刻起，康辉有了入党的想法。"其实想法很简单，就是焦裕禄这么一个人，让我觉得这样一个组织是有吸引力的，我愿意跟这样的人有同样的选择。"

后来的日子里，康辉并不会时时刻刻把党员挂在嘴边，但工作中遇到急难险重的任务，他都会猛然意识到：党员在往前冲。"比如 2008 年的汶川地震，在前方的很多是党员。再比如 2015 年天津港的爆炸事故，当时记者站的站长都冲在最前面，那时防护的用具不够，怎么办？没有办法，完成任务是第一位的。不管是从一名党员角度讲，还是从一个干部角度讲，这时候没有别的选择，就是要往前冲。"

《新闻联播》背后的故事

康辉喜欢读金庸，最喜欢令狐冲，他向往令狐冲的洒脱。但那种从心所欲，他认为是需要真正懂得如何遵从内心的人才能做到的，而不是行为上的肆意。

他没有微博，也很少发朋友圈，在公众场合发言更是很谨慎。"你必须知道自己是谁，我们的职业让我们比其他人有更多的表达机会与平台，所以，你不能因为占有了更多的资源就随心所欲地使用甚至挥霍。因为工作关系,你只要说话,别人就不会认为这仅仅是康辉在说话,前面永远会挂上'中央电视台主持人',尤其是'中央电视台《新闻联播》主持人'的头衔。所以,我必须对说过的任何一句话负责,我们的个人角色和职业角色是无法分割的。"

《新闻联播》主持人是康辉身上最重要的标签。他 2006 年开始亮相《新闻联播》,当时被称为"《新闻联播》迎来'第三代主持人'"。

这些年,常有朋友调侃康辉:"你们《新闻联播》是最稳定的一个节目吧? 好像几十年如一日,就是我们印象里那个样子。"还有朋友对康辉说,《新闻联播》天天说的好像都差不多,我都不看了。这时候康辉就会笑着问:"你都不看,怎么知道《新闻联播》天天在说什么?"

其实,《新闻联播》一直在改变。

2012 年最后一天,康辉以评论员的姿态出现在《新闻联播》里,播出"央视新年述评之一"——《中国梦:朝着百姓的美好向往,走起!》。他带着笑意说出"航母 style",祝愿"中国,走起"。

2013 年除夕那天,康辉和搭档李修平在《新闻联播》结束时给大家拜年,双双行了拱手礼。后来,这也成为《新闻联播》在除夕夜的惯例。康辉说:"我们俩之前还特别认真地研究过,老礼里拜年男女手势不一样,谁应该左手在上,谁应该右手在上。"难怪有观众评价,《新闻联播》真是讲究。

2014 年第一天《新闻联播》,又是康辉,上演了最浪漫结尾:"朋友们都在说,2013 就是爱你一生,2014 就是爱你一世,那就让《新闻联播》和您一起传承一生一世的爱和正能量!"

2015 年清明节前后,《新闻联播》推出《重读抗战家书》节目,重温了左权、彭雪枫、赵一曼、戴安澜等 10 多位抗日英烈的家书和事迹。播送张自忠家书时，张自忠的长孙说起祖父尽忠报国的故事时数次哽咽。有网友感叹，没想到看《新闻联播》竟然看得眼泪哗哗。

也是从这一年开始，《新闻联播》有了越来越多的百姓自拍视频，比如"厉害了我的国"。康辉说："以往我们报道成就，可能会让大家感觉话语很高很大，但'厉害了我的国'就是老百姓自己的语言，是大家自己拍摄上传的视频，是很接地气的表达。"

2016年2月，习近平总书记到央视调研，走进《新闻联播》演播室，迎接他的是当天值班的康辉和海霞。康辉后来回忆说："总书记就坐在我播报新闻的地方，还特别有兴致地对着摄像机体验了一下新闻播报，那条新闻正好讲的是他提出的一些重要思想。总书记还说，《新闻联播》责任非常重大，不能有一丝一毫的闪失。"

虽然见惯了大场面，但直到今天，康辉主持《新闻联播》时还是会紧张。"每次播片头时最紧张，等片头过去，我把第一句话说出来，感觉这口气吐出来，就可以正常地往下进行了。紧张好像是做这个工作必需的，真的是战战兢兢，如履薄冰，如临深渊，但这几个成语形容的绝不是胆怯，而是因为越来越懂得责任在哪里，懂得责任有多大。"

在不少人眼里，主持《新闻联播》就是念稿子而已，念了那么多年，还能有什么问题？遇到这种问题，康辉会给对方一个建议："你就拿一张今天的报纸，找一篇新闻，都不用长，从头到尾念，一字不错，还得声情并茂，你就会发现其实真没有那么简单。"

更重要的是分寸的拿捏。"我举一个极端的例子，播讣告。"康辉说道，"大家认为播讣告就是沉痛，但按中国传统习俗，90岁以上的老人去世，是喜丧，又不能太沉痛。同时，虽然这些去世的人都为国家做出过很大贡献，但贡献的程度又不一样，这些细微的差别都要传达出来。再比如,某国领导人胜选或就职,我国领导人致贺电。贺电就一味地欢欣鼓舞吗?不是的。国与国关系不一样,这个人上台和另一个人上台对我们的外交工作也有不同影响。所以同样都是贺电,你注意看文稿,内容也会有细微的不同,也就意味着我们播报的时候也不可能以不变应万变。"

康辉很敬佩自己的一些前辈。"他们对国家的政策、形势把握得特别好,你要让他们讲一讲新闻背后的东西,他们能讲得特别到位。所以他们才能把文字中蕴含的东西准确地播出去。"

刚刚进入《新闻联播》时,康辉向前辈罗京请教自己要注意些什么。罗京说:"我不用跟你讲技术层面的问题,你现在要知道的是这个节目的分量,你要在这个节目中寻找'中国气派'。"十几年过去,康辉现在也不敢说自己完全体现出了"中国气派",但他一直记着前辈的话。"《新闻联播》是一个最重要的传递中国声音的窗口。今天中国人的精神风貌,都要通过你的语言和表现传递出来。"

这种"中国气派"来自对这份工作发自内心的尊重,这在《新闻联播》的团队里是一脉相承的。康辉说:"以前前辈们随领导人出访报道时,有一点难得的空余时间时,其他同事都会出去转转,感受一下风土人情,但邢质斌老师每次都会选择在驻地休息,睡一觉。别人奇怪:有什么好睡的?出去逛逛!她说:我的工种性质不一样,我必须保证自己能以最好的状态、最旺盛的精力投入工作。你看,我们的前辈,对这项工作真的是发自内心的尊重。"

康辉和同事们在工作中遇到的难题,有时也是外人难以想象的。"2014年上海举办亚信峰会,媒体中心设在一个特别大特别空旷的场所里,每个媒体租用的工作间上面都不封顶。新闻中心经常会广播,下一场活动在哪里,记者到哪儿集中。我们给新闻配音时这些声音都会进来,怎么办?结果,安检人员惊讶地发现,我们带的箱子里居然有一床被子。因为被子能起到隔音和吸音的作用,我们在工作间里把被子撑起来,钻到被子里配音。这些年,我们在各种地方、各种千奇百怪的情况下,工作上没出过任何问题。"

主场外交里的中国故事

《环球人物》:您参加了许多随访和峰会,这5年来,您感受到我们在外交上的变化有哪些?

康辉:这5年,大国的感觉越来越强烈了。这不光是说我们经济更发达、钱更多了,而是我们在外交上更主动、更自信了,我们更愿意也更能够在国际舞台上承担责任。越是大国,责任也就越大。

从2014年中国APEC峰会,到2016年G20杭州峰会,再到今年的"一带一路"国际合作高峰论坛和金砖峰会。在这样的场合里,我们可以更主动地设置一些议题,我们的一些方案也可以通过这样的场合,转化为大家的共识。这些共识落到行动上,我们的影响力就更明显了。

这次在金砖峰会的直播中,我引用了一句古话,"主雅客来勤",主人很好地表现出沟通的意愿,构建了沟通的良好氛围,大家自然愿意有更多的响应。

《环球人物》:您刚才提了4个主场会议,您怎么在短时间内抓住每个会议的独特之处呢?

康辉：我会努力去讲故事。在会场报道有时候很难，因为会场都很像，什么东西能体现这个会和那个会的区别？其实特别难找。

比如在"一带一路"国际合作高峰论坛的现场，我就一直在想，该怎么体现这次论坛真的吸引了很多国家参与？你直接说有多少国家来，有什么人来，当然也可以，但这样报道有一点干。那天早上到了会场，我突然发现每个座位上同声传译的耳机旁，都有一个提示卡片，正面是会场的注意事项，背面标注着同声传译的频道。第几频道是中文，第几频道是日语，第几频道是柬埔寨语……我立刻发现这次列的语种特别多。我以前报道过的多边会议，通常同传语言也就四五种，但这次有16种之多，各大洲的语言都有，还有一些很小众的语言。我觉得这个细节就很能说明问题。

《环球人物》：在跟随国家领导人出访报道时，您有什么感触？

康辉：感受最强烈的就是到了很多国家，都能感受到当地人民真是发自内心地欢迎我们中国人。确实是朋友来了的感觉。其实面对面的时候，对方仅仅是客套，还是发自内心的尊敬，感觉是不一样的，因为我们中国与对方的交往并不是完全从利益出发，而是真心地让别人感受到中国是朋友。

《环球人物》：今年是南京大屠杀80周年祭。您在2014年主持了南京大屠杀死难者公祭日的直播，您对那次节目有什么样的记忆？

康辉：那是第一个国家公祭日，我觉得公祭日的设立，既是对当年那么多屈死同胞一个非常重要的纪念，也是告诫某些国家，历史不是你可以随意涂抹篡改的。

几年前,我看过一段南京大屠杀发生前,在南京玄武湖公园拍摄的影像,好多人都在划船、在玩。那些男男女女、老老少少的笑容,让人特别动容。我当时就想,这些人后来在哪里?是否就在不久之后,他们都从这个世界上消失了?这可能是他们留在世界上最后的笑容。那段影像对我的刺激特别大。我后来写过一篇文章,说我们今天所有的纪念不是为了仇恨,而是为了面向未来。但从我个人来讲,对有些人过去犯下的那些罪行,我永不会原谅。

《环球人物》:2015年,您也报道了天津港的火灾爆炸事故,当时报道中您关注的重点是什么?

康辉:在这样一些安全责任事故中,我们的关注点最初是死伤者的情况怎么样,现场处置的情况怎么样。而第二落点、第三落点,我们就要关注为什么会发生这样的事,责任到底在哪儿。犯了错不怕,怕的就是永远不从错误当中吸取教训。如果真的能够严格按照规章制度,少一些利益的牵扯,这些事故是不会出现的。我们的报道不应该只是宣泄一些情绪,更重要的是怎样推进制度的完善与落实。

《环球人物》:现在中产阶级焦虑是一个社会热点话题,您会有一些焦虑吗?

康辉:中国的中产阶级怎么界定?这个恐怕还有争议。我觉得大多数人的焦虑,第一是我能不能保有现在的生活水准?第二是对未来够不够有信心?从我个人来讲吧,第一我没有孩子,可能就少了一重关于教育的焦虑。另外我没有那么多房产,也就没那么多负累,不用太操心房子的保值、增值。所以如果单纯从个人层面来讲,

我的焦虑感没有那么强。

但要从大的层面说，焦虑一定是有的，这恐怕也是我们国家向前走的过程中一定会出现的。怎么能跳出所谓的中等收入陷阱，还得保有发展速度和质量？这是国家发展的大问题，当然与每个人都直接关联，我觉得，其实只有关心国家发展的人才会有更多焦虑吧。

一个国家能不能走得好，走得扎实，说实话也不是说上层做好顶层设计就万事大吉了，还得大家一起努力。如果说每个人都只是焦虑，寄希望于他人给我把一切安排好，我来享受，那最终恐怕谁都享受不到。可能能减轻一点焦虑的办法，就是努力做好自己的事吧。

现在大家对外面的世界了解得越来越多，我一些在海外的朋友都感觉，中国现在是世界上最有活力的国家，是最有发展希望的地方。这也就意味着，我们生活在这片土地上的人，都是有机会的，机会对

很多人来讲，也是均等的。我们自己要去努力，去抓住这样的机会，然后创造一些实实在在、属于自己的东西。

《环球人物》：然而年轻人好像都很焦虑（笑）。

康辉：我同意，也理解，年轻人面临的压力可能比我们年轻时更大。但年轻人首先要做的也是把现在的事做好，我常常给年轻人讲欧阳夏丹的故事。她刚开始在上海台，你知道她是做什么工作的吗？她是在人力部门，天天整理人事档案。那时还不用电脑，就是一个个档案袋，装着人事档案，需要你拿出来整理，破的地方用胶粘好，整理完再放回去。有人可能会说，我一个播音专业的大学生，天天就干这个？但夏丹做得非常认真。后来周围的同事都知道，有一个学播音的女孩子在人力部门，任何小事情交给她都特别认真，态度又好，也有灵气。再后来，台里突然有一个节目，想找一个年轻主持人，大家就想到她，让她来试试吧，一试，效果非常好，她的职业道路一下子就打开了。想象一下，如果她在做档案工作时没有踏实认真的态度,后来的机会会是她的吗?小事情做不好,怎么取信于人?所以年轻人焦虑是可以理解的,但别着急,踏踏实实的,你认真做的一切都会被看得到,现在积累的所有东西,到最后都是长在你自己身上的本事,没有人能够拿走。

《环球人物》:北京还有个特别容易让人焦虑的事:雾霾。您也在北京生活二十多年了……

康辉:对,你在这个城市里生活,对感受到的不舒服,肯定会吐槽。我觉得吐槽是关心,是对有责任解决问题的机构的督促,是好事。我们在工作中也会督促政府部门想办法,采取措施去改进。一个问题出现,指望它立竿见影地消失,这不现实。只要还在往前推进,就不能放弃。

但是,咱们避免一点,就是"除了吐槽,其他的都不做"。光吐槽是没用的,还是得想办法。我们自己也得干点什么吧?比如少开车,空调温度别开太低。事儿都不大,但也是行动。对于社会出现的问题,光动嘴批评,光动手做键盘侠,这太容易了。最怕的就是说话的人多,做事的人少,在今天的中国,实打实干事的人才是真正值得尊敬的。

《环球人物》:您在2015年被授予"全国中青年德艺双馨文艺工作者"荣誉称号。您觉得,作为一个媒体人,一个文艺工作者,应该在文化自信的道路上担负哪些实打实的责任和事业?

康辉:这个问题太大了,我只能从个人角度讲,其实我更多是新闻工作者,但与文艺工作者有交叉,有一致的地方,就是都有强烈的社会责任在身上。我们的工作实质上是在塑造国家的文化品格、文化形象,世界在通过我们看中国,你必须认识到这一点。每个从事这样工作的人都有自己的岗位、自己的责任,简单说,就是做好自己应该做的事,每个人都做到了,这就是实打实的责任的完成,合起来就是实打实的事业。

2017 年 9 月第 18 期

扫码回顾康辉
《主播说联播》第一期

3

平均分

Energy
and
persistence
conquer
all
things.

硬币的另一面

我来上春晚

一

2015年1月的某一天，我的手机上冒出一条短信："定于××日××时办公室，召开关于春晚的会议，请您准时参加，收到请回复。"我的第一反应是：这是哪个糊涂鬼发错了？于是将手机搁置一边，置之不理。结果第二条同样内容的短信又来了！我只能一笑了之，心想："现在电信诈骗真猖獗，什么由头都能想得出来。"最后没想到"诈骗电话"直接打过来了！我摁掉了两次，对方锲而不舍，第三次铃声再起，我已心头火起，准备接起来与"骗子"交锋一番。结果听到一个女孩的声音，语气正式，表述清晰："您是康辉老师吗？是我刚才给您发的短信，我是春晚剧组的，通知您开会时间。"以我不多的诈骗与反诈骗的经验判断，怕是冤枉人家了。

放下电话后，我还是将信将疑，开始翻通讯录。那一年春晚总导演是我广院的师姐——哈文。我给她发短信：师姐，我收到参加春晚会议的通知，你确定是要找我吗？她回复：是。至此刻，我方真的相信，我要上春晚了。

再严谨一点讲，不是我要上春晚了，应该是我要做春晚的主持人了。在此之前，我算是上过两次春晚，不过都是以演员的身份：一次是 2008 年，临近春节时南方突遭雨雪冰冻灾害，那年春晚临时增加了一个节目——集体诗朗诵《温暖2008》，邀请很多主持人和演员参与，那是我第一次登上春晚舞台。因为是集体节目，每个人的台词都不多，我的词就几句："从北向南，不分昼夜，垂直倾洒。冰凌黄河，雨雪长江，冻颤三湘大地，直扑珠三角，不见了花城那含苞欲放的迎春花。""因为众志成城，彰显了和谐中国的力量；因为众志成城，我们迎来了温暖2008最美丽的春光。"这个节目我只参加了两次彩排，但因为是"初生牛犊"，我在台上居然并不紧张。

第二次是 2013 年，春晚开场节目，台里几十位主持人歌曲串烧《欢歌贺新春》，我和张泽群、徐俐、李梓萌一起唱其中的《恭喜你》，歌词也是反复几句："说一声啊恭喜你，恭喜恭喜你，说一声啊恭喜你，恭喜恭喜你，打扮一身喜洋洋啊，笑口常开多欢畅，礼多人不怪。"在台上的时间加起来不超过 15 秒，我还特意打电话给妈妈说，一定盯住电视，不然一不留神就过去了。还记得上场前，泽群哥变魔术一般捧出四朵盛放的大牡丹，让我们每个人拿在手上，说这样吸引眼球，果然是老春晚有经验。那次也没感觉到任何紧张，只觉得是大家一起热闹了一回。

可 2015 年春晚不一样了，我要以主持人的身份登上春晚的舞台。这是一个极具诱惑力的舞台，我相信所有做这一行的人都不会拒绝这样的邀约，即便是新闻节目主持人，能参与春晚的创作，也是极其难得的机会。在我之前，已有不少新闻节目主持人参与过春晚的主持，我并不是第一个吃螃蟹的人。不过我也算创下了一个纪录吧，那就是从 2015 年开始，2017、2018、2019，我是"在职"的新闻节目主持人中主持春晚次数最多的一个。

二

2015 年，第一次，压力陡增。我面临的最大问题就是，在春晚的舞台上我到底应该是一个什么样的角色？除夕之夜让大家欢笑，是春晚必须的目标，也是主持人必须的功能。那年春晚的所有主持人都是在一号厅摸爬滚打过来的，即便同是新人的小尼也早在众多综艺节目中练就了一身的"爱人肉儿"，只有我，大家习惯的是我在《新闻联播》里的严肃面孔，我该怎么改变？其实为什么能来主持春晚，都已经站在舞台上了，我还是云里雾里的。彩排下来聊天，我还问过于蕾（这两年大火的《国家宝藏》总导演，那年春晚她是撰稿，一个细致起来密不透风、潇洒起来疏可走马的东北大姑娘），她说："我们观察过，国庆 65 周年人民大会堂的文艺演出你主持得特庄重，之前有一次台里的活动是你主持的，又发现你还挺逗，亦庄亦谐，春晚这活儿你行。"这算是肯定吗？亦庄亦谐？"庄"还罢了，春晚需要的"谐"在哪儿呢？前几场排练，我奋力寻找着自己的"谐"，努力向其他综艺主持人靠近，当时正流行的"甄嬛体"、

初上春晚，多少有点儿发虚，
好在笑容是发自内心的

网络段子什么的，甭管行不行，先一通往上抢，恨不得自己是最活跃的那一个。可心里虚，脸上多少就有点儿皮笑肉不笑。

我要特别感谢最终解了这道难题的、中宣部的黄坤明部长。一次审看完彩排开会，黄部长提到主持人时特别说到了我这个新人，他说，每个主持人在这个舞台上都有自己的角色，比如康辉，大家并不希望你变成另一个角色，你还是《新闻联播》的主持人，是在这个职业角色的基础上来主持春晚。你就是作为一个新闻主持人在除夕之夜来给观众送欢乐，陪他们一起过年，所以你不用刻意地把自己完全变成另一个人,还是应该保持你的职业角色的特点。窗户纸有时候只需要关键的那一下就捅破了,黄部长的话直如醍醐灌顶。为什么会让我来参与春晚的工作?恐怕正是希望春晚舞台上主持人的角色也能够更多元,就好比一家人团圆过年,每个人都担当着不同的社会角色,每个人在这个夜晚又都把自己的社会角色转换成为家庭角色,但同时每个人的家庭角色中肯定还会带有自己社会角色的特征。所以,我是个新闻节目主持人,在这一天难道就不是了吗?仍然是,只是这一天,我要和各位综艺节目主持人伙伴们一起,通过联欢的形式,带给大家团圆喜庆欢乐吉祥。所以,我要考虑的不是在这个舞台上怎样"像"一个综艺节目主持人,而是在这个舞台上怎样去"做"一个春晚主持人。我不必刻意抹去新闻主持人的持重、端正,这本来也是我抹不掉的个性特征,我要更多地去提炼、放大自己在熟悉的家人、朋友面前那种无拘束的轻松、开心甚至调皮,将其融进这方舞台需要的欢乐氛围里。

就这样,没了负担,少了包袱,我开始在春晚真正找寻我的"亦庄亦谐"。

三

很多人觉得春晚上的主持人没什么发挥空间,按照既定台本说就行了。其实,春晚一直都支持、鼓励、珍惜主持人的创造性,只不过除夕的直播要求严丝合缝,直播台本在此之前要反复打磨才能最终确定下来,所以在前几场的彩排中,主持人们就要抓住机会,尽情释放聪明才智,不断给最终的台本提供材料。再加上每次彩排后节目都会有调整,更逼得大家必须把每场彩排都当成一台新节目来做,逼迫自己不断"闪现灵感的火花"。

2015年春晚,在贾玲、沙溢、瞿颖、李菁的小品《女神和女汉子》之后,我和董卿借着小品里"反转"的包袱也开始玩"反转",一直"反转"到引出接下来于魁智、张也、羽泉、陶喆的歌曲"反串",这段儿就是彩排的时候我们一边看小品一边"逗闷子"逗出来的。

再来看2015年新人魔术师周家洪神奇的《纸牌》魔术变完之后,我们的一段串联:

二号演播厅,朱迅:"一号厅的各位朋友,这个魔术是怎么回事啊?明白了吗?"

一号演播厅,康辉:"确实看不明白,不过没关系,我们这儿有明白的,董卿,跟大家说说他这个魔术怎么变的?"

董卿:"我怎么知道怎么变的?"

康辉:"你就别谦虚啦,大家都知道,你是专业的那什么……对不对?"

董卿:"那什么呀?"

康辉:"就那什么,tuo!"

董卿:"那什么呀,反转!"

康辉:"托儿……怎么可能是董卿呢,绝对不是,明明是二号厅的朱迅嘛。"

董卿:"也有可能是沙溢(当时几个演员都在魔术师身边),哈哈。这叫推陈出新嘛,我们的魔术师都推新人了,接下来我们这儿也要推出一位歌坛新秀,欢迎邓紫棋!"

这段串联同样是在一次次彩排中磨合出来的,要体现出两个演播厅节目打擂台的设定,要自然、有趣地引出下面的歌曲,要把"魔术托儿"这个老梗搞出点儿新意思。说起来,这段词我还从别的地方"偷师"了不少,比如"你就别谦虚啦""那什么",只要和我一样是情景喜剧《我爱我家》的超级粉,必定能咂摸出那熟悉的、让人会心一笑的滋味来。

2017年春晚第四次彩排,高晓攀、尤宪超的相声《姥说》笑中带泪,现场效果极佳。结束之后,董卿特别动情地说:"姥姥这个词是有温度的,喊一声姥姥,心头就热了。"结果我脱口而出:"我怎么觉着咱们这么说容易得罪奶奶啊?"董卿反应超快,紧接着说:"那咱们就祝所有的长辈、所有的老人身体健康,生活幸福。"据郎昆总监后来讲,他当时在监视器上看到这儿,哈哈大笑:"把这几句留下来!"最后一次彩排,因为节目时长很紧张,把主持人的词压缩了不少,我斗胆向郎总请示:"能不能把这几句保留?"郎总大笔一挥:"尊重主持人意见。"这才有了除夕之夜这段泪中带笑、很好地承接了前面相声节目的节奏、气氛,又符合春晚特点的表达。

所以,谁说春晚限制了主持人的发挥?相反,这个舞台不会辜负任何用心且真心的创作。

四

做春晚主持人,说不紧张是假的。就好比都是新闻直播,可《新闻联播》就是不一样;都是综艺晚会,可春晚就是不一样。我记得欧阳夏丹第一次上《新闻联播》后感慨："联播这个演播室真是一片神奇的土地！"那么照搬过来也可以说："春晚的一号厅是另一片神奇的土地。"不止一次听"老春晚们"讲，春晚的气场太强，不止一个"腕儿"上了台就找不着北，尤其头一次。

我的头一次就结结实实来了个"下马威"。离直播还有一个来小时，负责主持人的现场导演过来对我说："做个准备，开场部分你这儿要临时加几句词。"我勉强冲她挤出一个尴尬又不失礼貌的笑，心里顿时开始七上八下。自从直播最终版台本确定之后，开场词已经在脑中口头不知过了多少遍，几乎已形成了肌肉记忆，变成了机械反应，真是张嘴就来。现在突然要打破它重新组装，这万一上台以后顺嘴把原来的词秃噜出来怎么办？额的神哪！没办法，只能抓紧时间，一遍一遍把新词装进脑中、放在口头，从化妆间一直叨叨到舞台上场口，弄得要跟在我后面开口说词的思思直叫："哥，我怎么比你还紧张啊。"

最紧张的时刻莫过于开场前倒计时10秒，站在侧幕，我深深吸了一口气，告诉自己："一切都是最好的安排，就像联播一样，只要片头曲响起，张口说出第一句话，一切的紧张都会烟消云散。"北京时间晚8点整，《春节序曲》熟悉的旋律恍如一双温暖的手拂过我的身心，欢腾的开场歌舞瞬间激荡起我所有感官的兴奋，真的很奇怪，开场前的那种紧张就像被这里无比的热烈一下子蒸发殆尽。走上舞台，那些一遍一遍熟习的词不再是让人苦恼的背诵，而是仿佛心里的话一般自然地流淌出来。"春节不变的传统铸就春晚坚守的情怀，为人民书写，为时代抒怀。今晚，我们将展示过去一年来文艺百花园扎根人民、深入生活、繁花似锦的创作盛景。今晚，让我们听神州大地共奏春节序曲;今晚,让我们看五湖四海同唱难忘今宵。"这是我作为主持人在春晚舞台上说的第一段话,从那一刻起,我才真的相信,我属于这里。

以往除夕值联播班比较多,自从结缘春晚,两边兼顾是很难做到了,但毕竟我的本职岗位是新闻,只要可能,新闻中心的春节节目我一样都不落下。当然,也难免把自己弄得又紧张了起来。2017年除夕,下午在新闻频道《一年又一年》的春节特别节目里,我当了一回"导游",通过直播带着观众到我们播音部的办公室转了一圈,和所有当班的主播一起给大家拜年,送春联,贴福字,捎带脚还给单身的李梓萌在镜头前征了一次婚。晚7点,我走进一号厅,作为出镜记者给当天的《新闻联播》做连线报道,寸时寸金的联播豪气地给了春晚报道3分钟时长,从舞台布置到节目特色,从互动提示到春晚情怀,我尽力当好这个"广告代言人"。7点22分,连线结束,我的最后一句话是:"央视记者康辉在春晚现场的报道就到这儿,8点之后您再见到我,就是春晚的主持人了,我们一会儿再见。"直播镜头一切走,我以最快速度冲回化妆间,从头到脚换上春晚的服装行头,按照规定的时间再进一号厅候场。有点儿连滚带爬,似乎也犯了大节目之前不能凝神静气的大忌,但我想,这都是职责所在。

忙碌有时会带来身体的不适,这才是每年春晚前最怕的事。2018年,我在春晚隔天一次彩排的同时,还要参加中共中央、国务院春节团拜会文艺演出的排练、演出。由于没注意保暖,开始伤风咳嗽,越临近除夕反而咳得越发厉害起来。那年比我更焦虑的是朱迅,她也咳嗽,简直肺都快咳出来了,化妆间、候场区就听见我们这俩"难兄难妹"此起彼伏的噪音。药吃了不少,可未见大好,转眼到了除夕夜,那份紧张就别提了。蓦地想起头两天在办公室听梓萌说起她吃过一种强力止咳药，只要半片就能压住，当时我心里还嘀咕了半天，觉得这样的强力止咳药吃了以后十有八九会犯困。可现在已经离春晚直播没几个小时了，万一真咳得止不住怎么办？两害相权，我抄起电话向梓萌求援。那天她不当班，大老远地驱车穿越了大半个北京城给我送药，直言一定要为春晚做贡献。开场前一小时，我下定决心吞下了半片药，朱迅也在头一天就采取了强效的治疗措施，我们共同期待着奇迹的发生。不知道是药真的起作用了，还是春晚感动于我们的虔诚，真的没咳，真的！所以，2018年春晚我能顺利完成，感谢老天，更要感谢隐身大功臣——李梓萌！

对于春晚主持人来说，每年还有一个最大的考验，就是零点前的时间控制。某一年春晚零点前主持人们的失误片段至今都在警醒

着我们。当然，无论以往还是现在，控时都绝不是某一位主持人的任务，那年的失误其实也是因为当其中一位出现疏漏时，每一位同伴都希望能够及时补台，大家的"主动"撞在了一起。所以从那之后，零点前大家遵守一个共同的"规矩"，从倒计时一分钟左右开始，台上只有一位主要负责控时的主持人说话，最后的把控由他来完成。但这仍然不意味着其他同伴可以放轻松，因为零点前的节目时长尤其是语言类节目时长往往不可控，主持人必须按要求时刻准备调整自己负责的部分，包括零点前的集体串联。2018年，主要负责控时的担子落在鲁豫肩上，我们都能感觉到他的压力，也都做好了共同承担的准备。直播开始，从第一个语言类节目结束后，我们就在不断接到指示，时长比预计要超出不少，主持人的词压缩！压缩！给零点前留出余地！可到了零点前的最后时刻，不知道是前面的哪根松紧带紧得多了些，计算下来，从主持人上台到零点钟声敲响，还有将近5分钟！5分钟啊，我们之前准备了三个不同时长的零点倒计时版本，可最长的也只有3分钟，也就是说，我们要填补2分钟的空白！细致的沟通已经来不及了，催场的声音已经响起，我们五个主持人互相叮嘱的只是"不着急，悠着来，挑气氛"，剩下的就是彼此眼神的鼓励。稳稳当当走上舞台，每一个人都掌握着节奏，每一个人都把自己的话带给现场的效果放至最大化，一次次点燃现场的气氛，一次次掀起如潮的掌声，时间就这样一点一点地充实着。当距离零点还有50几秒，鲁豫开始动情地说起他准备的最后一段话时，我们都知道，"成了"！在全场观众的倒计时声中，我们听到的2018年的新春钟声比以往哪一年都更加悠扬动听！在台上，我们互相拜年，相视一笑。

五

与新闻直播一样，要让自己不紧张，除了充分的准备，一定要有团队的良好合作、互相扶持。当我真正融入春晚团队中，对这个团队有了更多、更深入的认识，我更加珍惜能与这样优秀团队合作的机会。在这个舞台上我们共同完成的，是可以代表着这个国家的文化气质的大事。同时，我很感谢团队中每一个人对我这个"新人"的包容和帮助，是他们让我更有勇气和底气站在这个舞台上。就拿我参与的这几年的主持人团队来说吧，虽说我不可能把自己变成一个彻底的综艺节目主持人，但我从春晚的这些搭档身上学到了很多，比如朱哥那份永远压得住台的稳当劲儿、董小姐的大气从容、小撒一本正经玩笑的本事、迅宝的俏皮灵动、小尼的青春朝气、思思的端庄优雅、鲁豫的收放自如……更重要的是，他们每个人对这个舞台的极度尊重与热爱。还有那些前辈，他们曾经创造的辉煌是我们的压力，但更是我们得以攀缘的巨人的肩膀，就像李谷一老师年年唱起的《难忘今宵》，一岁一年，一年一岁，直到岁月沧桑，华发盈头，那是一种标志，一种致敬，那是春晚予人最美好、最长情的记忆。

和春晚团队的所有伙伴一起经历了所有的艰苦、所有的努力、所有的于有限中创造无限的点滴以及所有的快乐，我看到的是每一个人对这个舞台的极度认真与敬业。这些年，春晚当然不乏肯定、相信与欣赏，但也并不少批评、质疑甚至哂笑，人们似乎期望从这里得到很多，又似乎不再从这里期望太多，皆大欢喜与众口难调成了春晚永远的一对悖论，创作者们也始终在"有意义"与"有意思"

之间努力寻找着平衡点。其实,我站在从过去的观众到现在的创作者的角度,倒真没有一直以来创作者们的焦虑。对于今天拥有无穷多精神生活方式的人们来说,春晚是在特定的时间为他们提供的一种特定的精神产品,只要人们还与之发生着关联,不管是什么方式的关联,哪怕是吐槽,哪怕是调侃,哪怕是关注点只在董卿的口红、思思的眉毛、小尼的发际线、我的"C位落单",只要人们以自己的方式从春晚中获得了那个夜晚的欢乐,实现了那个夜晚的陪伴,春晚就永远是有意义的。当然,创作者仍然要尽最大努力去实现春晚的文化价值,从20世纪80年代的"阖家团圆",到20世纪90年代的"全民联欢",再到新世纪新时代的"国家盛典",春晚的文化定位在与时俱进,今天的春晚与观众之间最恰当的距离在哪儿?今天的春晚还将怎样继续书写中国人的精神生活?这些仍将是春晚团队要完成的使命。也因此,春晚从不拒绝差评,不拒绝任何有见地的意见。只是,面对某些武断的、偏颇的评判,如今的我在情感上已完全不能接受,对这些,我想我会"怼回去"。

六

年年春晚最让我心里没底的,是服装。平时做新闻节目,正装足矣,男主持人相对更简单一些,主要的搭配、变化也就是衬衣与领带。可站在春晚越来越炫的舞台上,我最正式的套装也立马显得素淡起来,甚至在观感上总让人觉得有那么点不正式。春晚的服装既要喜庆,又要端庄,既要新鲜热烈,又不能奇装异服,可说起来容易做起来难哪!

2015年第一次准备春晚的服装，我真是发动了全家，扰动了众友，帮我寻摸合适的衣服。从光看价签就让人咬后槽牙的大牌礼服，到网店里看着太过友善的标价反而让人有点儿含糊的"高级定制"，不管三七二十一划拉过来一通试，最后混搭成了两套我的"春晚首秀款"。其中一件黑色窄青果领礼服，就是一个好朋友从网上代购的，可内搭的衬衣却是我结结实实跑了好几个商场才选中的，为的只是那最纯正的、最喜庆的红色。胸口的红色小袋巾，是除夕那天在办公室准备时现从文静的存货里扒拉出来，化妆师藏姐掏出针线给缀上的。就这么着，您看那年我们几个主持人的服装，我恐怕还是最保守的那个。

曾经羡慕地和那几位搭档说："你们多好，平时做节目都有服装存货，不用像我似的现上轿现扎耳朵眼儿。"他们都像看外星人一样看着我，"谁说我们有存货啊，你见过春晚穿已经穿过的服装的吗？我们恨不得提前半年就开始找、开始做衣服了，就这还经常手忙脚乱呢！"也是，这大过年的，本来就讲究要穿新衣服嘛，不图什么奢侈，要的是这份喜庆劲儿！可这"年年岁岁人相似，岁岁年年衣不同"，真够难为他们的，现如今，我也得算上了。可心里还是有点儿不平衡，他们几位春晚是要着新装，春晚之后这些服装在其他节目里多少还是能派上用场的，有的利用率还不低。可我的春晚服装过后十之八九就束之高阁了，谁见过新闻节目里穿大礼服的？2017年春晚，我的一件礼服，第二次用已是一年半之后的一台晚会，也不知道什么时候才能第三次披挂上阵。所以，这两年，我选春晚服装首先考虑"适不适合春晚？"紧接着的小心思就是，"这件，以后还能在别的场合穿吗？"

选好了衣服，还怕撞衫，总不能在台上俩仨人穿得都一样，那不成制服了？若是定制还罢了，买成衣就有这风险。2017年春晚某次彩排，我和朱哥一照面，要不是他高点儿我矮点儿、他黑点儿我白点儿，整个一个照镜子！我们的服装撞得那叫一个正，连装饰的胸针都一模一样，唯一的区别只是领结。彼此就英雄所见略同惺惺相惜了一番后，只好君子协定，他除夕穿我元宵穿。后来，买衣服之前就想着先互相问问，毕竟，大家都想在春晚的舞台上亮出最好的形象！

还有个小秘密，春晚的男主持人里，小撒可不是唯一一个穿增高鞋的哦，我们在鞋底上都费过心思。还不是因为那几位女士，为了曳地长裙穿出效果，鞋跟儿的高度一再破纪录。思思近一米七的身高，加上高跟鞋，头发要是再做高一点，海拔直逼一米九！让她们屈尊以降？董小姐有句戏言："那是我看世界的高度。"好吧，那就只好男主持人也学着踩起高跷来。我起初没经验，找了两块增高鞋垫塞到鞋里，结果垫起的脚后跟高高超出鞋后端的边缘，生生把皮鞋穿成了拖鞋。干脆，直接去定制鞋跟暗藏玄机的增高鞋吧。几番下来，每次一脱掉鞋，都是咔噔一声，登时觉得自己总算站在地上了，不由得真心佩服那几位女士，能踩着十几厘米的高跟鞋，几个小时仍面不改色、笑靥如花，这真的也是一种敬业啊！

七

春晚是什么？

可以给它很多定义，春晚是一项国家级文化工程，是每年除夕之

为了春晚，我不得不穿上了增高鞋与我搭档的是直逼一米九的李思思

夜国家给所有百姓送欢乐的仪式；春晚是一个最大最好的舞台，是最能让你绽放光彩的舞台。那么，春晚之于我又是什么呢？

  小时候，春晚就是一年中最重要的娱乐。除了那个晚上，你很难在一个如此集中的时间段看到那么多知名的演员、那么多精彩的节目，那里有最当红的明星、最流行的歌曲、最时尚的穿着，有最原创的活力、最蓬勃的朝气。对很多人特别是年轻人来说，春晚不啻为一种最强烈的文化启蒙。我还记得，那时候还没有提前公布节目单的惯例，大家都会带着猜谜一般的悬念期待着除夕之夜。有好几年的春晚，我都把家里的录音机放在电视机前面，对着电视机的喇叭，把春晚所有歌曲都录下来。为了保证录音效果，我霸道地要求爸爸、妈妈、姐姐不许在看春晚的过程中出声！看小品总忍不住笑，那个还则罢了，但是电视里唱歌的时候绝对不许出声，嗑瓜子、吃花生也必须小声一点儿。现在想想，这是一个多么"不人道"的要求啊！我录下全部春晚的歌，第二天起就可以反复听，磁带还可以拿去向别人显摆，我是有多虚荣？那时候，我不止一次想，如果哪一天我也能去春晚的现场看看，该是多么美好的事情。那时候，我觉得这是一个不可能实现的梦。

长大了，春晚还是心中永远的"白月光"。毕业后到中央电视台工作，与春晚的物理距离近了，可心理距离还有十万八千里，我甚至从未试图去现场看看，总觉得该留着小时候心底的那个梦。那些年每年春晚直播前，台里都会出一本画册，有剧照，还有节目单，很精美。那是台里的内部资料，每个部门都会发，而每一本我都会收藏起来。内心深处始终对春晚保有着儿时的记忆，始终觉得那是每年的相约，最好的陪伴。

是的，陪伴，这就是如今的我眼中、心中的春晚。它是一种仪式，一种陪伴的仪式。

如今，只要你愿意，每一天都可以过得像个节日，呼朋唤友热闹非凡。可是人与人之间，包括亲人之间，却依然多了疏离。所以在约定俗成的节日中，我们真的需要一种仪式，需要一种特定的行为、特定的言语、特定的表达方式，让我们真实地体验到这种仪式感。在这一天，在这个夜晚，把我们内心期望的团聚、亲情、爱……统统表达出来。春晚很大程度上在替我们完成这样一件事，它创造了一个氛围，让我们和家人团聚时，可以借由这个电视节目去表达我们很难表达的情愫。

它可能触动你和你身旁家人的共同情感点，让你们可以一起笑、一起哭，哪怕一起对这个节目、对电视里面的人吐槽，它都是在替你表达，替你在不知不觉中进行了一年中最重要的陪伴。它是你陪伴家人的方式，它更是陪伴本身。

一年又一年，春去春又来，我相信春晚会永远在。

如果还有机会参与春晚，我定会以十分的心力赋予它光彩。如果没有机会，我定会是那个最忠实的观众，让它陪着我看万家灯火，听笑语欢歌。

我不是"播神"

有一段时间"央视主播失误集锦"在网上疯传,接连出了三季,可见其火爆程度。在什么都可以拿来娱乐一下的时代,这不足为奇,平时正襟危坐、侃侃而谈的主播们也偶有惊慌错乱的时候,再集合起来看,当然有不一般的"笑"果。就连我们办公室里几个人都自己伸长了头颈凑近某个手机屏幕,也是一边看一边大笑不止。可笑过之后,也都不免心下惴惴,唯恐自己上了下一季。

那前三季中好像没有我,遇到一些看过的朋友聊起来,很是有些人当面赞我:"从来没见你出过错,厉害!" 我连连摆手、急急否认,这倒不是谦虚,是说实话。赞我的朋友要么是客套,要么就是因为太忙电视看得太少,所以只把那视频集锦当成了全部。二十几年的工作中,即使我主观上未敢一刻松懈,客观上也总有失误的时候。从不出错的主持人有没有?我不敢断言,就算有也一定是凤毛麟角吧。至少在我熟识的同行中,包括在我们和观众心目里已封"神"的前辈师长中,也未有一人做到了永远精准无误。至于我,更不是"播神"。

——

我迄今出过的最大的失误,是在 2008 年 5 月 13 日凌晨的那次直播中。5 月 12 日汶川地震发生 10 小时 32 分钟后,我走进演播室,接班张羽继续直播,一边焦灼地期待着灾区前方可能传回的任何一点新消息,一边不停地播报与之相关的各类信息,从凌晨1点持续到凌晨4点。当播到一组外国领导人向我国发来的慰问电时,我不知怎么回事,竟将"慰问电"说成了"贺电"!这两个字脱口而出的一瞬间,我眼前如一道霹雳闪现,紧跟着冷汗涔涔而下,凌晨时分那难免的困倦一扫而光。我急忙纠正过来,强自镇定地继续将后面的内容播完,但脑子里的阴影挥之不去。直播结束,同事们都忙着做播后的整理工作,没有人和我提起这个失误,也许大家都心照不宣地不想给我更多压力吧。我沮丧地回到办公室,暗骂自己:"这样低级的失误在这个时候出现,简直是对灾区人民犯罪啊!"我开始预想着最坏的结果和要承担的最大责任。

那时候没有发达的社交媒体,但网络论坛、博客等正如火如荼,我做好了迎接网上无数板砖的准备。但意外的是,网络上有关我这个失误的留言、评论、帖子绝大多数都是对我表示理解和谅解的,很多网友说,"谁没有口误的时候啊,主持人凌晨坚持直播,太疲倦了,能理解","电视台工作很辛苦,千万别因此受处分啊",等等。来自观众的宽容令我很感动,也愈发令我惭愧,对网上为数不多的批评甚至斥责更诚心诚意地接受。

我一遍遍反复检讨着为什么会出现这样的错误,熬夜时状态疲劳?困倦?直播时信息纷乱?庞杂?这些都可以是理由,但都不应该是理由,如果接受这样的理由,那就是对自己的纵容、对职业的不尊重。归根结底,问题还是出在不够专注,而这正是直播的大忌。我很感谢观众的宽容,也很感谢领导和同事们的体谅,是他们帮我一点点减轻了心理上的负担,让我能继续有机会用更认真的工作来弥补过失。但我提醒自己，无论如何，不能滥用这些宽容和体谅，否则就辜负了这些宽容和体谅。

二

同事们交流起来，一致感慨，有时候直播中出错简直就是鬼使神差、莫名其妙，错得自己事后捶胸顿足，大呼"怎么会在这小阴沟里翻了船"！但冷静下来，仔细梳理就会发现万事总有因果，有失误也就必定有原因。除了直播时不够专注之外，对一些自以为熟极而流的内容过于自信，也是导致出现失误的一大主因。

2012年，神舟九号与天宫一号成功实现太空对接，同一天，蛟龙号7000米级海试深潜成功。我在直播中当即引用毛泽东主席的诗词"可上九天揽月，可下五洋捉鳖"，来表达终于实现了这个充满浪漫主义色彩梦想的兴奋之情。说完这段话，引出了接下来的新闻片，我还兴奋不已时，耳机里传来导播无奈又忍俊不禁的声音："康老师，你刚才说成'可上五天揽月，可下九洋捉鳖'了。"我的第一反应是："你听错了吧？"这怎么可能呢？扭头问搭档的张泉灵："我说的是什么？"泉灵一脸坏笑地回答："我也没注意。"

这是我从小就背过不知多少遍的啊，怎么就成了"五天""九洋"了？拜托，您自己给我掰着指头数数这五天是哪五天？那九洋又是哪九洋？可事实就在那儿明摆着呢，这就是自以为是的结果啊！新闻片播完，镜头切回演播室，我先就刚才的口误道了歉，再纠正了一遍，心里的懊恼就别提了。从此也长了记性，再熟悉的也不能大意，嘴永远别跑到脑子前面去。

事后有人对我说:"其实我们看的时候也没注意到,你这一纠正反而让更多人知道你出错了,没必要。"我不敢苟同,且不说任何失误都不可能不被发现,既然已经错了,不管当时有多少人注意到了,该承认并且改正就要承认和改正,这不丢人。比起把头埋在沙堆里就以为别人看不见的鸵鸟政策,坦承并及时改正不是更好的处理方式吗?

说到处理方式,有了失误该怎么反应?该怎么处理?得当不得当,大不一样。我刚工作不久,有一回值早班,新闻结束前的报尾,也是不知怎么了,一句简单的话愣是秃噜成了"这次新闻节目播……播……播……送完了",之后下意识地、绝对是下意识地,我的手抬起来做了一个欲打自己嘴巴的动作,嘴里无声地来了句"嘻",这完全是我平时说话秃噜了以后的习惯性动作!可正在直播啊,等我意识到也晚了,只好装作什么也没发生,把话再说了一遍了事,我用余光都能看到旁边一起值早班的修平姐强忍住的笑。下来和修平姐请教探讨,有这种失误该怎么办?她告诉我先是要时刻意识到在播出状态中,不能把生活中的一些习惯带进来,进而我们都觉得以后再遇到类似情况,应该先致歉再改正。想象一下,虽然这句话秃噜了,但如果我不是随随便便,而是郑重地说声"对不起",再把话完整清晰地说完,对节目效果的损害不是最小吗?说起来,那时候我对自己的职业真是知之甚少啊。

三

对于直播中的失误,网络上常冠以"××门",我最出名的一次,大概是"鼻涕门"。

那是2010年4月2日,中午直播的《新闻30分》。一条急稿送进来,内容是时任国家主席胡锦涛与时任美国总统奥巴马通电话,两页传真稿,我还没来得及完整看一遍,镜头已经切到了我面前的摄像机。因为紧急,编辑没时间将稿子按照符合提示器标准的格式重新整理,我要低头看稿播出,同时,在一些句头句尾和需要强调的地方要抬头看摄像机交流。播了没几句,一种不祥的预感袭来,我这该死的有过敏性鼻炎的鼻子早上起来就不对劲,而《新闻30分》播出的前几条都是抬头看提示器,倒还没事,这赶上一篇要低头播的急稿,鼻涕就开始不管不顾地服从地球引力的作用了。不专注是直播的大忌,可这时候我已不可能不生出杂念,一边震慑心神别出错,一边脑子里飞速判断、决定到底该怎么办。 擦一下?可能保证一下就完全解决问题吗?如果不行,恐怕结果更糟。不擦?万一真的流过界岂不是更不严肃了?这是重要的时政新闻啊!两害相权取其轻,我决定不抬手擦,因为一旦做了这个动作,就最直接地打破了播出的正常状态,相比之下是更不妥当的处理方式。我尽量多抬头播,必须低头时就借着镜头的角度偷偷吸一吸鼻子,尽量减缓鼻涕下泄的速度,同时不能过于慌张地加快语速,不能让脸上有任何不该有的表情,那不仅欲盖弥彰也会让自己做出的所有应急措施都毫无意义。就这样坚持播完,没出现最坏的情况,可鼻涕到底挂在了鼻子下面,以演播室的灯光,不可能不显现,而且,吸鼻子的声音再控制也能听得出来。我知道,"鼻涕门"无可避免了。

网络上的反应,可谓"仁者见仁,智者见智"。有人说:"康辉流着鼻涕可没有出现任何差错,佩服、感动,感动于他的敬业精神,感动于他的个人素质。"也有人说:"流着鼻涕播新闻太不庄重严肃了，不擦鼻涕是对观众的不尊重。"还有人说："这种意外不属于央视处罚范畴吧？如果不属于，说明央视是人性化的。"更有人建议："央视应当制定应急预案，在主持人因为客观原因不慎流鼻涕的时候，要有应对措施和行为规范，以保证重大新闻的圆满顺利播出。"等等。

我们时常害怕网络暴力，但从我经历过的一些事包括"鼻涕门"，我仍然看到了很多善意、包容、理解和理性的关注。不过，我不敢接受任何关于敬业的褒奖，恰恰相反，虽然那一次不是我主观的失误，可比哪一次失误都让我痛心和自责，不在于它确如所料地引起了网络围观，而在于我痛感自己并不够敬业。做这个职业，身体不仅是本钱，身体本身就是工具，调整不好自己的身体，就等同于不敬业。我只是在当时做出了所有可能的反应中最适当的一种，但依然改变不了这个失误本身给新闻播出带来的影响。这记重锤，砸得好痛，也砸得好正。

四

有同事这样形容我们的工作，每天都可能遇上各种坑，一不留神就会掉进去。有时候屏幕上的差错，不完全是我们的问题，我们也会"被出错"。

2019年5月1日，我上了微博的热搜，起因是当天的《新闻联播》片头播出中，镜头忽然切到演播室，观众看到我的手正放在鼻子上（又是该死的鼻子），于是"新闻主播康辉当众挖鼻孔"马上成了网络评论区一片哗然的新由头。那天片头走起时，春天干燥的空气里总是有一些小的飞絮，演播室也不是真空，有一片不偏不倚正好钻进了我的鼻孔，为了防止引起打喷嚏之类的播出事故，我不得不处理一下。而恰恰在这个时候，我被突然亮了出去！这下可是有图有真相啊，手放在鼻孔处，不是在挖鼻孔又是什么？大家都看到了，不是当众又是什么？那一刻，真是体会到了什么叫"有嘴也说不清"。

有点儿冤枉吗？是有点儿，毕竟我的动作是有缘由的，而且我明明是在镜头不该在我身上的时候做的动作啊。可冷静下来，再想想，也不完全是冤枉，我还是犯了之前说过的"没有时刻处在播出状态中"的错误。我们的播出规范中有"不在播出过程中说与播出内容无关的话，不做与播出内容无关的动作"的描述，严格来讲，这不仅是对直播镜头前的我们的规范，也是对直播镜头后的我们的规范。直播时时刻刻可能有意外情况出现，如果我们能做到时刻保持播出状态，即使有意外情况出现，我们也能不加重失误的程度，不是吗？所以，即使每天的工作都可能遇上各种坑，我们自己时时警醒着，就算掉下去了，也能多少伸手抓住坑边，不至于掉下去得太难看吧。

五

常有人关心，"你们出错了会扣钱吗？"自然会扣，但扣钱不是唯一的处理方式，真出了严重的失误，扣多少钱也于事无补。不过，除了非常严重的失误外，如果只是偶尔的磕巴或是小口误，只要在节目中及时纠正，在我们的操作规范里可不视为错误。当然，前提是"偶尔"，如果总是犯这样的毛病，那只能证明不适合这个岗位，就另请高明吧。

在所有失误中，只有一类有着非常明确的、量化的处罚标准，那就是错别字，这也是我们常被监看、发现、提出、纠错、扣钱的。对这一点的重视十分必要的，国家相关的法律法规中有明确规定，广播、电视应当使用规范的语言文字，而且我们读出的字音会被很多地方尤其是偏远地区的中小学当作普通话教学的标准，怎能、怎敢有一丝疏忽？

要保证标准，就要有明确的依据。我们现在主要依据的是商务印书馆出版的《现代汉语词典》，词典字音的规范当然来自国家通用语言文字应用的相关机构。本来，依规见字发音，好像是挺简单的事儿，但这些年，我们又确实没少为此头痛。汉语普通话的字音标准隔三岔五会有修正和调整，《现代汉语词典》每隔几年也会依照新的字音规范刊出新版，每出一版，我们就要及时更换字典，否则就可能出现字音上的问题。这也都是合理的操作，关键是，有些字音的修正调整实在让人有点摸不清规律、搞不懂缘由。这几年，"六（liù）安"还是"六（lù）安"？"宁（níng阳平）泽涛"还是"宁（nìng去声）泽涛"？"一骑（jì）红尘妃子笑"还是"一骑（qí）红尘妃子笑"？几度成了打不清的笔墨官司。

作为汉语言标准通用语的使用者与推广者，我尊重国家相关机构的权威，也遵守已发布的语言文字规范，但真心希望在对汉语通用语字音进行规范、修正、调整时，能更充分地考虑到语言文字在应用过程中的合理性，毕竟语言文字是交流的工具，应以不构成交流的障碍、不产生交流的歧义为原则吧？同时，在修正调整时，最好有及时并覆盖全部适用范围的说明与释义，让大家清楚为什么修正、修正的原则是什么，这样才能正视听。特别是涉及古汉语、古诗词的读音时，是不是可以从更好地传承中华传统文化、更完整地传承中华传统文化的角度更加仔细斟酌一些？

绝大多数时候，我都严格遵守"现汉"的字音规范，但有时候，对于已经产生了明显的交流障碍、歧义的字音规范，又该怎么办？抱歉，惭愧，我也有过"明知故犯"，曾以文字记录过前些年的这样一段故事：

又到了戛纳电影节开幕的日子，办公室里照例又要热闹一番。倒不是我们那里影迷众多，而是年年到了这时候，播新闻时到底读 gā 纳还是 jiá 纳，总要理论理论。要知道，我们一向被当作汉语普通话的标准样本，小小的字音，于我们可是性命攸关。

那查查字典不就得了，理论什么呢？关键就在这儿，媒体通用的汉译"戛纳"的"戛"字，字典上只有一个注音"jiá"，可我读 jiá 纳，您不觉得别扭吗？您会不会以为我读错字？或者以为我读的是非洲国家"加纳"，还跑了音？戛纳，法语单词拼写是 CANNES，就算音译，也似乎 gā 纳更接近吧？反正我问遍了周围的朋友、亲戚，没有一个人知道 jiá 纳是哪里。而 gā 纳，即便不关心电影节的人，也可能晓得那是法国的一个海滨度假地。

怎么办？办公室同事分成了两派，我算是坚定的"gā 纳派"。说到底，播新闻是为了让别人弄清楚现在发生了什么事，不能说了半天，连地点是哪儿也要人颇费猜疑，这个读音的区别并非原则与根本上的分歧，只是一个国外地名的中文译法，既然大多数中国人都认可某一个叫法，怎么非得和大家别扭着呢？在语言文字读音的设定上，本就有"从俗"这一标准，比如确凿的"凿"

字,原来的注音是"zuò",可总有人读作"záo",后来就从俗,改成确凿(záo)了。大概为了改这个音,也讨论了许久许久吧?因为等改成záo的时候,大多数人在广播电视等媒体播音的熏陶下早已对"确zuò"的印象根深蒂固,我们跟着字典改读"确záo",为此挨过多少"读错别字、工作不严谨"的批评啊!

先声明一下,我当真不是故意叫板汉语普通话字音标准,也绝不是对相关机构的工作不尊重,那里有很多我的师长,我知道他们的认真与努力。我只是站在一个以语言传播信息为职业的人的角度,不希望给我的观众带来认知上的任何不便。所以,我在每年戛纳电影节的时候都会读这么个错别字,这算不算误导呢?

有同事建议干脆把"戛纳"的汉译字改成"嘎纳",貌似是个好主意。可我还是嘀咕,"嘎"在字典里也有阴平、阳平、上声三个注音,万一标准读音最终被定为上声(三声),我读"gǎ纳",大家又知道说的是哪儿吗?

这就是我记录下的"明知故犯"的错字故事,我不敢说这篇文字在传播过程中是否发挥了点儿什么作用,但也许正是在我们这些汉语标准普通话的最直接应用者的呼吁下,后来再次正音,"戛"字就增加了gā的注音,从此我们不必再为这个字纠结,我也可以堂堂正正地读这个"错别字"了。由此可见,我们的通用语言文字应用的决策机构是从善如流的。由此我更加坚信,所有的汉语言文字工作者都有着对我们民族通用语的热爱与责任,我们会一起守护好、传承好、发展好我们的普通话。

2018 年全国两会现场播报

我不是"播神",也从未见过什么神。无限趋近完美的工作,只能靠每一次的认真仔细、小心翼翼一点点积累。我们是人,难免出错,但我们又不可以以此为借口而降低工作的标准。完美或许不存在,但追求完美的人应该存在。

"念稿子"的人想"说"的几句话

我们是播音员,现在习惯称为"主播"。虽说也有个"主"字,但和主持人的"主"比起来,含金量似乎大不相同。在很多人的概念中,主持人是"说话"的,主播是"念字"的,其相去不可以道里计。我知道别人不大会当着我们的面提及这个话题,毕竟中国人总习惯给别人留几分薄面,但愈是这样,反凸显出我们某种程度上着实的尴尬。我这个"念稿子"占了工作相当比重的人倒想"说"上几句真心话。

一 "念稿子"这件事简单吗?

有句俗话叫"看人挑担轻飘飘,自己挑担压折腰",其实没有一件事是简单的,千万别随意地看任何一项工作。我记得孙玉胜副台长在一篇纪念罗京老师的文章中写过一段话,大致意思是:"如果你觉得播音很容易,不妨找一篇文章,难度不用太大,甚至可以是你自己写的文章,从头到尾读一遍,看能不能做到一字不错且声情并茂?"的确,觉得念稿子这件事简单的朋友都可以试一试,再加点难度——您得在大庭广众面前大声朗读,看看怎么样?如果您都做到了,那您不是语言天才就是接受过语言训练,除此之外恐无他。

也许您还会说,就算不那么容易,这算多大事儿啊?这倒真说到点子上了,它牵涉到一个核心问题,在今天的新闻视听传播生态中,有文字依据的播音、特别是要求极度规范的播音还有意义吗?还重要吗?

我以为,在多元化的时代,除了大是大非,已经不太可能"非此即彼,非黑即白",恰恰任何一种表达形式都应该有它合理存在的空间,只是更加需要让其对应不同的表达内容。任何一种形式都有意义,其意义就更加在于你是否用对了地方。我相信,总有一些极具仪式感的、极具审慎度的、极具权威性的信息需要传递,届时,

别放掉任何一个"走出去"的机会

有文字依据的播音、特别是要求极度规范的播音始终会是重要的。而且,这时的"念稿子"恰恰是在为后续的"说"提供基础,如果"念稿子"有任何的差池,接下来你能不能"说"、能不能"说"好,未知因素就多起来了。更何况,"念稿子"并不是不念错字就 OK,语气中的分寸、敏感信息的无形传递。都要注意,要从这些角度说就更不是那么简单。

另外,我们在工业化的进程中,越来越显现出一个重要特征,那就是分工的细化。我们所有从业人员当然都应该有更高、更严苛的准入门槛,但同样具备相当职业水准的人,从技术层面讲是有着各自不同的专擅领域的,不能用完全一致的标准去评判每个人。只有各尽所长,合起来才是完美。那么,在这个过程中,"念好稿子"不重要吗?"有能念好稿子的人"不重要吗?

二 为什么大家会觉得这件事简单？

总强调客观因素属于逃避，我们必须首先从自己身上找原因。如果自己不自觉地把这事就看得轻了，只满足于没念错，只满足于值完班，那这工作确实就变得简单了，甚至简单得不能再简单，那也就别抱怨人家会看轻。就好比唱京剧，梅派公认的容易入门，任谁学几天都能来上一段儿。但梅派也公认的易学难精，您要想让听戏的给个好，没点儿功夫，甭想！其实看看我们的一些播音前辈，齐越、夏青、葛兰、林如……这个名单还可以列出很多，他们似乎从来没有被认为工作简单，他们也"念稿子"，但总能把文字里的所有内容都传达得淋漓尽致。他们每个人不仅仅是播出的"最后环节"，还是可以掌握全局的，甚至比记者、编辑更了解信息背景的人。更重要的是，他们不是个别人做到了，而是整个群体拥有相当整齐的水平，共同树立起了职业的标准。如是，谁会把他们的"念稿子"看得简单？以此认真检视一下我们现在的工作状态，工作量大！没错；压力大！没错。可我们自己的努力是否足够？我们是否完全做到了给其他工种同事的工作锦上添花？我们是否完全做到了从新闻生产的全流程角度掌握信息？更重要的是，我们是否完全意识到了必须以一个整体的水准的提高来提升这个职业群体的地位与作用？如果做不到这些，要大家认可并尊重我们的工作，是不是有点儿难？

说完主观，当然也要说说客观。我总觉得和我们的那些前辈所处的工作状态相比，好像其他工种的同事因为忙于各自的工作内容，变得更无暇顾及与我们的深入沟通、合作。节奏快、事务多！没错，但这同样不该是理由。所以，真诚地对可能把我们的工作看简单的同行、同事们说，某种程度上，我们的简单也缘于你们的简单，你们越是把我们的工作看得简单，也就越会使得我们共同的工作变得简单。同时，也别让一些职业的标签影响判断，个体的表现出色或失误，都不应该是某个群体被"高看"或被"低估"的依据。

三 怎么让这件事变得不简单？

还是话分两头说。

我们自己，把"念稿子"分解成"念别人的稿子"和"念自己的稿子"，哪头都别落下。特别是后者，全方位地动起来，哪怕是导语、口播的小小修改都要严谨。我们得相信，任何一点有利于新闻传播效果的努力都会被看到，任何一点对节目的贡献都不会被埋没。我们给予合作者的信任、信心，最终将成倍地回馈给我们自己。还有，别放掉任何一个"走出去"的机会，一直以来，我们的成长路径中缺少了一个重要的阶段，就是真正在新闻中的摸爬滚打。既然缺少，那就补，返回头补上这一课，不晚。对于相对陌生的一切，谁都有畏惧，谁都有手忙脚乱，这不丢人。

与此同时，我们真的需要来自所有合作者的信任与帮助。能不能试着建立起一套更明确的制度？让我们与栏目、与前后期团队有更紧密的捆绑，让大家的合作逐渐建立在更加信任的基础上。这些目前不是没有做，只是还需要做得更到位。制度建立最大的好处就是让每个人都知道"什么是你必须做的"，而不仅仅依靠个人的自觉、热情。实践一再证明，人天生有局限，时间长了，自觉与热情都不一定靠得住。

其实写到这里,我又习惯性地"念"了一下自己的稿子,忽然觉得很多话都说得多余。所有这些都不新鲜,没有什么格外的见地。可为什么我还是想把它"说"出来呢?

扫码听康辉的
"念稿子"心得

4 平均分

Energy
and
persistence
conquer
all
things.

康老师

成 长
—— 2011年在厦门大学的演讲

厦门大学的老师、同学们：

大家好。

先给大家讲个故事吧。1989年，真的是很久很久以前了，那年我高考。高中班主任特意找了几位已经上了大学的师兄师姐，寒假时到学校给我们开班会，主要目的就是教育我们要努力，要冲刺。其中一位师兄给我们描述了这样一个场景，他说："你们一定要好好复习，争取能上我上的那所大学。我们学校特别美，只要告诉大家一个细节，你就能想象出有多么好。我们学校出了正门就是一个长长的斜坡，我们骑着自行车顺着斜坡一直往前冲，最后就能冲向大海！"他接着说："我们学校，叫厦门大学。"我后来一直觉得挺对不起这位师兄的,尽管被这样"鼓惑",我也没有上厦大,但是厦大的这个细节在我心里留下了特别深刻的印象。我上了大学之后,有一位同班同学,他父母都是武汉大学的老师,聊天时,他特别自豪地说:"武汉大学是中国校园最美的大学。"我很疑惑地反问他:"我怎么听说是厦门大学?"

当然,校园是什么样子,是不是最美,见仁见智,这不是衡量一个大学好与坏的标准。每一所大学最重要的还是它所特有的一种精神,也就是每所大学都有的魂,那么对厦门大学来说,这个魂就是校训的八个字:自强不息,止于至善。这八个字,我相信同学们从踏入校园的第一天起就非常熟悉,但这八个字究竟意味着什么,也许需要我们用一生的时间去细细体味。

今天,我们交流的主题是成长。每个人的成长经历都不同,是其他人不可复制的,我所能提供的只是我自己的成长个案。但无论是我这样已经走过青春年代的,还是像你们正在青葱岁月中的,我们可以交流的前提就是青春必定有一些共同的地方。虽然时代不一样,但青春所遇到的那些热切、冲动、迷茫、对未来的不可知,我相信都是共通的。所以我决定来到这里,与各位分享在我的成长过程中,经历过什么,感受到什么,思考了什么。

我的成长讲起来很简单,因为好像没有什么辛酸的血泪史,也没有从一个很底层很艰难的地方一路跋涉奔波,最后才攀到了一个什么样的地方,没有这样的过程。在旁人眼中,我一路走来风平浪静,高中毕业进了大学,大学毕业到了工作的地方,然后就这么一直走过来,非常顺利。但实际上,每个看似顺利的过程都必定会有波澜,特别是自己内心深处的波澜,因为每个阶段都一定会经历一些坎儿,你要使劲说服自己奋力跨越过去。所以在成长的过程中,我觉得我并非一路波澜不惊。

我是1993年在大学毕业后分配到中央电视台新闻中心的。从实习到结束在基层电视台的锻炼回到台里,一年半左右的时间,我工作的环境、工作的要求发生了非常大的变化。实习的时候中央台新闻还没有那么多,而且没有直播,基层台更是一切按部就班,但是进入1994年,也就是在我正式开始工作大概两个月的时候,中国电视新闻开始发生大的变化,开始直播、开始引入各种各样的报道形式。于是,这个年轻人就在自己还没有很明晰的意识时,被半推着走上了这样一条路。

我还清楚地记得第一次直播新闻时那种紧张的状态,我不知道在座的各位朋友你们最紧张时是什么样的状态,我最紧张时真的听到了自己的心跳声!你们听到过吗?

第一次直播时,我听到自己心跳的声音非常响,就像敲鼓一样。我相信第一个用"擂鼓一样的声音"来形容心跳的人,一定是经历过这种状态的人。其实那次的直播新闻要口播的内容很少,只有报头报尾和中间的一条短消息,但我感觉自己像是完全不知道该做什么似的,机械地坐在那儿,保持着一个姿势,丝毫不敢动,唯恐打破自己好不容易找到的平衡。但也怪,有了这样的第一次,我之后一直到现在,再也没有这样紧张过。很多时候只要迈出第一步,就会发现,事情远没有你想象的那么困难,反而是迈出第一步真的需要一点勇气。后来,我还经历了很多类似这样的第一次,从紧张到手足无措到慢慢知道自己可以从哪一步开始继续往前走,这个过程就是成长的过程。

关于成长，我想和在座的各位分享几点感悟。

第一，成长是一个不断认识自己的过程，通过认识自己去认识这个世界。这一点我在工作中体会得更深，因为我们这个职业有这样一个特征，就是经常会被一些其实并非真正属于自己的东西笼罩着，被并不属于自己的光环笼罩着，而越是这样的时候，越需要认识自己到底是谁。当所有的人都在夸奖你时，你要问问自己，是不是真的像他们说的那么好？当周围的人对你一片贬低或者否认时，你要问问自己，是不是真的像他们说的那么差？最终，一切在于你内心之中对自己有怎样的认知，你内心的力量到底有多大。

这个职业还有一个特点，你做得好不好，太多人在看，除了同事、领导，还有很多很多不认识的人也在看、也在评论，而且每个人肯定都有不同的评价标准，你很容易被别人的评价标准所左右。举一个简单的例子，初入行时，我在播出新闻结束之后，有一位前辈关切地提点："你今天表现不好，怎么能在播新闻的时候笑呢？应该严肃一点儿，因为这是件很严肃的事。"但转天播出之后，另一位老师也是同样认真地建议："你怎么在新闻里总是板着脸呢？这样没有亲和力，你应该让观众感受到你对他的亲切态度，这是重要的沟通。"后天，可能还会听到不一样的意见。每一个意见都是中肯的，都是有建设性的，但究竟我"这一个"在与观众交流沟通时应该是一种什么样的状态？什么才是我"这一个"的特点？没有谁会比自己更清楚。最初可能会今天尝试这样，明天换个样子，但不可以总是被别人的标准影响着，慢慢地，你必须让自己的内心变得越来越恒定，你必须建立起自己的标准，我知道我应该是什么样的，我可以是什么样的。当有了这个标准的时候，就是成长了。

对自己的这种认识，在人生的每一个阶段都非常重要。比如，同学们可能正在面临或者即将面临的重大关口就是毕业该怎么选择工作。到底该怎么取舍？到底是去做自己更感兴趣的事，还是做那些能给自己带来最直接效益的事？怎样取舍，说到底基于你对自己到底怎样认识，在这个基础上，才可能做出选择。如果你清楚地知道去做的这件事情，它是我热爱的，而且通过努力完全可以达到某种水准，你可以勇敢地往前走；如果你通过对自己的判断，知道这件事情虽然我很感兴趣，但是基于我各方面的条件和准备以及一些非常现实的考量，也许我现在做还不合适，那么就需要选择另一条路。一切的一切就在于——认识自己。

当然，青春有的是时间，为什么不可以去"挥霍"一下？如果不去做，又怎么能知道到底可不可以？没错，尽可以去试，这个过程正是一个认识自己的过程。但每一次的选择都不能是完全盲目的，每一次的选择都应该是基于那个阶段对自己的认识，而不是被一些概念或者他人对你的定义束缚住。只有不断认识自己，才有成长道路上的选择与取舍。

第二，成长是一个逐渐学会、懂得承担责任的过程。我们来到这个世界上，在慢慢长大的过程中，身上的责任就在一点一点地累加。同学们不要觉得自己现在还没有进入社会，是不是可以先把责任放一放？其实，只要你已经是法律上的成年人，你就完全可以负责任了。最简单的一点，你对父母就已经有责任了，父母对你有养育、教育的责任,你对父母同样也有责任,让他们感觉到在这个世界上你能够给他们带来更多的快乐,这难道不是责任吗?都说"我的青春我做主",但你在做主的时候,一定要考虑到你做主所决定的这种行为会让身边、周围的人有怎样的反应,考虑了,就是懂得负责了。责任可以很大,也可以很小,小到对自己负责、对家人负责,大到对社会负责。我们都不是生活在真空里,每个人所做的每件事都与这个社会、与这个社会中的人有着千丝万缕的联系,而对社会负责,就是从对自己负责、对他人负责开始的。

比如我的职业,电视新闻这项工作是需要团队合作的,永远不可能一个人单打独斗。作为团队中的一员,你是不是能够时时刻刻意识到对这个团队所肩负的这种责任?答案不一样,最后的工作质量也就不一样。你所做的这个事,背后牵扯了很多很多人,如果你意识不到自己对他们的责任,你没有带着这种责任感去做事的话,就很有可能会出现差错,哪怕是很小的差错也可能会让很多很多人共同的心血和努力付之东流。所以,在工作过程中,在学习过程中,在人生成长的过程中,这种责任感需要一点一点地加强,这个责任需要一点一点地累加在自己身上。

那么,有没有一个只需要把自己做好了就可以的职业呢?比如我可不可以做一个自由的艺术创作者?我是不是就可以不需要考虑太多的所谓对他人的责任了?这怎么可能呢?如果你是一个自由的艺术创作者,那么你是否期望自己的创作能够被更多的人认知,能够让更多的人看到它的价值呢?我相信绝大多数的回答应该是肯定的,所以,你又怎么可能不与这个社会发生关系、不承担社会责任呢?我再啰唆地重复一次,责任这两个字,我们可以把它看得非常非常重,但与此同时，承担这个责任完全可以从一些非常非常小的事开始。我觉得，承担社会责任，就是你在这个社会上做一个好人，就足够了。

做一个好人，你觉得难吗？其实不难。每个社会都会有基本的价值观、基本的规则，请注意，是基本的价值观与规则，是底线而不是最高标准。做一个好人，就是按照大家所应共同遵循的基本价值观与规则来和其他人相处，不做伤害他人的事，不做伤害自己的事，你就是一个好人。如果每一个人都能够做这样的一个好人的话，这个社会就可以在一个良性轨道上不断向前运行，而这，其实就是我们要承担的社会责任。

2008年汶川地震的时候，很多人都有意愿到灾区去做志愿者，去抢救生命、去帮助灾区恢复重建，大家都很钦佩这些志愿者。但与此同时，我们几乎每天都会在节目里反复对大家讲，抗震救灾，不是只有到灾区做志愿者这一种途径和方式，每一个人只要在自己的工作岗位上做好自己的事，我们这个国家就能够渡过这个难关，我们这个社会就能够正常地往前走，这就是我们每个人对抗震救灾能够做出的巨大贡献。这句话，我在节目里反复说过很多遍，每次都是我发自内心地、真诚地表达。我真觉得每个人认认真真、踏踏实实做好自己的事，就是对社会的大贡献，就是承担起了很重要的社会责任。

第三，成长是一个慢慢懂得什么是"尊重"的过程。学会真正尊重别人，是成长的一个非常重要的标志。这种尊重一定是完全发自内心的，而不仅仅是做出来的一种礼貌性姿态。

这种尊重还在于我们身处的社会每天都在发展、变化，我们可能要接触到很多未必与我们的认知相同的人或事，那么除却一些大是大非的原则性问题之外，我们是不是也可以对一些不同抱有一种宽容、包容？是不是也可以有一种真正的尊重？也就是说，你可以不喜欢，你可以不同意，但是你要尊重它。我觉得一个人的成长也好，一个国家的成长也好，有这样的一种宽容，这样一种真正的尊重，是一件非常重要的事。这与以一种封闭的心态看待这个世界，会有着本质上的不同。今天，这个世界还有许多不安的因素存在，一个重要的原因正是因为人们彼此之间的不了解或者说不愿意去了解。如果人与人、国与国之间都可以有真正的尊重与互相的真正了解，其实很多问题、很多矛盾都可以完全消除。

第四，成长是一个逐渐学会质疑、不再盲从的过程。年轻，时常会很冲动，冲动有的时候正是因为你盲目听从或盲目信任了某些东西，才没有认真地审慎地做出决定。当开始学会运用你的人生经历、人生经验，去判断这些究竟代表了什么，就是在成长了。如今似乎在社会上很流行成功学，但不是所有被绑上成功标签的人所说的话就一定是真理，一方面我们需要抱着积极的、学习的、正面的心态去聆听去感受，但另一方面，我也希望大家带着一种批判的眼光去质疑甚至去交锋，我觉得只有这样，我们的成长才会更有质量。今天我在这里和大家做交流，感受到了大家的热情、掌声、笑声……但今天各位能够与我有了一种真正的交流，或者说不同观点的一种碰撞，这才是我所期望的，这才会更有质量。

认识自己，承担责任，懂得尊重，学会质疑，这是我在成长过程中所体会到的非常重要的关键词。当然，每个人都会在成长的过程中留下自己的独特印记，再过几年，如果在座的各位还能回想起我曾在这里和大家做过交流的话,你也可以用自己的一些成长印记与我的印记来做一个对照,来看一看,一个70后的成长和一个90后的成长可能会有怎样的不同抑或重叠。

最后我想说,成长是一个自然的过程,但又是一个需要不断学习的过程。我所希望的是,大家不断成长,变得越来越成熟,但不要变得越来越世故。在我看来,成熟和世故是有很大区别的,最大的区别就在于,成熟是无论经历何等风雨,依然会用一种纯净的眼光看待这个世界,只不过,我会比年轻时看待世界的角度更多,看得更深更广。而世故,则完全是站在自身利害的角度,始终以一种趋利避害的态度来看待世界,看待一切的人和事,慢慢地你的眼睛就会变得越来越浑浊,看到的世界也会越来越浑浊。当人们看这个世界的目光变得很浑浊的时候,这个世界还会变得美丽、清澈吗?

这些就是我今天和大家交流的有关成长的一些话,谢谢!

念念不忘,必有回响
—— 在中国传媒大学 2015 年开学典礼上的演讲

尊敬的书记、校长,各位老师,各位家长,各位新同学:

大家好。

非常感谢母校能够在众多校友当中把这个宝贵的机会给了我。原本以为我可以作为在校生代表来发言,因为我现在是播音主持艺术学院在读的博士研究生,正在为论文发愁。今天是各位新同学与中国传媒大学的第一次亲密接触，对大多数而言，恐怕也是你们与媒体行业的第一次亲密接触。

我相信最近大家都会注意到，媒体上关于媒体和媒体人的新闻有很多，我也接到了不少朋友充满同情的问候："看样子媒体行业已经近黄昏，你们是不是做好了要度过寒冬的准备？"对于这些充满同情的问候，我只能表示"呵呵"。当然更多的是对网络上那些有点儿看热闹的发言，甚至一些不乏恶意的揣测。对此，我也只能表示"呵呵"。媒体这个行业现在的境况，既不会像有些人说的那么好，但也一定不会像有些人说的那么坏。

必须要承认的是，今天我们正在迎来一个前所未有的大改变，其实不光是媒体行业，整个中国、整个世界都在迎来这样的改变。而最终，改变的结果到底是会更好还是更坏？决定者又到底是谁？是人，是现在的我们和未来的你们。所以今天面对这么多新同学，你们走进中国传媒大学，走进媒体这个行业，我很想表达一份感谢，要谢谢大家在这样的时刻做出这样的选择，谢谢大家。对于整个行业，你们还相信有未来，谢谢！

我们确实正在面临一个前所未有的新格局的来临，一个大的改变。但请相信媒体人会带着一种喜悦、带着一种冲动去迎接它，因为媒体人的天性正是喜新厌旧。我们喜的不仅仅是世界各地发生的新鲜的事情、新鲜的信息，我们同样乐见新的媒体格局、新的传播介质渠道、新的生产手段，甚至媒体新的生存方式，我们同样会用一种喜悦去迎接它。我们厌的也不仅仅是那些陈旧的信息、陈腐的表达，我们同样要摒弃那些局限我们的陈旧的思维方式，那些可能让我们一直以来觉得很舒服，但注定会束缚我们的路径依赖。

今天是这样的一个自媒体时代，甚至是泛媒体时代，每个人都可以成为信息的发布者，但请相信人们仍然需要甚至更加需要更多、更好的专业级别的新闻产品的出现。腾讯开发出一个新闻写作机器人 dream writer（直译为理想作家），网络上发布新闻的时候，后面的评论大都会跟一句"媒体的记者在哭晕"，但请大家相信，我们并没有哭晕，我们是充满了一种兴奋和期待，在迎接着所有这些新的事物、新的手段。我们相信，现在的我们和未来的你们，可以有机会做更新的创造，可以为类似新闻写作机器人这样的新工具设定更多的、更专业的、更优秀的程序，提供更丰富的表达的模板和范式，我们可以是 dream writer 的 dream producer（直译为理想生产者）。

请大家相信，今天在座的各位都做出了一个无比正确的选择，你们选择的媒体行业是永远会具有活力的一个行业。媒体的天性当中，不仅仅有喜新厌旧，也有从一而终。尽管在今天这样一个时代，当每个人都可以发声的时候，可能我们取得共识会比以前要困难得多，甚至也有学者在做出这样的担忧，认为传统媒体行业作为一个社会议程的设置者，作为社会共同价值观的意义的构建者、传递者和诠释者的角色，这些之前的立足之本都正在被颠覆。但请大家相信，媒体作为社会这艘大航船船头的瞭望者，这个角色，这份责任，这种情怀永远不会改变。今天可能我们去寻求共识、凝聚全社会共同情感，比以前要更加艰难，但唯其艰难，才更凸显它的重要。今天也许我们说责任、情怀这些词，会觉得有那么一点点悲壮，但是有了悲壮的人生，才更会得到一种崇高之美。所以我要再次对大家说，你们各位做出了一个最正确的选择，谢谢大家。

同时，作为校友，我还要说，进入中国传媒大学，也是一个无比正确的选择。不仅仅因为中国传媒大学是全国传媒专业教育领域的头牌,各位都是以优异的成绩进入这所学校的,说起来很有面子!也不仅仅因为这所学校里到处都是俊男美女,是全国颜值最高的院校之一,说起来也很有面子!更重要的是,这所学校有很丰厚的里子。中国传媒大学不仅仅是要培养具备专业技能的人,更重要的是,这所学校要培养的是具备专业的眼光和胸怀的人。不管今后各位是不是真的会在媒体这个平台上去贡献智慧和力量,我想学校所给予我们的,也许在未来大家走出校门的时候,才会更加深刻地体会到。这所学校会让你永远不惧怕挑战,永远会带着一种兴奋和冲动去迎接所有新的改变。这所学校会让你永远拥有对人、对事、对社会、对世界的好奇心,这里有半个多世纪的非常深厚的学术传统,但是它一点都不保守。所以各位不要担心在学校里你会接收到的只是那些教条,对于整个社会的方方面面,特别是对于媒体行业任何一点新的生态的演进,在这个地方都会有观察者,有实验者,有培养者。而且这所学校拥有的包容性也许会超乎你的想象,这里不怕任何奇思妙想,甚至是奇思异想,因为任何一点奇思妙想或者异想,都有可能成为未来创造的源泉。

当然,中国传媒大学不是完美的,也可能在校期间,各位也会对这所学校很多地方发出你们的吐槽声。但是我相信,各位会越来越想承认,中国传媒大学是一所非常有魅力的学校,这种魅力会给每一位曾经在校园中生活过的人,打上一种深深的中国传媒大学的文化烙印,这是一种非常独特的关于生存、关于生长的文化烙印。当我们走出校门的时候,在天南地北,在茫茫的人群当中,有时候会突然嗅到一种熟悉的气息,你会发现在你对面的这个人身上有一种你似曾相识的基

媒体行业是永远会具有活力的一个行业——在中国传媒大学2015年开学典礼上的演讲

因，它就是中国传媒大学的人身上独有的东西。这一点，也需要大家在今后的学习生活中，在未来很长的日子里去慢慢地体会。所以我想再次说，进入中国传媒大学是各位非常正确的一个选择。

还有几句话，是特别想给本科的新同学们——这些小弟弟小妹妹讲的。这个时代，包括未来属于你们的时代，一定是拥有无穷的创造，是属于有真正创造力的人的。但是大家是否想过，所有的创造其实都建筑在完备的常识基础上，是在完备的常识基础上的不断改变。所以我想和大家说的是，在今天，人人都想飞奔，人人都唯恐落后，但是在我们飞奔之前，在我们站在起跑线上的时候，我们要想一想，是不是给自己的飞奔做好了一个完备的基础的准备？而基础的扎实往往要下很多的笨功夫和慢功夫，否则就会行百里者半九十。比如学习播音主持专业的同学们，在这几年当中，你要知道，如果你没有每天认认真真去练声，那么未来，也许这就会成为你向着媒体行业中你期望的目标飞奔过程中脚下的障碍和绊脚石。我很喜欢王家卫导演的《一代宗师》，那里边有很多金句，我记得最清楚的就是那八个字：念念不忘，必有回响。所以当各位今天开始大学的第一课，你们期待着未来给自己响亮回响的时候，也希望大家在这些年当中一定要记着"念念不忘"这四个字。

最后我还想再重复一遍：进入中国传媒大学是各位正确的选择，进入媒体行业也将是各位正确的选择。中国传媒大学欢迎你们，媒体行业欢迎你们，谢谢。

扫码看康辉解读
职业规划

5

Energy
and
persistence
conquer
all
things.

平均分

对不起，我爱你

我的"成人礼"
—— 兼怀父亲

母亲走的那一天，我和姐姐说，从此，我们就是孤儿了。

一转眼父亲也已离开十余年。

他属于典型的中国式父亲，虽说没有那么严厉，但轻易不会表达爱。比起母亲的爱丝丝缕缕渗透在生活的每一个细微之处，父亲给我的感觉似乎更有距离。直至后来，随着自己年岁渐长，才越来越明白父亲于我们的爱或许不着痕迹，但确是极大的支撑。

每每想起父亲，我便会联想到高考那年的事，如果没有父亲的奔走，我的人生必定要被改写。

当年我读书的时候，流传着这么一句话："高考考学生，录取考家长。"对大多数学生来说，这当中的纷繁复杂，远超出十几岁孩子的社

爸爸、姐姐和我

会经验范围。可以说，当年高考录取的过程，着实是我的第一堂社会课。

中国传媒大学，那时候还叫"北京广播学院"，播音专业属于艺术类招生范畴，要先经过几轮专业考试，合格之后拿到一张文化考试通知单，再参加高考，文化课成绩合格后才可能被录取。之所以说"才可能"，是因为当年广院播音系招生是委托各省（区市）的广播电视厅代招，每个省区的名额都极少，如果一个地方有三四个学生的专业成绩、文化成绩都合格，那就要全部把成绩报送到广院后，再由学校来定夺。

那年在河北省，专业考试通过并拿到文化考试通知单的有三名考生，我、胡琪（后来河北电视台的一位优秀的主持人，可惜前些年因病去世了），还有一个不知其名的女孩。三个人里我的专业成绩最好，高考也超常发挥，文化课成绩过了那年的重点分数线。分数下来的那一天，我轻松极了，觉得一切都顺利，剩下需要做的不就是愉快地等着录取通知书吗？爸爸妈妈也轻松起来，有了分数保底，他们大概也觉得万事 OK 了。

我开开心心又浑浑噩噩地玩了一段日子后，终于有一天，开始忐忑了。艺术类专业招生，本应最早一批录取，可这时候好多同学的录取通知书都陆续到了，我的通知书还杳无音信，父母也意识到了问题的严重性。正在此时，我的录取通知书来了，但信封上赫然印着：天津商学院！我在脑子里飞速地思索着我与这所学校的瓜葛，这才想起来，填报志愿的时候，因为觉得考入广院没什么问题，后面的志愿几乎是看哪所学校、哪个专业顺眼就填哪个，中国人民大学的管理专业、辽宁大学的考古专业，还有——天津商学院的酒店管理专业。万万没想到，居然最终收到了天津商学院的录取通知书！

父亲赶紧打电话给广院招生办，对方答复说河北确实有三名考生的专业成绩通过，可是由相关部门报送到广院的高考文化课成绩只有胡琪和另一名女生的，并没有我的成绩！好在因为我的专业成绩不错，广院还在斟酌，并正在向生源所在地核实，还没有最后定下到底录取谁。

看来还有希望！父亲马上跑到负责这件事的部门询问情况。很是费了一番周折，才找到了管事的人。对方说："成绩早就报到广院了，怎么可能没有？""几个人的？当然是三个人的！""什么时候报的？×月×日×时，电报发过去的，我们不可能出问题。""什么？再报一次？不可能，我们不是为个人服务的！"

究竟是广院疏忽还是问题出在这个地方？父亲转身径直去了电报局，按照那位管事的人说的日期查了电报底稿，果然，那份电报底稿上压根没有我的成绩。很明显，这绝不是疏忽，而是故意为之，到底为什么这么做？真是想破头也想不出。父亲跑回那个地方，照样费了一番周折，再次见到了那位仁兄。大概他也没想到父亲会如此快地去而复返，脸上冰冷的同时更多了几分不耐烦，可看到电报底稿的复印件时，据父亲说，对方表情尴尬极了，开始支支吾吾地寻找托词："怎么回事啊，不是我亲自经手的，可能是下面的人马虎了""要允许有失误嘛，现在还不晚呀，我们可以明天重新发一次。"

我没有和父亲一起去，也没有在脑子里完整记录下那个形象和那些言语，今天，我仍然只能按照父亲后来的描述来努力还原那个场景，那个之前我只在戏剧里看到过的场景。

父亲实在是怕了对面这张变得很快的面孔，不敢再拖下去，生怕第二天又会有变数，要求必须当天和工作人员一起去发电报。也许是心虚，也许是拗不过父亲的坚持，工作人员遵从了要求，亲自发了电报，父亲形影不离地跟着，一定要看着他一笔一画地把三个人的成绩都写好、发走，才算松了口气。对方或许此时才意识到自己的疏忽，之前没有问一问父亲的职业。他一定想当然地认为电报底稿不可能被轻易查到，可偏偏父亲在邮电行业工作了很多年，总是有熟人和朋友的。哪怕这算走后门，可关乎一个孩子未来的大事，哪一个父亲会有其他的选择呢？

那位与我们素昧平生的工作人员，究竟为什么要这么做呢？父亲还是不放心，多方打听才知道，问题就出在三名考生中不知其名的那个女孩身上。三个人中，我的专业成绩、文化成绩都靠前，那个女孩的专业成绩不如胡琪，但文化成绩要好一些，很明显，如果我不存在的话，她和胡琪竞争，还存在被录取的可能性。于是，女孩的父亲——恰恰在当时负责报送成绩的那个部门工作，为了他的女儿，和他的同事一起演了这么一出戏，用他们以为天衣无缝的方式把我甩出竞争的队伍。我丝毫不怀疑那位父亲的爱女之心，可是，要为此牺牲一个与他的女儿一样对未来充满希望的孩子的梦想，他是有些残忍了吧？

重新给广院报了成绩，可事情还没有完。广院表示衡量了成绩之后愿意录取我，但我已经收到天津商学院的录取通知书，也就意味着我的档案已经被天津商学院提走了，如果人家不退档，广院是无法录取我的。那段日子，父亲开始了河北、北京、天津三点往返的奔波，先是到北京恳请广院等待几天时间，广院很痛快地答应了；再到天津恳请天津商学院退档，这是相当困难的一件事，那年天津商学院是第一次开设酒店管理专业，希望将此打造成学院有竞争力的专业，所以对生源很重视，当然不想让已录取的学生退档。不知父亲到底怎样向校方解释并且恳求的，终于精诚所至，学校同意将我的档案做退档处理。但档案又不能直接退到广院去，还要退回河北生源地，由广院再走一遍从河北招生的所有程序。父亲仍旧不放心，一定要自己盯着这之后的每个环节，那年河北高招办好像设在邯郸，父亲当天便从天津赶到邯郸，又从邯郸跑到北京，直到亲眼看着我的档案交给了广院招生办，得到了学校过几天就发录取通知书的承诺后，才回到石家庄。

我几乎是全班最后一位拿到录取通知书的，不知道是否也是拿得最困难的一位？我原本以为自己应该是最顺利的一个。对我来说，这几乎算是真正的成人礼，我第一次体会到了什么是世事绝非尽如人愿，做好自己的本分，并不一定就能顺利收获期望的结果。很多因素，甚至是你根本无法意识到的因素，却有可能影响你的人生。

但世事亦在人为，父亲用尽全力与试图左右孩子命运的手较量着，并最终胜利。高考录取，也真的第一次让我懂得了父爱那无言的、厚重的爱。我现在还能回想起父亲回到家里告诉我一切都处理好了的那一刻，他看上去那么疲惫，可又那么欢快。父亲很少对我表示出亲昵，

我与父亲

可那一刻，我突然明白了他心里有多么爱我，那一刻，我开始长大了。

如今，父亲已经走了多年，每到高考录取的时段，我都会想起那段日子。而他，在天堂里，也会想起当初为我奔波的日子吗？也许不会，他一定会觉得，那对于一个父亲来说，该是太平常的事吧。

这么多年过去了，尽管当年的"成人礼"让我知道了世事不可能尽如人意，但因为一直记着父亲后来和我谈及此事时说过的话："不管别的，这辈子，你还是要凭本事吃饭。"我一直尽力做好自己该做的每一件事。父亲说的这个本事，我慢慢懂得，不仅有能力，更有态度。而我，也始终有一种心结，这种心结在父亲走后变得愈发强烈，父亲当年那样用力地为我争得人生的机遇，我又有什么理由不好好做事，那岂不是在浪费父亲的心意？父亲走的时候，我因为工作，没能在病榻边多尽孝，我愧对他。我会继续做好父亲那个听话的孩子，让他在天堂不再担心和操劳。

爸爸，我很想念你。

写给妈妈：不是祭文的祭文

2018年11月15号早上8点，我在首都机场的候机楼等待出发，就在这个时候，接到了姐姐的电话，7:15，妈妈走了。

一下子，我仿佛回到了13年前，2005年2月3号那个冬日寒冷的下午，也是在工作中接到姐姐的电话，说爸爸快走了。但至少，那一次，我冒着半路突然纷飞满天的雪花奔回家中，算是送了爸爸最后一程，尽管那只是某种形式上的坚持。而这一次，妈妈走的时候，我是真的咫尺千里了。

总说忠孝不能两全，也没有谁为此责备我，可是，这锥心之痛只有真的到来，才发觉如此不可承受。同行的同事看出了我的异样，小心翼翼地询问，我尽力控制着情绪，"我妈妈走了"，可开口的瞬间，泪水奔涌，我逃进卫生间。

工作已箭在弦上，我能做的，只有挺住。十几个小时的飞行，身旁的人大都闭目酣睡，我睁着眼睛，眼前一幕幕过着妈妈的影子。当心痛到承受不住时，便一次再一次躲进卫生间，有飞机隆隆的马达声掩盖着，我尽可以失声痛哭。

并不是没有心理上的准备，这次出国出差，我心中始终矛盾着，而最终没有下决心不走，一方面是工作的必须，另一方面也是心里始终有这样一份执念，妈妈一定可以陪我们走完这一年！我还曾笃定地跟姐姐说过，我就是有一种强烈的感觉，妈妈可以坚持到明年。出差的前两天，我回去看望妈妈，要赶回北京的时候，我在她耳边说："妈，

妈妈和我,那个年代彩色照片很少见

一定等我回来。"可是,妈妈没有等我,她到底还是走了,她大概真的坚持不下去了吧。

在电话里,我和姐姐说,从今天起,我们就是孤儿了。

人到中年,像这样的离别本不属意外,但无论做了怎样的心理准备,那一刻,仍然有着太多的痛,太多的不舍与遗憾。妈妈一生都好强,最后在病榻上缠绵的那两个月,该算是她从来没有过的无助和脆弱的时候。而我最后陪伴她的时间,就像过去这些年里一样,少得可怜。我知道妈妈其实一直在很努力很努力地坚持着,因为除了起初的几天她被痛折磨得说了几次类似"不治了"这样的话之外,大多数时间里,她并不轻言放弃。也许在她心里清楚地知道,只要她在,我和姐姐的家就还在。而她最后还是走了,也许是不想再成为我们的负担,也不想那样不堪地生存下去了吧。

真的,我这些年陪伴她的时间少得可怜,在电话里听到妈妈说得最多的一句话就是:"你忙你的吧。"这几个字里,究竟包含着多少意思?除了她自己,又有谁能解读得清楚呢?上次回家,我在整理一些妈妈住院用得到的东西时，忽然发现，一向都是整齐细致、会将物品分门别类归置得很好的妈妈，有很多东西竟也凌乱起来了。我蓦然心惊，不难想到，她更多时间独处空屋的时候，大概真的没有那么大的心气儿去做这些事了。而这些，竟都是我疏忽已久的。

这些年，我竟再也没有与妈妈合影。尽管现在拿起手机拍张照片是如此容易，可我翻遍了先后更换的几个手机，竟一张也没有。我是多么坚信日子还将长长久久？还是压根就忽视了她的存在？同样，我竟没有留下一件过去妈妈亲手为我织的毛衣，反而匆匆追逐着那些所谓新鲜的时尚。如今，抚着她最后给自己织的还没有来得及穿的毛衣，那种熟悉的仿佛妈妈怀抱一样的感觉瞬忽包围了我，那是永远都不会忘记的妈妈的气息。

我想回家，把用了几十年的那张竹躺椅带回来，那还是我上小学的时候，妈妈到四川出差，千里迢迢辗转了四川、湖北几个省份一路背回来的。那是我小时候对夏天的深刻记忆，当然，也是我至今无法想象的一路重负。此刻，耳边好像又听到了妈妈常抱怨我的那句话："那么大个人，这点东西都嫌沉。"

我想回家，再住几天，那里有着从此后再也没有了的家的气息。过去总是忙忙忙，不经常回家，只时常会用手机上的监控看一眼客厅里摄像头的实时影像，通常都会看到妈妈坐在沙发上看电视，或者和偶尔到访的老邻居聊聊天。只要看到她在那儿，我也就踏实了。妈妈最后这次住院的消息，其实姐姐并没有第一时间告诉我，是某天我值完班习惯性地打开手机，却发现晚上7点半的时候家里居然黑着灯，这显然不正常，赶忙打了个电话，果然，妈妈住院了。这十几年里，她的身体一直不好，隔三岔五到医院去是常事，但我无论如何没有想

因为没有近期和妈妈的合影,我自己拼了一张

到的是,这一次竟是一去不回。

　　我想回家,把妈妈的那几盆花再浇浇水。她似乎从来不喜欢养小动物,但对植物情有独钟。几盆芦荟、富贵竹是她晚年撑着病体极力悉心呵护的植物。如今,都枯萎了。我很想再吃几块妈妈做的酱牛肉,也许别人会觉得香油的味道未免重了些,可只有那样的味道才是我心底固执地认为酱牛肉该有的味道。我很想再陪她好好说一会儿话,这些年即便回家,能静静地坐下来陪妈妈聊聊天的时间,照样少之又少。再加上我真的遗传了她一半的急脾气,在亲人面前,放松的同时也不免多了放肆。常常两句话没过,我还是会忍不住和妈妈呛起来。大多数时候,为了避免出现这样的情况,我就只做一个听众,听她越来越重复又重复的那些话,也难免一耳进一耳出。

可如今，我想认认真真踏踏实实地再听她唠叨几句，听不到了。

十几年了，妈妈已越来越少提及想抱孙子、孙女的事情，仿佛心有不甘，可又无力回天，就这样接受着我选择丁克的事实。可如果能重来，我想我一定会早早遂她的心愿，让她膝前多一个冰雪可爱的孙子，那也是她生命基因的复刻，会在未来她在或不在的日子里、在这个世界里留着她的或深或浅的印迹。不是吗？随着年纪渐长，我越来越惊叹于生命基因的强大，在我身上，父亲母亲的特质都越发凸显出来，爸爸的寡言隐忍和妈妈的冲动急躁，如此矛盾又统一地成为我的个性特征。而从他们身上，我亦承接着正直、善良、自尊，不轻易麻烦别人，满怀赤诚却又与他人始终保持着适度距离。而在一些外在特征上，每当我大步流星被旁人一路追赶并抱怨走得太快时，我会蓦地想起小时候，在院门口翘首盼着妈妈下班回家，远远地，会在街道拐角看到妈妈转过来，仿佛瞬间就出现在我面前，那同样大步流星的身影；每当我对着一杯热水或一碗热汤那升腾起的水汽时不由自主发出短促的吸气声，每当我专注和用力时舌尖总下意识地舔上上唇，我眼前都会蓦然闪现妈妈几乎一模一样的神情和姿态……

所以，我想，妈妈终究还是没有走，因为她终究在我和姐姐身上、身边都留下了永远的印记。其实，我内心深处从来没有真正相信过所谓前世今生，但是这一刻我坚定地相信，妈妈没有离开，她不会离开，她的灵魂永在，她会永远记得我和姐姐，会记得她的孩子们，她会时时抚摸着我们的灵魂，就如同小时候时时抚摸着我们的身体一样。

妈妈的告别仪式举行时，我仍在万里之外。按着姐姐告诉我的那

妈妈和我

个时刻,我朝向故乡的方向,给妈妈长长地磕了三个头。

妈妈走后的很长时间里,我都没有梦到过她,可最近,我接连梦到两次。一次梦到她和爸爸一起,收拾了行李好像要出远门,临走前,她一直唠叨着:"我们走了以后,你们每天也不做饭,吃什么呀?"又一次,我梦到妈妈穿着一身她从来没有过的颜色鲜艳到华丽程度的套裙,踩着一双她从来没有穿过的高跟鞋,脸上是宛若少女般的红晕与娇羞,她说:"我参加了一个舞蹈班,得学着穿高跟鞋了。"醒来,我没有眼泪,心里反有了一丝畅快,我相信,妈妈在那个世界,仍在记挂着我们的同时,也一定开始了她更快乐的生活吧。

第一次出国旅行的我们

与妻书：万千荣耀，不及日日晨昏间的琐细

亲爱的：

  我想，若你读到这封信，恐怕会有些许的讶异。是的，好久没写过这样的信，也好久没有这样叫过你了。生疏？会有一点吧。我们已经越来越习惯那更多带着寻常日子里烟火气的称呼——当然，那是只属于我们之间的，哪怕是心血来潮随口胡乱叫出的什么，也自有一种只属于我们的默契。但忽然地，就想找回爱人间最通用的这三个字，来呼唤你，仿佛只有这样，才最合我此刻的心意。

  此刻，我正在出差飞往国外的航班上。夜机，周围的人大都已昏睡，灯光幽暗。看看表，北京时间已过0点，已经是我的生日了。在这样的日子奔赴如此遥远之地，还是第一次。毫无先兆地，随着距离一点点变远，思念就这么一点点在这个狭小的机舱里氤氲开来。

曾经，我有一种不知从何而来的执念，认为人终究是一种孤独的生物，一个人来到世上，就要一个人面对所有。也因此，生日于我，只不过是提醒自己与这世界存在着某种关联而已，似乎并没那么重要。那时的我完全无法想象，我的生命还可以与另一个毫无血缘的生命融合在一起，我的生日还可以成为父母姐妹之外另一人的生命密码。可是，遇到了你，那执念便瞬间不再，我竟是那样欣喜地去拥抱你的生命，甚至希望将自己的生命解构成无数的碎片，以便能够嵌进你生命的每一个缝隙中。即便孤独，也是两个人合成的这个个体的孤独；无论面对什么，也是这个个体的一起面对。也因此，现在，生日于我变成了某种仪式，让我一次次确认自己与这世界存在的关联，确认我的生命对于另一个生命的意义。它变得很重要，很重要。

哦，肩膀又痛了……就在前两天，肩膀不知为何开始痛，是从未有过的那种从骨头缝里渗出来的痛。听人说有一种病叫"五十肩"，快到这岁数，痛便不请自来。难道真的要以这样的方式提醒我又长一岁，直奔着半辈子去了？

好像，之前我们很少谈到年龄的问题。但应该不是怕，细想竟是忽略，因为总觉着日子还长得望不到尽头。我坦白，不止一次吵架后会愤愤地想，怎么还没到老得拌不动嘴的时候？可如今，心中怎么也有了些许惶恐，眼前也蓦地闪现出你眼角那些其实越来越容易暴露的细纹？在岁月这个超高清镜头下，每个人都有张未上妆的脸，难以掩饰，无从闪避。也许，今后反倒该多吵吵，这样才能告诉自己还足够年轻？

瞧，我真的还不老吧，还讲得出这样幼稚的话。

都说人开始老的标志之一就是爱回忆过去，我不信。就在昨天，办公室里几个90后还在微信里发2年前的照片，标题居然叫"致青春"，这不也是回忆？哪里就成了老的专利？回忆在绝大多数时候都是主动的心理活动，人会有意识地把经历过的美好整理、强化，获得心理的满足。所以，爱不爱回忆过去，恐怕不在于年龄，而在于经历过且能拥有的美好有多少。如果非要和年龄拉扯上点关系，那大概是年龄渐长，会越发懂得流光飞舞，能真正握住的终究不多，于是总想把那些存着的美好拿出来检验、再检验。不过，我想我们是不必这样检验的，那存在于共同记忆中的，必然是最真最好的。

所以，你知道我现在最怕的是什么吗？从未对你说起过，今天便坦白了吧。那是一种疾病——阿尔茨海默症，一种会彻底摧毁记忆的疾病，这正是最最令我恐惧的。无法想象有一天，那些美好会从记忆中被一点点地剥蚀掉，该怎么办？我真怕。我甚至想过，如果真有那么一天，这可怕的疾病出现在我们身上，我希望那个人是我，因为我真的接受不了我在你眼中成为一个陌生人。而即使我不再认识你，以你的美好，我必定还会重新去追求、去拥有。对，我们不怕，我们可以再次走过那段路程，从朋友，到情人，到伴侣。我们可以把所有的美好复制一遍，所有的都不会丢掉，是的，只不过是重新拾起，再笃定地握在手里。你又在骂我胡思乱想了吧？我听到了，呵呵，这没什么，原来，把害怕的说出来，也就不那么怕了。就在刚刚这一瞬间，我忽然觉得已无所畏惧。

想起今天也是另一个人的生日——我们小时候的偶像山口百惠。之前只觉得她把自己活成了传奇，现在才懂得，在她21岁如日中天转

恋爱中的两个人

身离去时,传奇就已结束,之后的日子,她只活成自己。她用旁人看来最大的舍,换来了自己心中最大的得。之前真的不明白,万千荣耀怎么就不抵这日日晨昏交错间的琐细?现在,懂了。人终究还是要面对那个最最真实的自己,到那样的时候,自会唤起无比的勇气。就比如今天,我循着心里的声音,写下这封信。

总有些话,要有个契机才会讲出来,平日里竟是张不开嘴的。大约我天生就有种特质吧,纵使万千波澜,也依然水波不兴。

飞机要落地了,一会儿你会接到我的短信:"我到了,放心。"我呢,也会等着你的回复:"好的,照顾好自己。"当然,还有那句"生日快乐"。

姐 姐
——我曾是她的"灾难"

两年前,外甥女参加艺考,我集中为她做了一段时间的辅导。姐姐和外甥女开玩笑说:"多少考生希望有你这样的学习机会啊,你舅舅这可是上赶着给你开小灶。"确实,是我上赶着,姐姐为外甥女高考没少着急上火,我特别想努力帮她促成孩子的这件人生大事,因为,这也是姐姐的一件人生大事。

姐姐工作很忙,每天晚上九点多、十点回家是常事。而过去十几年里,大部分时间是姐姐在照顾患有肾衰竭的妈妈的起居生活、住院治疗,直到妈妈离开我们。姐姐也帮我尽了很多责任。为此,我更希望能够尽最大可能为姐姐做些什么。

虽然我选择了丁克,但如果决定要孩子,我坚信生女儿一定比生儿子好。如果有两个孩子,第一个是女儿的话,第二个不管是弟弟还是妹妹,从姐姐那里得到的关爱一定会比从哥哥那里得到的多得多。

小时候,我一直是姐姐的跟屁虫。虽然是女孩子,但姐姐的决断力、行动力都远胜于我这个男生,我反而习惯了躲在她的羽翼之下。我小时候常被周围的大人夸奖,聪明、功课好、会画画等等,父母亲也免不了常在别人面前把我当作炫耀的对象。可在我内心深处,却始终仰视着或许旁人觉得平平无奇的姐姐,我觉得她简直上天入地无所不能!她能带我偷偷找到父母放在最最隐蔽地方的备着过年用的吃食,她能带我翻过两道大门跑出去玩……只比我大两岁的她,在妈妈不在身边的时候会自觉地像妈妈一样护着我。父母也认为姐姐天然有照顾弟弟

全家福中的姐姐尚不知我将带给她一段"灾难"

的义务,于是两个人一起玩、一起闯了祸,首先要被问责的肯定是姐姐。犯错时,我比姐姐要狡猾得多,会察言观色,一旦发现父母的语气已如暴风雨来临之前的噼啪作响,就马上示弱,卖萌装可怜,事实证明这恰好能击中父母心底最柔软的地方。于我是和风细雨,于她则是雷霆万钧,因为姐姐是那种明明清楚地察觉到妈妈已拿起笤帚疙瘩准备关上门时,也仍旧不会认错的人,倔强到姥姥或者爸爸把她拉到一边儿躲开,她还是会站回原地,梗着脖子绝不讨饶。这当然会激起妈妈更大的怒火,结果必然是暴风雨来得更猛烈了。当然,有时也确实是她从心底就认定自己并没有错,所以才会有这个态度,因为那明明就是我闯的祸。每次我都很惭愧,所以就越发觉得姐姐很"伟大"。

我记忆中姐姐最"伟大"的一次壮举就是带我"长征"了一回。

我比姐姐晚一年上幼儿园,不知道每个小朋友对上幼儿园都是怎样的态度,但是据说我姐姐最初上幼儿园是被爸爸绑在自行车后座上带去的,并且一路上各种反抗和挣扎。等我上幼儿园的时候,倒没像姐姐那么抵触,反而觉得这比把我一个人锁在家里好,关键是姐姐也

从小就是姐姐的跟屁虫

在那儿。可到了幼儿园我才知道她上大班,我在小班,到了晚上我们必须回到各自的班里睡觉。开始几天我真的不习惯,小小年纪居然失眠了。我趴在幼儿园的窗口,望着外面的街道,听着运货的大卡车夜半穿过城市发出的轰隆隆的声音。如果被问道:这一生当中最早开始意识到孤独是什么时候?恐怕不是被父母锁在家里,一个人抱着收音机或是自己和自己游戏的时候,而是在幼儿园时那几个失眠的夜晚。

我们和幼儿园里的大部分孩子一样是"整托",也就是一星期只有周末能回家。那时候还没有双休日,周末只有一天,小朋友当中流行一首儿歌,其中一句歌词就是"快到星期六,回家吃大肉"。结果某个不是星期六的一天,姐姐跑到小班,特别高兴地向我们班老师报告说:"有人来接我和弟弟了,今天要请假回家。"老师问是谁来接,姐姐说是邻居家一个也在幼儿园里的小朋友的舅舅。原来他接孩子时正好看到姐姐了,就问她要不要一起回家。姐姐高兴地说:"等一下,我去找我弟。"现在想来,当时的那位邻家舅舅还不到二十岁,也不过是个毛头小子,讲话做事毛毛糙糙哪能当真？果不其然，我们姐俩得到了老师的允许，高高兴兴地跑到幼儿园大门口，发现那个舅舅早没影了，根本没有等我们，也许他只不过是随口哄哄小孩子而已。当时的情况下，要是只有我自己，一定立马扭头回到班里，等着周末爸爸妈妈来接。但只有六岁大的姐姐却毅然决然地说："我们自己回家。"我至今能清晰地记起那个冬天的傍晚，天色已暗，我完全不知道回家的路，只知道跟着姐姐走就是了，而且一点都不曾怀疑过我们是否真的能回到家。

　　石家庄并不大，回家有好几条路线，当然在小孩子眼里，每条路途似乎都漫长无比。姐姐选了一条我觉得最长的路，只是因为可以绕到博物馆前面那个大大的广场，广场上有好几层的台阶，而台阶旁的斜坡就是我们童年最常去玩的滑梯。姐姐带着我，在冬日的暮霭沉沉中，竟然还兴致勃勃地玩了一会儿才继续走上回家的路，真的到家时，天已经完全黑了。

　　我至今记忆清晰却又无法想象，一个六岁的小女孩带着一个四岁的小男孩，究竟是怎样行走在冬夜回家的路上。更无法想象的是，我竟没有一丝害怕和忐忑，只因为有姐姐在，只因为她坚定地说，没问题，我们可以回家。

　　父母打开家门的一瞬间，脸上写满了不可思议。结果可想而知，家长本能的后怕又让姐姐挨了一顿暴打。

　　直到现在，回忆起儿时时光，姐姐还会说："你小时候给我带来多少灾难！"

　　长大后，姐姐的强势倒没有时时展现，相反她甚至愈发规矩起来，高考、就业这些人生重大选项，都顺从了父母的安排。只是在恋爱、婚姻的选择上，一下子又能看到她儿时的坚决与不妥协。

　　落笔成书时，我忽然意识到，这么多年我和姐姐之间非常深入地交流、谈心的时候并不多。父母和我们都不善言辞，偏偏骨子里又都有这个家独有的那份执拗，虽然我现在从事的职业和说话有关，可我们家里的每个人都更擅长把很多事埋在心里。

　　印象中和姐姐有过两次长谈。第一次就是她在大学时恋爱了，20世纪80年代末的时候，父母的观念还非常传统，认为上学时就应该专注学业，尤其是女孩子。起根儿上反对的必然结果，就是父母对那个"带坏了自己女儿的男生"诸多责难，要棒打鸳鸯。我终于又看到了儿时那个能拿大主意的姐姐，而在与父母的僵持中，我拍着胸脯要扮演支持姐姐的那个英雄角色，也就是那一次，她和我说了很多话，无论父母能否让步，她都要坚持自己的选择。现在回想起来，那时幼稚的我又能给予她多少支持呢？或许我的所谓助力根本不在姐姐的考虑范围之内，她只是太需要一个倾听者，需要吐露一下内心的声音。但我一直为自己曾经充当过姐姐需要的一个倾听者而心下甚慰。

　　第二次长谈是在父亲去世之后。我们都因为没能在父亲生前去好好了解他而深深痛悔。父亲生前为我们付出了很多，而我们却没有强烈地意识到这一点。我们反思，当面对亲人的时候，是否真的需要所谓的坚持甚至执拗，那些坚持和执拗是不是反而在亲人之间建起了隔阂。

　　也是在那一次，姐姐说，成年后的很多年里，他们都开始有点儿怕我，和我讲话的时候也会小心翼翼地措辞。听到这样的话，我非常惊讶。我始终清楚自己和父母的沟通不够充分，措辞也不够完美，但和姐姐不应该存在这样的问题啊！究竟是什么让她有这样的心理，在面对我时会如此担心，甚至用到了"怕"这个字眼儿呢？！也许说到底，

我和姐姐大学暑假去旅行

我骨子里确有一种自己的所执，面对朋友、同事或是陌生人的时候，尚能表现得很温和，反而在家人面前却是最真实最松弛的自我，于是经常会表现得不容分说、不容置疑、独断独行，甚至会有不耐烦的表达。日积月累，难免给家人带来心理上的沟通障碍。

  从那一刻起，我开始慢慢地修正自己。也是从那一刻起，我才意识到从小我便认为无比强大的姐姐，随着年龄的增长，也会有很多无力和无可奈何的时候，她可以是强势的，甚至必要时舍我其谁，但现在，有很多时候，她需要已经成长起来的弟弟给予她更多的支持和抚慰，可我做得显然还不够好。过去的几十年里，大都是我在享受她的关心和照顾。如今父母都走了，我也终于要长大了，姐姐已不再能如儿时母亲不在身边时一般呵护我于羽翼下。现在，反而是我希望尽我所能，帮助姐姐做些什么，哪怕微不足道，哪怕历尽艰辛，我都愿意。

  回到起笔处——我一直觉得家里面如果不止一个孩子，终究是要比独生子女更幸福一些的，因为每个人能得到的爱，总是比付出的爱要多得多。

6

平均分

Energy
and
persistence
conquer
all
things.

我的孩子们

萌宠人生

从结婚第一天起,我和太太就无需沟通地一致决定:不要孩子,组个丁克家庭。为此,没少被父母、亲朋诟病和劝诫,他们的不解也很一致:"为什么不要孩子?老了以后怎么办?这么好的基因浪费了多可惜!这样做是不是太不负责任?"大概所有选择丁克的人都被这样拷问过吧。对于这些问题,我给不出能让发问者接受的答案,因为他们选择的是养育儿女,选择的不同就决定了在这个问题上我们永远不可能取得一致。那就各得其所吧,每一种选择都不分好坏或对错,只是要承担这个选择带来的所有结果,相信不同的人生会有各自的圆满。

没有要孩子,并不代表着我们未能享受做父母的快乐、未能体会做父母的操心,因为,我们家有萌宠。

一

我们这一代人的童年大概都是和"宠物"绝缘的。我小时候只有家禽、家畜的概念，家里养鸡，母鸡生蛋，公鸡打鸣，这就是我和小动物仅有的密切接触。甚至曾经对狗、猫相当抵触。

我很小的时候，住在保定的姥姥家，院子大门口有一只别人家养的大狼狗，见人就叫，我怕得很，每次经过大门口都躲着它走。有一天我去养狗的邻居家玩，一进门我最先观察那条大狗在不在，听听是否有狗叫，确认它没在，我才敢踏实地一屁股坐在门口的椅子上，结果一个毛烘烘的大脑袋突然从椅子下面伸了出来，原来那条大狗，正在椅子底下安静悠闲地趴着，我可真是吓得一激灵，魂飞魄散地拔腿跑回家。自从那次受了惊吓，我不仅是看到狗，连带着看到猫什么的动物都浑身紧张，从根儿上起没动过养小动物的念头。

可我太太的童年和我的完全不一样，她养过各种各样的动物，小兔子、小鸭子、小猫、小狗，甚至小刺猬，都可以夸张地说家里开过动物园。

据她自述，上小学的时候，有段时间她每天都把小鸭子放在衣服里面带去上学。我很好奇："老师不管吗？难道你的鸭子就不会叫或者在教室里拉屎吗？"可她说她的小鸭子特别乖，特别听话，从不惹事。不料有一天，她在家做作业时，爸爸妈妈在说悄悄话，偶然听到一句"这个不要让她知道"，她最终还是知道了——爸爸不小心一脚把小鸭子踩死了。为此，她大哭了一场。当初听她讲这些时，我颇不以为然，直到后来我们养的小猫妞妞走了，我才真切地体会到了那种悲伤的心情。

她很喜欢猫，小时候养过两只猫，叫豆豆、咪咪，可跟她的缘分都不够深，不是跑丢了就是被送走了。所以她一直有个梦想，希望有一只猫咪能够像家人一样，长长久久地陪伴她。

尽管那时候我心里对养猫还是有点点排斥，但在她的坚持下，我们领养了第一只小波斯猫。"小女娃"漂亮中带些妩媚，可又极其调皮，我给她起名叫皮皮。

小猫和小孩子一样，天性好奇，精力旺盛，一刻不停地跳来跳去，很难安静下来。皮皮睡觉的时候也从来不会老老实实地待在窝里或在我们脚下，她会找到一个自己觉得最舒服的地方，哪怕那个地方很脏。

皮皮也做过一些令人发指的事情。一天清晨醒来，我感觉她在我枕头旁边，随之闻到一股恶臭，惊觉原来是她把大便蹭在了枕头上。我完全崩溃了，只想用两个手指拎着她的后脖子把她扔到一边儿去。

皮皮小的时候，我因为诸如此类的崩溃，多次扬言要把她扔出去。直到后来有了更多养猫的经历，才明白这些小动物其实完全听得懂你说的话，至少能够根据你的语气揣度到你情绪的变化，犀利还是温和，他们都知道。不知道曾经的我是否给皮皮的心灵造成过伤害，至今想来，我还怀着一种深深的歉疚。

后来有一次外出前，我们把皮皮托给了亲戚寄养，结果亲戚家的阿姨认为我们就是因为养猫才耽误了生孩子，自作主张地把皮皮转送给了别人。阿姨的好意我们只好心领，可惜的是，辗转周折，直到现在，我们都不知道皮皮生活在哪里，这些年过得怎么样。算起来，那个调皮至极的小家伙如果还在的话（多希望她还在），已经十八岁了。

我们的猫儿女——左为波波，右为妞妞

在经历拥有皮皮和失去皮皮的过程中，我慢慢地学会了和小动物交流，也学会了容忍他们那些我从前完全不可接受的小毛病。也许这就像家长在养育第一个孩子时，没有经验，很多事情不知道该怎么处理，等有了第二个、第三个孩子，也就见怪不怪了。

二

在皮皮之后，我们又有了一双猫儿女，哥哥是一只大白猫，叫"波波"，妹妹是一只小花猫，叫"妞妞"。而且因为有了痛失皮皮的教训，我们再也没有把波波、妞妞长时间托出去过。今年波波已经十七岁了，而妞妞在十二岁的时候走了。我真的从来没有想象过，会和小动物一起生活这么多年。按照猫的年龄计算，他们都已是高龄成猫，可到现在，波波还经常上蹿下跳，只是比小时候能跳上的高度降低了一点点。

波波总是不失时机地欺负妹妹，妞妞总是忍辱负重

有一回他突然两条后腿像是不能自如行动般拖着走，检查后兽医说因为年纪大了又过于剧烈运动，波波可能是腰椎间盘突出——在此之前，我真的很难想象一只四肢着地爬行的哺乳动物腰椎间盘突出是什么样子。吓得我们只要再见到他登高爬低就赶忙上去协助，波波成了家中重点保护的"老太爷"。妞妞正相反，直到走之前，她一直保持着对什么事情都好奇的小猫咪的样子和神态，只要见到她，就会觉得生活充满了活力，充满了童趣。

波波妞妞一起生活了十二年，俩人（我已经习惯于他们是俩"人"了）关系始终很复杂，既是须臾不离的玩伴，又是争风吃醋的劲敌，大的乖戾，小的厚道；大的忧郁，小的乐呵；大的胆小，小的无畏。

波波大概是之前在家里做了四年独生子，唯我独尊惯了，见到别

的猫咪通常是一副爱搭不理的样子,他对妞妞表现得似乎永远都是嫌弃,觉得她很多余的样子。

妞妞是一胎八只小猫中的一只,从小和兄弟姐妹们在一起,长大后也很喜欢和别的猫咪游戏,喜欢和每一个到我们家里来的人亲近,我总说妞妞天生就是个"外交家",偏偏这么多年,妞妞就是没能成功地把波波哥哥完全"拿下"。但其实,他们早已习惯了彼此的存在,若真是少了哪个,另一个便坐立不安。妞妞一岁大的时候曾走失过一次,最早就是波波发现的。

那天我们搬家,正埋在堆成小山一样的东西里忙碌,突然发觉波波的异样,他一直窜来窜去,发出的是与以往不同的叫声(猫的语言其实很丰富)。我烦躁地呵斥了波波——这乱哄哄的时候你还在这儿捣乱。随后发觉确实有点不对头,他一边叫,还一边在各种角落用爪扒地、寻找,我们这才发现,原来妞妞不见了。转而意识到为了方便东西搬进搬出，家门一直开着，刚刚一岁的妞妞正是活泼好奇乱蹦乱跳的年龄，估计是大无畏地借机出去玩了。

那是个冬天的晚上，外面很冷。我冲出家门，希望妞妞没跑远，脑子里忽地闪过一个念头——我太太跟着出来的时候可一定要记得带家门钥匙啊！随即身后一声门撞上的山响，我太太跟着跑出来了，如意料之中，她没带钥匙。

寒夜寻女，不管找得到还是找不到，我们都面临着进不去家门的尴尬。但当时完全顾不上，只是一心害怕妞妞跑出楼去，天那么冷、她又那么小。我们先在楼里面找，但几乎不抱希望，因为住的人多，大门开关频率非常高；再到院子里找，接着去更远的地方，无果。想着妞妞从小就是个小馋猫，如果在家门口放上她最喜欢吃的东西，她会不会循着这个味道回来呢？于是又折返回家。

回家就面临——门锁着，没带钥匙，手机也没带的困境，只好敲对面邻居的门，借用人家的电话报警开锁。大概等了二十分钟，片区民警带着在他们那儿备过案的开锁师傅三下五除二帮我们开了锁，真得感谢他们深夜的帮助。

当晚，我太太整宿没睡着觉，一直在哭。我一边安抚她，一边在想接下来怎么找妞妞。那一刻，我特别强烈地意识到，波波妞妞和我们的生活联系得多么紧密，他们就是我们的亲人、我们的孩子。一夜无眠，第二天一早我去打印了数张寻猫启事，开始在楼里逐层张贴，还特意咨询了物业，保证贴出的启事不会被当成非法小广告撕掉。接着在院子里继续找，遇到贺红梅，贺姐见到我太太肿得像桃子一样的眼睛，大惊失色，问道："是不是家里出了什么事儿了？是不是有人生病了……"我忙解释是小猫丢了。贺姐平时颇有些害怕动物,她脸上纠结的表情仿佛在说:"猫丢了,至于哭成这样吗?"但她又不好在我们面前表现得太过轻松,只能安慰几句,说肯定能找到。在当时,即使这样的安慰也足以给我们打气。但时间一点一点过去,我心里越来越惴惴的,几乎已经认定妞妞可能真的找不回来了。只能默默祈祷,她那么小,那么可爱,即便回不来了,也有好心人把她抱走吧。

我们带着沮丧和无助往回走,一进楼,做保洁的大姐问:"你们找猫啊?今天早晨我在楼上打扫的时候好像听到有猫叫。"霎时,我们如获至宝,赶紧拉着大姐问:"在哪一层您记得吗?""好像在二十层。"我们不敢坐电梯,生怕大姐记错了,又担心妞妞万一跑到别的楼层去了呢,就开始一层一层往上爬,一层一层去找。

结果妞妞真的在二十层!就躲在防火门背后的一个小角落里,可怜兮兮地冲我们叫唤着。不知道她这一夜经历了什么,怎么会在爸爸妈妈拼命寻找的过程中擦身而过。

即便过去十二年了,我依然清楚地记得那个时刻。后来,我在播报新闻时遇到寻找丢失孩子的信息,总会有种特别的关注。有时在画面中看到多年之后一家人团聚,我总会想起妞妞失而复得的那一刻。也许有人会觉得我这样的联想过于夸张,但那一刻的妞妞于我们,真的像子女于父母一样,有着割不断的亲情的牵扯。我太太抱起妞妞哭得稀里哗啦,我在心里感谢老天,没有把我可爱的孩子夺走。

把妞妞抱回家的时候,她已经饿了一天一晚,到家后即刻大吃大喝起来。波波看到她,还是保持着那副"凛然不可亲近"的"高冷"范儿,并没有特别亲近,也许在他心里,妹妹不过是跑出去转了一圈又回来了而已,一切都没有变化,自己依然可以偶尔欺负欺负她,"猫生"不过如此。

有了妞妞走失的经历后,我在院子里、公园里或其他地方再看到那些流浪的小动物,总会想,他们是不是也曾经有一个温暖的家?是不是也曾经有疼爱他们的家人?在力所能及的情况下,我都要想办法去帮助他们,至少给他们提供一点食物和水,让他们在寒冷的夜晚,能够多一点点热量抵御严寒。

后来我的几位同事发起成立了一家动物保护的基金组织——它基金,我也参与其中。这几年"它基金"一直在推动动保宣传、以领养代替买卖、流浪动物救助、动保立法等方面的工作,呼吁更多人成为善待动物的倡行者。很大程度上,是和波波妞妞共同生活的经历,促使我愿意在这件事情上去多做一点,多努力一点。

三

萌宠人生,当然也不会只是快乐,烦恼、痛苦都经历过。和他们一起生活,要用很大的包容心去爱他们,哪怕他们在无意中伤害到你。

有一天,大概凌晨两点多钟,波波突然从睡梦中惊醒,跳起来在屋里乱跑,跳到我们的床头,又从床头往下跳。只听我太太一声惨叫,开灯一看,我吓了一大跳,她的眼皮上在流血,是波波跳下来的时候爪子碰到了她的眼睛的位置,眼睛啊!大半夜直奔医院,所幸检查后确认眼睛没事,但眼皮上有一道伤口,也要打疫苗预防感染。回到家,我真想痛打波波一顿,但看他望向你的无辜眼神,我怎么也下不去手,只好声色俱厉地教育他一通了事。

伤好以后,我太太的眼皮上还是留了一道疤痕,我开玩笑说,行,波波居然有这本事,会割双眼皮,以后跑出去也能独立生存了。

我好像幸运些,没有被波波在脸上留过记号,至于身上、手上的小抓痕根本可以忽略不计。只是有一次要带波波去另一个爱猫邻居家,几层楼的距离,我觉得不用再麻烦地把波波装进出门专用的旅行包里了吧,直接抱他下去就好了。结果一出门,波波突然像变了一个猫似的,狂躁起来,挣脱开我飞奔回家,在门口一下一下窜起来撞门。在他挣扎的过程中,我的手被他划了一道深深的口子,那可能是我被他伤得最厉害的一次。可笑的是,我当时脑袋里一直盘旋的念头是,这一道子把我的掌纹都改变了,是不是也会改变我的命运啊?事后,波波依然用他那柔弱呆萌的样子,又一次打败了我。伤口愈合了,也没有留下太大的疤痕。自那以后,父子相安无事。

这样的故事还有不少,现在一一回想起来,只余甜蜜。

说起来,人与人是要有缘分的,人与其他的动物又何尝不是?起初的邂逅或相逢总是不经意、甚至不努力地想,都未见得记得起那一瞬间的情景,可偏偏在今后的岁月里,你们就成了难以割舍的亲人,这样的缘分多奇妙?我现在努力地回忆,也只记起波波初来家里时偷偷在墙角拉了小小的一橛儿屎,妞妞初来家里时最爱舔棉签上蘸的牛奶,没多久,他们就开始上蹿下跳,让人不得安生了。

波波小时候有各种各样的怪癖,爱偷看别人洗澡,吃东西特别挑剔,对很多猫粮都不感兴趣,偏偏喜欢吃人吃的东西,比如红烧带鱼、淀粉类的大馒头、老玉米、红薯、糖炒栗子……妞妞的饮食习惯和波波大相径庭,她是舔着我用棉签蘸着的牛奶长大的,最喜欢的是酸奶这样的奶制品,当然,对肉类也永远来者不拒。

看着这么一个暖心贴心的小东西，气一下子就消了一半

波波特别聪明，小脑袋不知道一天到晚在琢磨什么事情。每次我和太太吵架，他就会特别紧张，会用特别可怜和无助的眼神看着人，好像在说："你们别吵了，应该好好在一起。"看着这么一个暖心贴心的小东西，气一下子就消了一半。

妞妞是个"傻姑娘"，每天都高高兴兴、乐乐呵呵的。我工作压力大、心情烦躁的时候，只要回到家，看到妞妞那么快乐，软软的一团腻在我的怀里，心立刻就融化了。那一刻就觉得无论发生什么事情，家里永远都有这样温暖的存在，有能够为我疗伤的小家伙。

四

其实，叫他们"宠物"，只是用了一个大家都熟悉的代称而已。在我心里，实在不觉得自己给了他们什么"宠"，不觉得给了他们一个安全的家就仿佛有恩于他们一样，因为他们同样给了我很多。他们给我的最珍贵的，就是让我认识到了人与其他的生命之间可以有如此丰富的沟通方式。真的，在与他们一同生活之前，我从未了解其他动物表达自己的方式那么多种、那么细腻。他们也有那么多的表情，他们会与人亲近、疏远、起腻、赌气，他们凭着永远不做假的直觉与天性和人交流，这多么宝贵！我们可以与这世界上的其他物类如此地贴近，可以多一种与这世界沟通的渠道，我以为这很好。

当然，我曾经惭愧自己仍无法做到完全平等地看待生命，怎么对有些动物仍会产生厌烦、恐惧？即使他们的样貌、性情不讨喜，可他们不也是这世上的生灵？慢慢地，我学着释然，或许我与他们的缘分还没到，就像我可以努力去同所有人交流，却不一定能与每个人成为知心朋友一样。而对于与波波、妞妞已有的缘分，我会无比珍惜。

如今，仍有不少亲朋在催促我们："难道一直丁克下去吗？"我还是给不出答案，或许未来也会有改变，去经历重新的选择。但可以肯定的是，萌宠人生会继续下去。他们一天天老去，不可能伴我们终老，而我们到底是可以陪伴他们一生的。到目前为止，全世界最长寿的猫活到了三十一岁，我们定了一个小目标——波波、妞妞，你们一定要和爸爸妈妈一起努力，超过这个纪录。（可惜，妞妞没能坚持住，关于她的故事，详见《妞妞，送你离开》一文。）

妞妞，送你离开

我的妞妞，走了。

她走得那么突然，我真的一点儿心理准备也没有。

这一段时间她确实看着有些不舒服，最初是肚子突然胀得鼓鼓的，但是因为妞妞一直是个贪吃的、标准的小馋猫，所以我们只是习惯性地以为她是吃撑了肚子，肠胃胀气。似乎也是在印证着这样的判断，过了几天，那鼓胀消下去了，当时我们仍习惯性地认为，一向健康的妞妞，是因为有着强大的自愈能力，所以自己康复了。其实，那个时候，恐怕已经是她病根深种的阶段了，我们是多么粗疏、多么不合格的爸爸妈妈啊。

又过了一阵子，妞妞明显地瘦了。尽管她从来算不上肥猫，但也一向圆滚滚肉乎乎的，健康而壮实，这一下子瘦下来，才让我们真的觉得不对劲。同时，发现她的呼吸很急促，似乎每一次呼吸都要使出最大的气力。永远在忙碌中的我，从宁夏出差回来，第二天带妞妞去了医院。从出门到做检查，再到拍X光片、抽血、打点滴，我的妞妞乖觉得让人心疼。她自然是不愿意去医院的，但不像波波哥哥那样，要发出巨大的嘶吼表示自己的不满，妞妞即便不开心、不愿意，她也总是会忍着。

检查发现妞妞出现了乳糜胸，这是一种可能由多种原因引起的动物疾病。那天，医生从体重只有六斤的妞妞的胸腔里抽出了将近二百

妞妞这么专注地看电视里的爸爸，不多见

毫升的积液！难怪妞妞每一次呼吸都那么艰难。抽出积液后，她喘得不那么费劲了，可到底是什么原因造成的乳糜胸，一时还做不了判断。毕竟，妞妞已经十二岁了，猫咪的十二岁大概相当于人的花甲之年，她真的已经步入老年了，可能会有各种各样的病灶会引起这样的症状，只能一一排查。是啊，直到这个时候，我们才突然意识到，妞妞已经不再是身体机能良好、总是充满活力的"小姑娘"了！可是，她真的几乎从没生过病，她的眼睛里总是闪着单纯的光，叫声也一直都是那样嫩嫩的，呆萌无比，让我们怎么把她当作一只老年猫咪来看待呢？那天在医院里，旁边的一个奶奶还问："这只小猫有五岁了吧？"妞妞总是会让人误以为她不会长大，不会老，不会病，不会死。

其实，一直到现在，我仍然不能够接受她长大了，她老了，她病了，她走了。但回想起，妞妞仿佛真的预料到了离开我们的时刻即将到来，她其实有过和我们认真地告别。都说猫是精灵，他们有着超越人类的感知能力，现在，我更加深信不疑。

从宁夏出差回来，我又马不停蹄地奔向了长春。到长春的那天上午，妞妞妈妈打电话说妞妞今天好多了，吃了很多东西，除了她喜欢的罐头，还喝了酸奶，而且妈妈到哪儿妞妞就跟到哪儿，简直寸步不离。她以前也经常这样，弄得我们常说她是块"黏"糕，而病中的妞妞，这样黏人，看着格外让人心疼。我在电话里说，不能掉以轻心，已经联系好了农大的动物医院，我回去就一起带妞妞再去检查，让更有经验的医生赶紧确诊，得抓紧治，真的不敢再耽搁了。下午，我又接到了妞妞妈妈的电话，她哭着说，妞妞又喘得很厉害，我一边安慰她千万别慌张，也可能是天气太热，也可能是她跑了跳了动作大了所以呼吸急促，一边告诉自己当晚就赶回去，第二天马上带妞妞去看病，真的不敢再耽搁了。

可偏偏，就耽搁了。夏末北京频发的雷雨让当晚所有从长春回京的航班都取消了，火车票也买不到，我只能第二天一早赶回北京。农大动物医院很忙，之前的预约只能取消，和医生再次联系之后又改成了次日一早。我心里很急，但那个时候我一遍一遍告诉自己：妞妞肯定会挺过来，妞妞肯定不会有事，我无比坚信这一点。回到家，进门的时候，妞妞趴在她平时最喜欢待的地方——一个小软垫子上的小凉席上，背对着我。我在门口叫了她几声，她似乎没有听见，头没有回，只是耳朵有轻微的晃动。我轻轻走过去抚摸她，她这才抬起眼睛看了看我，那目光和平时没有什么区别，就像每天我回家时候一样。只不过因为不舒服，她没像平时那样嫩嫩地叫几声来回应我，但是我能感觉到，妞妞知道爸爸回来了，她很踏实。

旅途劳顿的我倒头睡了一会儿，醒了想起下午原计划还有一些事要办，便赶紧起来洗漱。在卫生间里，听到外面妞妞忽然叫了起来，那声音和平常不太一样，好像在撒娇，好像在要吃的，叫得特别响，充满了依赖。那一刻,我的心一下子变得畅快多了,我对妞妞妈妈说,你女儿又在耍赖呢,精神好起来了。没想到,这竟是我最后一次听到妞妞的声音,她是在和爸爸妈妈告别吗?她应该是在和爸爸妈妈告别,只是,当时我们都不知道。

出去办完事,直到晚上九点左右,我们才回家。路上,妞妞妈妈说归心似箭,想赶快回到家,给妞妞吃专门买的低脂鸡肉罐头,我们的小馋猫病着,更不能亏了嘴。进了门,打开灯,妞妞就在门厅的入口处躺着。我们还像往常那样叫了她一声,她一定是累了,所以躺在那儿等我们。可是,她没有反应。她没有反应!一种巨大的恐惧袭上心头,我清楚地看到妞妞一动也不动……

妞妞妈妈用颤抖的声音说:"我不敢看,不敢看。"我蹲下来,轻轻地触了一下妞妞的身体,我的手触到的是冰冷僵硬。我看着妞妞的眼睛,她的眼睛睁着,已经没有了光,只有定定的凝视。

我的妞妞走了,就在我们忙于办事的时候,自己静静地走了。她那样侧躺在地上,身体呈现一种平时几乎从未有过的姿态。她睡觉或者休息的时候,要么团成一个圆圈,要么四肢蜷起卧在那儿——我常开玩笑说她在"孵猫蛋",有时候睡着了做梦的时候会是前后腿伸得笔直的样子。现在,她侧躺在地上,四肢就那么随意摆放着,好像只是累了,就那样休息一会儿。可她真的从来没有用这样的姿态休息过,我知道,我的妞妞走了……

妞妞,爸爸可不可以稍稍安慰一下自己?你是不是用这种仿佛最放松的姿态告诉我,你走的时候并没有挣扎,并没有撕心裂肺的痛苦?你是安安静静地走了吗?

耳边是妞妞妈妈痛哭的声音,这一刻,我竟然没有眼泪,我只是目不转睛地看着我的姐姐。她走了,十二年朝夕陪伴我们的孩子,真的走了。可我还仿佛清晰得如同昨日一般记着她刚来的那一天:同事家的猫咪生了一窝宝宝,我们想领养一只,在那一群小小的软软的可爱的兄弟姐妹中,第一眼对视,姐姐给我们的反应是最直接最强烈的,那一瞬间,就是我们今生缘分的开始。她一身虎斑纹,又是那么娇小,于是就叫她虎妞,慢慢地简化成了姐姐。那时候,她还那么小,吃猫粮很费劲,我用棉签蘸着牛奶一点点喂她,她吃得真猛,真痛快。后来姐姐一直都喜欢吃奶制品,酸奶、雪糕,而且只喜欢原味的,不知道是不是爸爸最初喂的那些牛奶的味道让姐姐记了一辈子。

姐姐从来都是一个懂事的孩子,她来家里的时候,波波哥哥已经做了四年的独苗,唯我独尊惯了。姐姐从来不和哥哥争什么,一切都让着,仿佛她是姐姐,是妈妈。我总说,姐姐恐怕一辈子都得生活在哥哥的阴影里,大概波波也这么觉着,所以才总是肆无忌惮地"欺负"妹妹吧。我一直以为姐姐真的可以陪哥哥一辈子,我相信姐姐知道波波哥哥也是爱她的。

姐姐,还记得吗?那一年,我们搬家,混乱当中你跑了出去,爸爸妈妈都没有注意到,是波波哥哥焦躁不安、不停地叫着四处乱转找你,才提醒了爸爸妈妈。那一晚的走失,大概算是姐姐一生中给爸爸妈妈找的唯一的一次大麻烦。一夜的寻找,一夜的焦灼,第二天一早,我们在保洁大姐的帮助下,在二十层楼楼道门背后发现了可怜兮兮地蹲在那儿的小家伙的时候,真的没有抱怨,只觉着心在那一刻软成了一团,也是在那一刻,我知道我们永远也不能分开。而如今,老天带走了我的姐姐。

姐姐从来都是一个人见人爱的孩子。波波哥哥一见生人就躲,姐妞却似乎天生是个"外交家",和任何人都亲近得起来,谁抱都可以。即使有时候被强行抱起来,大概是那姿势实在不舒服,她也有点不情愿,但从来不会挣扎反抗,实在忍不住,至多也就是把前腿抬起来挡在自己和那不会抱猫的人中间,那副隐忍难发的小样子真的让人觉得又好笑又心疼。我只见过一次妞妞暴躁的样子,那是第一次带她去洗澡、整理皮毛,我们夸下海口说妞妞最乖了,肯定会特别听话、懂事儿。可偏偏那一次,她不断地叫喊挣扎着。我真的不知道在那一刻她到底感觉到了什么,为何会那样的不安、狂躁。我真的不知道,那个时候不知道,以后也永远不会知道了。

妞妞妈妈说,妞妞走的前一天,她用针管喂妞妞吃医院开的药。小家伙当然不喜欢,但还是一点都没有挣扎,只是紧紧地咬着牙,不让针管伸进嘴里。可能直到她走了,我才真的发觉这个始终乖巧的"小姑娘",内心深处有着无比的倔强和不妥协。其实,这很像我,外表的不与人争、云淡风轻,改不了骨子里的原则和坚持。从这一点来看,妞妞真是我的女儿,没错,她是我的女儿。

妞妞妈妈一直说宁可妞妞不是这样一个懂事的孩子,宁可她是个调皮捣蛋、招人讨厌的孩子,这样她走的时候,也许我们的心不会那么疼。可我的妞妞就是这样一个孩子,一个上天派来的小天使。我总是会回想起,每天晚上睡觉的时候,她都要在我的胸口上趴一会儿,那么满足地打着呼噜。现在想起来,那是世界上最美妙的声音之一。可是,我再听不到了。

我的妞妞走了。明天我们就要把她送走了,我想带她回原来的家里看一看,在那个小小的房间里,到处都有她的痕迹和气息;我想带她到还没去过的新家里看一看,有拖延症的爸爸妈妈这么久了都没有带妞妞

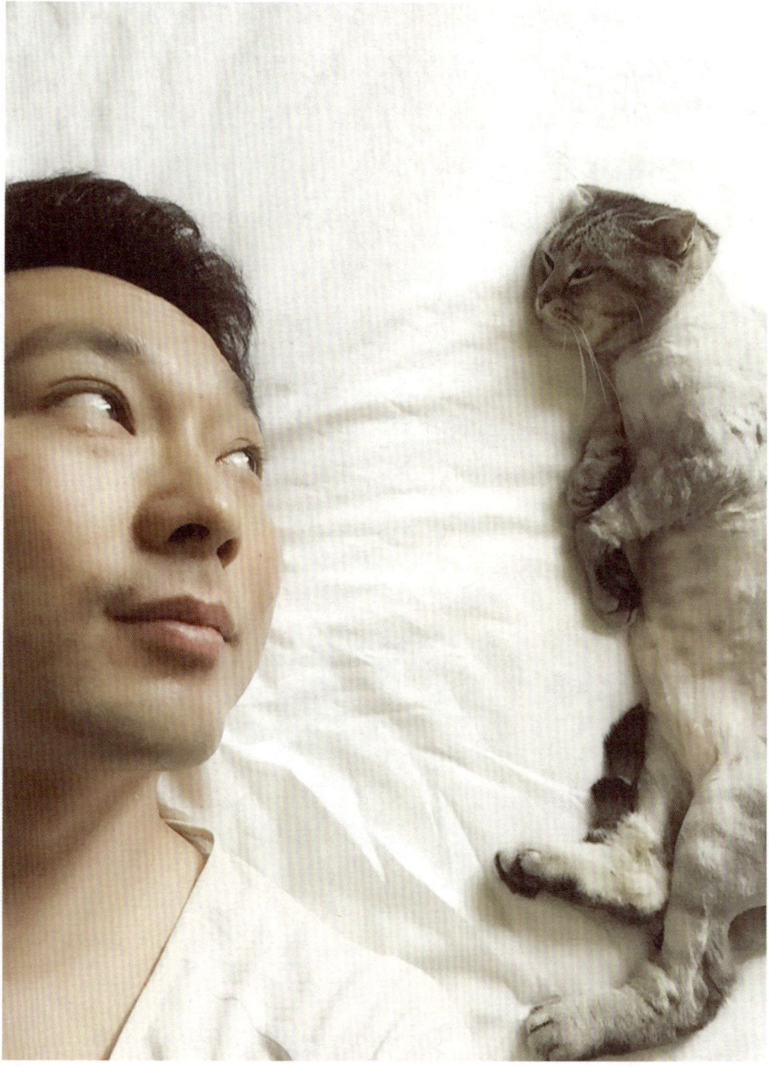

去过，还一直在担心她和波波哥哥会抓家具，会毁东西。妞妞，对不起，明天我们就到新家去看看，爸爸想在那里也能够有你的痕迹和气息。

我对妞妞妈妈说，等到哪一天波波也走了之后，我不会再养这些小动物了，不是不爱他们，而是因为太爱他们。我不想再经历这样的离别，我也不想让妞妞、波波看到我的爱还会再分给其他的孩子，更何况，我也真的再分不出那么多爱了。我真的不像自己和他人想象中那么坚强，我真的想逃避开人生更多的离别，能逃避开就逃避开。聚散离合自是常情，但我偏偏不想更多去经历，心中已经有了很深很深的刻印，这已足矣。

我的妞妞走了。我无比感谢这个小小的生命，十二年的时间里，她让我认识到了什么是毫无保留的信任，毫无保留的依赖，毫无保留的爱和被爱，那么美好。我不祈盼什么来世相聚，今生我已经拥有过，我的妞妞也拥有过，这就是我们共同的、不管经历多少次轮回都不会变的缘分。

妞妞走好，爸爸妈妈送你离开。

扫码看康辉
和他的孩子们

7

平均分

Energy
and
persistence
conquer
all
things.

那些风花雪月的事

欲寄彩笺兼尺素

人总是缺什么想什么。当你开始怀念什么的时候，也就是它早已远去的时候。比如现在，我们习惯了飞奔，却又渴望漫步。彻底地慢下来难之又难，但让自己慢下来的生活方式，总还是有的。

小的时候，我一度对水墨丹青很感兴趣。起初对中国画中墨色层层晕染开来的绘画方法百思不得其解，后来慢慢知道，原来要在宣纸上，水、墨、色调和在一起，再通过笔尖、笔肚、笔根、侧锋、中锋的运用，才会呈现出这种效果。也慢慢理解了何为笔墨，何为"画是写出来的"，欲成画，先学书。

大学毕业后我被分到中央电视台工作，先去江苏无锡进行基层锻炼。那段时光只是过渡阶段，没什么工作压力，把布置给我的工作做完做好，尚有大把富余的时间。无锡属江南富庶之地，又是明代东林

十五六岁时的作品

书院的所在地,更有惠山、太湖鼋头渚等诸多名胜古迹。年轻人总有无穷的精力,那半年里,我几乎踏遍了江南的山山水水。

在江南,会不由自主地沾染上些许文气,附庸风雅总好过一味俚俗,所以在那段时间,给朋友写信成了富有韵致的闲事——展开宣纸,或是有印花的信笺,拈毫弄管,自认为这才应是出此文采风流之地的鸿雁传书啊。江南感触颇多,信中洋洋洒洒的笔墨,也成了给朋友的独特问候。

如今信息的沟通交流变得太过便捷,秒发秒达,很多信息甚至在你还没来得及接收它的时候,就已经从你的生活中消失了。而人性亘古以来似乎都没有发生太大的变化——能迅速得到的事物,反而不会太珍惜。今天,再也不会有古人"欲寄彩笺兼尺素,山长水阔知何处"

的内心失落、无奈和期盼，但如果我们还能找回那么一点点，也许真的是精神生活中特别了不得的一部分。

今天，如若手写一封信，即使用快递寄出，至少也需要一天的时间，我们早已不再有等待的耐心，貌似也再不会带着甜蜜的心情将信慢慢展开阅读了。可是要知道，今天如若你收到一封手写的信件，若果再是工工整整的蝇头小楷，不管是友人的问候还是爱人的情书，恐怕真的意味着你在发信人心里的位置和分量，与微信短信联络人的定位实在完全不同。

如今大家每天都在"打字"，提笔忘字的情况时时出现，真正的书写反倒像是一种艺术创作，仿佛只有在特定的时间和场合，甚至有焚香沐浴的氛围才能拿起笔来。但仍有些"冥顽不化"的朋友，甚少用微信等便捷的通信工具沟通，只要可能，他们仍然选择传统的，因缓慢而必然显得老套的方式。问之：何为？答曰：慢，才有仪式感，生活之美很大程度在于仪式感。因为仪式永远需要从容，需要一板一眼，一举手，一投足，都要多一些用心，也就多一分雅致，生活方上升为艺术。在艺术领域，无论书画还是诗词歌赋，我们都无法企及古人的高度，这是时代的必然，然而过往的时代又究竟如何造就了那些艺术高峰？现在我们看到的很多传世书画、诗词歌赋、珍贵器物，其实可能不过是古人性之所至随手写下的一封信、一个便笺，抑或某个再日常不过的家什，而这种在日常生活中生发出和逐渐形成的美，是何等难得而自然，因为美就在生活中。当你在生活中无处不在追求美感的时候，无形之中，生活的品质、品位都会完全不一样。

这与金钱可说有关也无关，更多是与心性有关。现在，恐怕比金钱更为奢侈的是拥有时间，拥有可调控自己内心节奏的能力。那些静心纯粹而不功利地学习着茶道、花道、书法、绘画的朋友，我想他们是在慢中刻意地寻找，寻找一种等待，一种盼望，一种能让自己心态平和、平静的方式。当然，这样的选择并不能改变现有的生活，时代的发展在急速推进，有时文化越来越呈现出的轻浅甚至粗糙却在大力裹挟着你向前奔走，但是，人心底总还是有一种对宁静、对美好、对能够唤起我们记忆的物与事的渴望。

现代生活中，我们拥有很多工业化的美，或者说后工业化的美，这种美当然需要，可我以为，这种美可能更多会给人一种冷冰冰的、机械化的距离感，而传统之美拥抱着我们的身体和感官，那是很贴近、很温润的一种美，为什么不把它留得更长久一些呢？现在很多传统文化中精华的部分回流，有时是以某种略显笨拙的方式表现出来的，但不管会不会被别人嘲笑附庸风雅，我认为，更多人开始意识到这一点，就难能可贵。

绿茶心处是江南

我总觉得前世与江南必是有渊源的，否则怎么初见山温水软，竟有了归家的欣喜？怎么尝过了众多饮品，还是钟情龙井的芽旗？其实自小对茶的概念很模糊，能回想起来的只有茉莉花混合的茶香；也没有细细地品味，只有放学归来抱着冷茶壶牛饮。莫怪，北方的粗粝哪能轻易养得温润的君子？那只收"旧年的雨水和梅花上的雪"烹茶的妙玉合该是从南边来的。但缘分总是缘分，现在的我也学会了捧着一杯新鲜的江南绿茶，看着它们在水中的曼舞，使劲嗅一嗅初春的气息。

　　绿茶中又独爱龙井，也听得有人嫌龙井还是香得太平常，没有高山茶的孤高飘逸。但江南本就不是远离世俗之地，那里总是人来人往，富足里透着悠闲的市井之乐。龙井也出自山里，可那是怎样的山啊？缓缓的坡，圆圆的脊，望之只觉其可亲近，而无论如何不会想到"巍峨峻峭"这些词。所以，龙井的香也是可亲近的，你不必索求，就那么直接抚慰了你的所有感官，清香的氤氲中，再稍稍地让茶汁浸一浸口，不苦，触到舌底，泛上来的是隐隐的回甘。于是，江南的亲近就在这一杯液体里了。

　　最记得五月的一天，在龙井村喝的一次茶。有一点太阳，但不会晒，照在身上是舒服的。周围有很多树，是有别于北方的那种郁郁葱葱，叫不上名字的一些花也随便地开着，反正不是什么名种，也不必摆出婀娜的样子，一切都平平常常。这样坐在一个平平常常的院子里，平平常常的竹凳、茶杯、暖壶，平平常常的老阿姨，平平常常的龙井村。有一搭无一搭地与老阿姨闲谈着，偶尔还要费劲地猜她浓重的乡音，聊的不过是她不熟悉的北方都城和我们不熟悉的江南村落，有对得上的，更多合不上榫的，哈哈一笑就过去了。她一定要我们好好品品她家的茶，当时喝的感觉确实不同，但至今也弄不清楚区别在哪，也许就是那样的江南世俗人家的世俗的好吧。反正走的时候，我没理会同去的当地朋友阻止的眼神，欣欣然买了老阿姨的一包茶叶，茶或许也平平常常，就算为了记住这个江南的下午好了。

在杭州

比较着，还是绿茶接近茶的根本。花茶得了个花字，总是花香占了上风；红茶需配奶和糖，好比嫁了的女儿，总归是人家的了；乌龙、普洱，浓浓的汤汁，怎么着也是多了几分烟火气。绿茶就恰到好处，炒过的，去了生涩，可也不过头，新鲜的青青的春意就锁在里面，什么时候用水一激，就一下子散了出来，能让你好像蓦地看到满坡满谷的茶树林，这又是对江南的回忆了。

这些年，市场上时常有假冒的西湖龙井，想来盛名之下，难免有赝品出现。好在我每年都有杭州的好友惦念，蒙赠些许保真的新茶，品品没有掺假的龙井，成了美好而又隆重的享受。

枕边厕上书

曾经遥想，如我这般，若在古时候，该当是个读书人吧？读书是工作，更是生活，十年寒窗，一朝高中，之后的一辈子仍然是读书、读书。这算得大多数读书人心向往之的人生轨迹了吧？可我始终怀疑，这样的读书到底有多少乐趣？纵观史上，那些郁郁不得志或仕途坎坷的读书人，一蓑烟雨，书剑飘零，倒流传下来无数汪洋恣肆、神采飞扬的诗词歌赋。各种苦乐，唯有当事者自知。我还是坚持认为，苦读至"头悬梁、锥刺股"，那是为了人生的进阶，却没准儿已失了读书的本意。读书，应该是充满乐趣的。

很庆幸，自识字始，一本书若读来无趣，哪怕作者是大师巨匠，我也从不勉强自己。若只是完成读书的任务或为了引作谈资，又能从书中得到些什么呢？不如暂时束之高阁，待今后发现引人之处，再重新捡起。而且，随着年龄、阅历的增长、变化，越来越发觉，以前味同嚼蜡的书，如今反而能读得津津有味。也越来越体会到，那些急就章似的应景之作，或许味道清甜如夏日的汽水，可要说到真正的滋养，还得是漫长时间熬煮的老火靓汤，经过岁月浸润的文字自有一种底气在。

现在的书太多了，多到泛滥。可读书却变得难起来，要大浪淘沙般地甄别、选择，就已经令人疲倦不堪了。于是，干脆把读书这事交给别人吧，有《百家讲坛》啊，有各种有声读物啊，别人消化反刍的不都是精华养分吗？听书吧，省心省力，正适合这个飞快的时代。只是，读书的乐趣也由此减少了许多。甚至这样胡思乱想过：今后，读

如我这般，若在古时候，该当是个读书人吧？

书会不会变成少数人的专利？读书会不会变成一个需事先焚香沐浴的仪式？细思极恐，还是趁着能读书时，多多享受一点乐趣吧。

　　读书的乐趣，在书，在人，也在地方。那么何处读书最快乐？我以为，一曰枕边，一曰厕上。郎中大夫大概要诟病了，前者影响睡眠，后者带来便秘，可这两处偏偏最适偷闲怡情，要不怎么那么多人说书香才能伴人入眠，厕上才是检验一本书是否引人入胜的试金石啊。记得数年前的某日，电视里重播系列剧《编辑部的故事》，葛优饰演的李冬宝和吕丽萍饰演的戈玲正为篡夺主编权密谋如何改版《生活指南》杂志。李冬宝摆了一床的书刊，要戈玲挑出最吸引读者的。戈大编辑正犯难这标准太难界定，李大编辑得意地指点迷津："上厕所的时候看的书是最好看的。"登时大乐！不管别人怎么想，我真觉得"高山流水遇知音"。自然,枕边厕上不是随便放几本书即可,枕边厕上最宜那些爱读、常读、熟读、"读你千遍也不厌倦"的,而且一定要是随手翻开,不拘哪一页、哪一段、哪一行,都可以读下去的书。有时读两段,忽然神游不知几何,待回过神来,照样接得下去。枕边厕上书就如彼此可见最不拘形迹样子的亲人,如对坐无语而毫不尴尬且偶尔对视可会心一笑的老友,当此时,读书真是人生一大乐事。

以此标准,常伴我枕边厕上的这几个亲人、老友,确定将莫失莫忘,不离不弃。

一

如果人生的后半程只能留一部书相伴,《红楼梦》是我的首选。最早读《红楼梦》还是在字不大认得全的年纪,那是人民文学出版社1964年版、1974年印次、以程乙本为底本的120回本,全四册,如今已翻得书页脱落,自己重订并包上书皮。也购得全新几本红楼,放入书柜,赏心悦目,但枕边厕上留的仍是旧书,总感觉触手生温,已是身心的一部分。

一部红楼,好就好在其巨大浩瀚的丰富与复杂性,一千个人眼中有一千个哈姆雷特,但一千个人眼中恐怕不止一千个《红楼梦》。我看到一,你看到十,他看到的可能是百千万亿兆……直至无穷尽。鲁迅评价:"一部《红楼梦》,经学家看见《易》,道学家看见淫,才子看见缠绵,革命家看见排满,流言家看见宫闱秘事";毛泽东说:"《红楼梦》不仅要当作小说看,而且要当作历史看。它写的是很细致的、很精细的社会历史""《红楼梦》,不看三遍是没有发言权的";

至少把红楼读了二三十遍的蒋勋,"是把《红楼梦》当佛经来读的,因为里面处处都是慈悲,也处处都是觉悟";白先勇读红楼大概是代入感最强的一位,人事变幻,白云苍狗,《红楼梦》"是一阙史诗式、千古绝唱的挽歌",也是他的"追忆似水年华"……

  我读红楼,也逾四十年。儿时读红楼,先是为了查找、印证越剧电影里情节的出处,很奇怪两个多小时的电影,何需这般皇皇巨著?后觉得里面谁是好人谁是坏人模模糊糊,怎么反不如电影里那般鲜明?少年时读红楼,难免是为了可供与同龄人交谈时炫耀的资本,又哪里耐得下心来细细读取其中的缠绵悱恻,什么"葬花吟""红豆词",还不如刘姥姥可笑,不如茗烟大闹学堂精彩火爆!青年时读红楼,自然已识得满腹的情愁,但同时满腹的叛逆,直认温柔乡就是蚀骨的深渊,只恨宝玉为何不早早离家出走?中年时读红楼,竟开始寻找那些禄蠹才关心的仕途经济学问,也尝想,若是真的人生,兰桂齐芳难道不应该是贾氏一脉必以全族之力去挣的好命?谁可忍心从此真的"只一片白茫茫大地真干净"?如今读红楼,却每每掩卷,五味杂陈,欲说还休,颠来倒去的只是鲁迅先生那八个字:"悲凉之雾,遍披华林",也越来越理解白先勇先生那"一曲挽歌"的评价。这是家族起伏的挽歌,是浮生若梦的挽歌,也是文化兴衰的挽歌,是眼见着却无能为力的痛于死别的生离。艺术家本有着异于常人的敏感,艺术创作又有着其自然而然的生长,便使得红楼一梦带有某种强烈的映射与预言般的色彩。曹公一族由盛而衰的康乾时代,也正是当时的中华文化由盛而衰的时代,辉煌的顶点也可能埋伏着衰落的起点,"漫言不肖皆荣出,造衅开端实在宁",这"荣""宁"二字,意何指,竟沉痛至斯。王国维《人间词话》云:"词至李后主而眼界始大,感慨遂深,遂变伶工之词而为士大夫之词",李煜写家国恨,却写出了人类亘古以来宇宙八荒的神伤,《红楼梦》何尝不是如此啊!

以一生来读红楼,就如入太虚幻境的宝玉。初初浑然无知,待历经了红尘一番历练,再入,再见那册上的字,便可见以往看不到的斑斑血痕,方觉人生其实并非一梦,那些哭过、笑过、热爱过、怨恨过的,全都刻印在那大荒山青埂峰下的顽石上了。每个人都有这样一部《石头记》,每个人都有这样一部《红楼梦》。

我不是文学评论家,做不到从结构到形式到手法全方位的分析解读,只是以一个读者的角度,来品味《红楼梦》的伟大。伟大的作品在巨大的丰富性之上一定有其极致的典型性,这典型性就在那些人物上。红楼人物林林总总几乎不下千人,有的被写尽一生,有的只闲笔一宕,却无不栩栩如生。这典型性又绝不标签化,尽管宝、黛、钗、凤等都有其最突出的性格特征,但读红楼多了,自会认识到他们哪一个只是平面人物。比如我看黛玉,少时只觉得她真真如凤姐所说是美人灯,弱柳扶风虽自有一种风流,但脆弱的生命让人憋闷。如今,却愈发看到了黛玉的强,其实她哪里弱了?一个人的强弱在于内心,黛玉自始至终知道自己要什么,且从来不回头,不屈从,不放弃,她足够自我,足够坚韧,要是真能弱一些,软一些,或许还不至于那样痛。黛玉自问"天尽头,何处有香丘?"其实她早已知晓,"质本洁来还洁去",自己给自己一个花冢,该去时,去便了。黛玉焚稿是后四十回里极精彩的笔墨,高鹗此节写的是真黛玉,那份决绝还不够强?若曹公本意真如刘心武先生考据,黛玉最终乃蹈水自戕,一弯冷月葬诗魂,那更是黛玉本玉无疑了。

红楼人物,纯以喜爱程度论,湘云是我第一得意之人。这个"好一似,霁月光风耀玉堂"的女子,是红楼中最最健康明朗的。是因为她没有黛玉敏感,没有感受到命运可能埋伏着的风刀霜剑吗?恐怕不是,一个比之黛玉有外祖母时时疼爱、有患得患失但终了然于胸的知心人,同样寄人篱下还有每天做不完的女红活计的湘云,其实更早体会了世态炎凉、人心难测,岂不是更有资格抱怨与悲泣?可正像与黛玉中秋联诗时湘云所说:"我就不似你那样心窄。"按照一些红学家的探轶,曹公原本中最后与宝玉共承俗世风雨的是史大姑娘,那些红楼女儿中,黛玉早去,宝钗固然有远虑有近谋,但心劳智忧,未必能真正共一生,想来唯"英豪阔大宽宏量"的湘云才能有真正承受苦难的肩膀吧。

《红楼梦》这部伟大的小说,有一种全知般的视角,蒋勋所见的处处慈悲,就是作者始终怀着对每一个人的悲悯,这种悲悯就是让他笔下的每一个人的行为都有因果,哪怕赵姨娘和贾环这样被认为是曹公写的最表面化、最脸谱化的人物。以前读红楼,看到他们,就觉得曹公有一种掩不住的厌恶,从头至尾让他们做着不堪事、荒唐事、尴尬事。但近来,却好像读出了也许连曹公自己都没有意识到的他们的行为逻辑。他们是卑微的主子,是心被禁锢着的奴隶,他们被时时提醒着自己的卑微,也便时时要做出壮大的样子来给自己支撑,不如此又如何在命运的主宰者面前显示存在,进而获得命运可能的眷顾呢?那些明眼人都觉愚蠢的举止、话语,又焉知不是他们必要这样才能纾解胸中苦痛的故意为之?这就是《红楼梦》,让你看到的是每一个人物的生活,也看透每一个人物的人生。他们是曹公创造的,也是在曹公创造的这个红尘世界中自己生长出来的。

《红楼梦》的好,还好在文字,说它是中国古典文学中文字运用的巅峰毫不为过。今天的《甄嬛传》让一众年轻人为"甄嬛体"惊叹，可知那不过是红楼文字的浸润与影响？红楼文字好，好在可阅亦可读。不知是否职业让我养成了一种习惯，读书时总是不由自主地"读"出来，然而真不是所有文字都能畅快"读"之，红楼却总是让人"口角噙香"。中国古典小说较少大篇幅的叙述，也少见直接的心里描绘，人物往往是通过对话树立起来的，红楼梦更是集大成者。那真是言如其人，不仅贵族公子小姐们人人不同，仆妇小厮也是千人不同面，就说兴儿和茗烟，只听对话，任谁也不会把他两个混为一谈。能写得出"林潇湘魁夺菊花诗，薛蘅芜讽和螃蟹咏"的雅调，刘姥姥"老刘老刘食量大如牛，吃个老母猪不抬头"的乡野村话也信手拈来。红楼文字是最细腻的画笔，画出了形，更画出了神。

有人品评《红楼梦》中的诗词，结论是不过二流水平。殊不知这一样是"文如其人"，这些诗词就是书中人物笔下的，若大观园中冒出一个李白、杜甫，那才是荒唐，那反成了作者自己跳将出来的炫技。红楼诗词好，好在就是"这一个"。试看《葬花辞》，单读或许觉得不过尔尔，但整部红楼读罢，再回味林姑娘的泣血之作，那实是小说人物诗词中的第一流！正如香菱学诗，黛玉所言，"第一立意要紧，若意趣真了，连词句不用修饰，自是好的，这叫作不以词害意"，红楼诗词立意第一。

后四十回常被诟病，原因可能很多，除质疑其情节设置、人物结局是否匿了曹公本意之外，我觉得对文字变化的不适也是其中之一。就我的阅读体验看，后四十回的文字确实晦涩了些，比前八十回少了些活泼泼的生气。白先勇先生是力挺后四十回的，认为前八十回是"兴"，文字自然华丽，后四十回主"衰"，文字自然萧索，所以阅读感觉不同，并不能说后四十回的文字不及前八十回。对此，我不完全同意，个人感觉后四十回虽有佳句，却无佳章，偶有佳章，终无佳构，时常像宝玉失了通灵宝玉。当然不能排除后四十回确是曹公残稿，由"程高"（程伟元和高鹗）删润而成，但单论阅读乐趣，反正我那最老的全四册中，最后一册比前三册都要新一些。

一部红楼，说不尽；一部红楼，读不尽。它是最伟大的中国小说，若以书为友，它就是最伟大的朋友。能有红楼，能读红楼，是所有中国人的幸事。

二

金庸小说，我极爱之。

相信金庸必定是受过《红楼梦》的影响的，而在中国古典小说的基础上，又多了很多西方小说、电影的手段，加之题材，开一时之新风，留一世之巨著。有华人之处必有金庸读者，诚不我欺。如纯以影响人群之广、之深计，金庸小说或可与红楼一较短长。

金庸小说好，首先文字极好，特别符合我的标准。曾经与几位同好之人讨论，金庸小说到底哪里吸引人？我给出的理由最简单：读金庸让我无比享受"阅读的快感"！

这种快感并不仅仅来自情节的曲折、结构的复杂、叙事的宏大，还来自那一个个方块汉字组接而成的一种独特、难以言说的韵律。金庸小说同样既可"阅"，更可"读"。即使需占据一点版面，也请容许我在此录下一段文字，否则可能无法尽述什么是既可"阅"，更可"读"。就选《天龙八部》第四十一回"燕云十八飞骑，奔腾如虎风烟举"中萧峰率燕云十八骑上少室山的那一段吧：

> 但听得蹄声如雷，十余乘马疾风般卷上山来。马上乘客一色都是玄色薄毡大氅，里面玄色布衣，但见人似虎、马如龙，人既矫健、马亦雄骏。每一匹马都是高头长腿，通体黑毛，奔到近处，群雄眼前一亮，金光闪闪，却见每匹马的蹄铁竟然是黄金打就。来者一共是一十九骑，人数虽不甚多，气势之壮，却似有千军万马一般。前面一十八骑奔到近处，拉马向两旁一分，最后一骑从中驰出，乔帮主到了！

每读至此，我只觉热血沸腾，背脊发冷，那吞吐于唇齿之间的文字的快感简直无以复加！我始终认为好的文字一定是可以朗读出来的，那些难以上口的文字，或许"达"，但未必"美"。而且，在金庸的文字中，几乎总是可以"看到"那些场景，这大概与他做过电影编剧、导演有关，他的文字是有画面的，而我之最爱正是电影。所以，读金庸，于我是双重享受。

金庸小说也好在丰富。14部作品建构起了一个社会，不仅仅是江湖，而是一个完整的社会。社会的各个阶层、各个功能、各个矛盾，都能在其中探得一二。在这个社会中，有人看到至情至性，有人看到为国为民，有人看到政治斗争，有人看到人心险恶，有人看到心灰意冷，有人看到虽千万人吾往矣，有人看到故事，有人看到哲思。这种丰富性甚至是作者自己都无可解释的，因此，与所有伟大的小说一样，每个读者都有自己的评价标准，也完全可以不以作者的标准为标准。

金庸被问道："最喜欢自己的哪部小说？"他曾这样回答："后

期的比早期的好，长篇的比短篇的好。"以此衡量，金庸心中最好的应是《鹿鼎记》。韦小宝这小家伙实在是金庸给武侠世界开的一个大大的玩笑，或许写到最后，金庸已完全不是把故事当武侠小说来写，而其中时时闪现着查良镛这位政治评论家的影子。《鹿鼎记》比起其他的金庸小说，立意深了不止一层，以武侠小说呈现反武侠的效果，结构明暗交织，文字笔墨老辣，读来妙趣横生。然皇皇五册，读罢掩卷，却很难再笑得出来，满心只剩下"无奈"二字。所以，《鹿鼎记》在我心里没有好或不好，是难以评价、无以评价的一本金庸之作。

可评价我心中的金庸小说前三甲，排名第一的是《笑傲江湖》。毫无理由地，我先是爱上了这个书名，只四个字，便万千气象，无一字乃金庸首创，但组合在一起，却尽显胸中之大丘壑。有人说笑傲的主旨是政治，其成书于20世纪60年代，正是"文革"如火如荼时，影射的便是那段岁月。但我以为，仅这样以创作年代论，反低看了这部小说的格。"笑傲"其实说的是人怎样才算得高贵。小说无明确朝代指向，也正是在表达只要人类社会存在，便要始终面对这样一个永远的提问、永远的警醒、永远要找答案。

令狐冲是金庸小说中一个高贵的灵魂。他自然是追求自由的，但绝不是自以为是的一切的破坏者，相反，这个追求自由的人其实很期待一种规则和秩序，一种能将人之高贵最好地保护起来的规则和秩序。只是如果没有理想中的规则和秩序，他宁可舍弃其可直接赋予个体的现实利益，而选择以一己保护人之高贵。令狐冲外在洒脱不羁的底子实是心中的一片深情，对"人"这个字的一片深情与希望。他是一个真正的理想主义者，并在努力唤醒着许多人心中的理想主义。但真正的理想主义者往往最终会碰得头破血流，独孤九剑不拘一招一式就可笑傲江湖，但依然解不了令狐冲面对的问题。金庸也给不出令狐冲的未来，只能给一个好像"王子和公主从此幸福地生活在一起"的"笑傲江湖"的结尾，这个结尾可真是"成年人的童话"啊。令狐冲应是金庸理想的化身，所以，他不忍，就留一颗高贵的种子在心里吧。

读《笑傲江湖》，唯一不满足的是书中真的甚少可爱人物，岳夫人宁女侠本算一个，可惜看令狐冲的眼光极准，看丈夫却如瞎眼，又将女儿纵成那一副样子，大大减分；其他只有盈盈得一"大"字，梅庄四友得一"痴"字，仪琳、蓝凤凰得一"真"字，恒山三尼得一"正"字，算是一点点高贵的光芒吧。

榜眼位置的是那"无人不冤，有情皆孽"的《天龙八部》。犹记得高考前夜，抱此书不可释卷，不过那时少年不识愁滋味，又哪里真懂得什么情与苦？只是读到萧峰雁门关前将断箭扎入心口，不由得悚然心惊！原来虽千万人吾往矣的大英雄，也会进退两难，唯有一死。命运真的有如此不可抗拒之力？光阴流水，待得回头一遍遍读，虽从未经历过如书中那般跌宕的人生，也越来越明白人力与人心的距离。再看到"塞上牛羊空许约"，总忍不住喃喃低语："萧大侠，不要等什么揪出大恶人了，就在此刻，带了阿朱走吧，给她更是给你自己一个美好的人生吧。"可是，我如同一个被施了咒的无法预言的预言者，眼睁睁看着命运之手将这一对推向无底的深渊，这才恍然，命运一旦让人"开头是错，结尾还是错"，那就是无可选择。可是，我始终固执地不把萧峰和阿朱归入"情孽"，他们的爱情，有过聚贤庄大战的生死相依，有过塞上牛羊许约哪怕是空的高光时刻，已胜过旁人一生一世。他们的爱情，留给活下去的那个人的是无尽的苦，可也是无尽的幸福，此情不孽。

《天龙八部》中几乎没有快乐的人，所以，能快乐的人便难得地可爱。论及可爱，段誉当仁不让，最难得永远一片赤子之心。我常想，如果段誉处在萧峰的处境，他会不会也一箭了却天下事，赢得生前身后名？未必，段公子自有一番"进就进了，退就退了，又如何"的洒脱。可爱之人自多福，连金庸也不忍心让他爱上的都是同胞妹子，编出了大理王妃那段漏洞百出的奇缘，才让段公子尽可得享人间至乐。

据说最初金庸定下此书名，是想借佛教中八部的名字写八个独立又相互关联的故事，但写着写着已不再履原来的计划，书中人物犹如有了灵魂，命运只是假借作者的笔在支配着，这也再次印证了伟大的作品是作者创作的，也是人物在作者创作的空间里自由生长出来的。虽然《天龙八部》我只在金庸作品中排第二，但论结构复杂、人物众多、情节繁复，《天龙八部》远在《笑傲江湖》之上，可以说在金庸小说中无出其右。此一部，最见金庸之扛鼎笔力，相信无论以怎样的标准评价，都会在金庸小说的前三甲。

"射雕三部曲"，我列入探花。三部放在一起，不仅是因为书中人物都有前后关联，更因这三部曲在我眼中，其实讲的都是一个成长故事。

郭靖的成长让人看到一种朴拙的力量,他的执拗、傻只是不违初心，不违简单却是至理的大是非。他的江湖奇遇、与黄蓉的痴恋固然是促其成长的重要因素，但真正决定性的成长却是母亲从小赋予他的为人的最根本价值观，在大是大非面前迸发出的那种力量。郭靖最耀目的光彩不在最终成就的震古烁今的武功，而在直斥成吉思汗杀人之非的勇气，在襄阳城头、夕阳之下黄蓉眼中两鬓微霜的侧影。

杨过的成长是一个不断寻找爱并终于懂得爱的过程。"一见杨过误终身",那是年轻时不懂爱、挥霍爱的明证,与小龙女分离的十六年,才是最终解了他情花之毒的真正的断肠草。十六年的等待中,杨过怕是日日思过,终于改之。仍是至情不变,但所谓爱恨分明,到中年后已无需那么分明,他已能将爱的包容、宽厚悟得,能由己达人,能解开过往爱之极也恨之极的心结。再度华山论剑,黄蓉赠他一个"狂"字,我不大接受,彼时杨过,狂在何处?他若无收敛起总要争得一点什么的狂气,又哪里有"终南山后,活死人墓,神雕侠侣,绝迹江湖"?

张无忌的成长是终于知道"仁厚"并不足以成就的故事。很多人奇怪身负血海深仇的小张无忌,如何长成了一个心中无恨、以仁厚待人的"阿牛哥"?也许是金庸写着写着改了主意?也许本就有这样的命运转折,只是那只看不见的手我们始终看不见?总之,张无忌的成长在"射雕三部曲"的男主角中偏向模糊,但他的成长还是让读者看到了"一片宅心仁厚到底可不可以真正化解矛盾纷争"这个问题的答案,答案是未必。他的"不愿伤人"有时偏偏成了最伤人亦伤己的武器,与四女的感情如是,与朱元璋、陈友谅最终的争斗亦如是。金庸在《倚天屠龙记》后记中明确说张无忌"或许,和我们普通人更加相似些",也直说"任他武功再高,终究是不能做政治上的大领袖"。张无忌作为武侠小说的主人公,很难让人有代入感,恐怕就在于他太似生活中的我们。拿我自己来说,便始终是"心向令狐冲,实则张无忌"。唯盼仁厚之人终有齐天之福吧,可又哪有那么容易?张无忌与赵敏即便终于"画眉深浅入时无"时,心头不仍有片"答允周姑娘的那一件事"的阴影吗?

"射雕三部曲"在我的金庸小说排名中靠前,还有一个重要的原因,那就是有金庸笔下我最喜爱的女性角色。郭襄——郭二小姐,就像《红楼梦》中的史大姑娘,光风霁月,胸怀阔大,玲珑剔透,冰雪聪明,相比之下黄蓉少了一分豪爽,盈盈多了一分扭捏,赵敏逊了一分宽厚,素素添了一分执拗。郭襄更难得与段誉一样,一片赤子之心,以她手握的资本,却从不以自我为中心。"小东邪"其实也名不副实,她既不愤世也不嫉俗,所有的"邪"不过是点少女心绪的捉摸不定罢了。郭襄可算是母亲可爱的进阶版,兼父母之长,无父母之弊,都说中年靖、蓉固然侠之大者,为人父母却未必超绝,但有女如襄,就不枉了这一对侠侣。

在我心中,时常为郭襄遗憾,一见杨过误终身。郭襄四十岁那年大彻大悟,出家为尼,开创峨眉一派,她彻悟了什么呢?谁也不知。颖慧如她,是否勘破了情关?峨眉代代相传的掌门信物是什么?玄铁指环,那玄铁来自何处?徒儿名为"风陵师太",那风陵渡口是与谁相识之地?不可说,不可说,一说便是错。只是我仍然可惜,可惜的是即使有缘有分,杨过又会是郭襄的良配吗?未必未必,也曾想金庸小说中,谁才德配这一流人物?遍思过后哑然失笑,情不知所起,一往而深,又何尝是能安排的?就像《白马啸西风》结尾处:"白马带着她一步步地回到中原。白马已经老了,只能慢慢地走,但终是能回到中原的。江南有杨柳、桃花,有燕子、金鱼……汉人中有的是英俊勇武的少年,倜傥潇洒的少年……但这个美丽的姑娘就像古高昌国人那样固执:那都是很好很好的,可是我偏不喜欢。"只是,对着郭襄,总心有不甘,也因此,金庸小说中最令我动容的情伤,除却萧峰葬了阿朱那一幕,便是——

却听得杨过朗声说道:今番良晤,豪兴不浅,他日江湖相逢,再当杯酒言欢。咱们就此别过。说着袍袖一拂,携着小龙女之手,与神雕并肩下山。

其时明月在天,清风吹叶,树巅乌鸦呀啊而鸣,郭襄再也忍耐不住,泪珠夺眶而出。

正是:秋风清,秋月明;落叶聚还散,寒鸦栖复惊。相思相见知何日,此时此夜难为情。

"飞雪连天射白鹿,笑书神侠倚碧鸳",其他几部或许不算金庸最好的小说,但比之其他作家,便立显高出一格。

曾于查先生生前在一个场合见过本尊,也有机会近距离地交流几句,不过,我始终有点"近乡情怯"般的不适应。与面前这位团团如弥勒的老人相比,我更愿意钻进他的文字世界里。

谨对故去的先生致以敬礼。

三

我没有孩子,可在枕边厕上,总放着几本童话书。那些曾陪伴过童年的童话,能在疲惫、焦虑时,带给我一点纯净的光亮,有一种抚慰心灵的作用。这些年,总有人爱翻各种案,比如掘地三尺地挖出那些童话其实原始文本有多么"暗黑",全然不是印象中美好的样子云云。好吧,也许当下必须要吸引眼球才能被关注,打破偶像或许是最简便的一种标新立异的办法。只是,你说你的,我读我的,在枕边厕上的,仍是我最爱的童话版本。在那些童话里,正义永远战胜邪恶,美好永远存在于人们的心中。至于揭秘的版本,那是你的童话,不是我的。

有些童话，小时候反而未必能读出什么意思，在一岁一年的反复咀嚼中，才品出滋味，也才知道，原来童话里并不都是"骗人"的。法国飞行家、作家安托万·德·圣·埃克苏佩里，1942年写下的传世作品《小王子》就是这样。在一次推荐读书的节目中，我是这样推荐这本枕边厕上书的：

第一次相遇《小王子》是小学三年级，我8岁的时候。不过，初次相遇并不是一段愉快的经历。作为童话看，它一点都不好玩。哪比得上《吹牛大王历险记》里敏豪生男爵能"揪着自己的头发可以从深陷的泥潭里拔出来"厉害？小王子有点唠叨，还有点矫情。好像唯一能让人有点兴趣的只有小王子在沙漠中遇到的那只狐狸，可这点兴趣恐怕也是因为那时候我正迷《聊斋故事》，对狐狸好像有种天然的好感。可就是这只狐狸，最后也没变成美女，根本没有《格林童话》里"王子和公主从此幸福地生活在一起"的美好结尾。总之，这不是小孩子习惯的、喜欢的那种童话，那么小的我都能感觉到，这本书不是单纯和快乐的，而就像小孩子喜欢吃糖一样，年幼的我也喜欢更甜美的东西。

但我清楚地记得，我还为这本书查了字典，因为作者说："我可不喜欢人们轻率地读我的书。"什么是轻率？查了字典后，我还是不明白怎么叫作"轻率了这本书"。

再相遇，已经是10年后，18岁，读了大学。18岁，该有点心事的时候了，不像小时候喜欢甜美，那时候总想尝尝苦涩，总有一种无名的忧愁。这一次，也正是小王子的忧愁让我和他建立了某种联系，用狐狸的话说："他驯服了我"。印象非常深的情节是,他在他的星球上一天看了43次日落,他说:"当人们感到非常苦闷时,总是喜欢日落的。""一天看43次,你怎么会这么苦闷?"小王子没有回答。可我再读到最后,懂得了那是什么——是为了爱。

那时候,也是天天捧着黑格尔、康德生吞活剥的时候,是动不动就思考"人生最重要的是什么"的时候,是要求自己长大的时候。所以,当为了某些事忧愁的时候,我会很惭愧,惭愧于为了些"不重要"的事而忧愁。可关于人生什么是重要的事,小王子居然有这样的回答:"如果有人爱上了在这亿万颗星星中独一无二的一株花,当他看着这些星星的时候,这就足以使他感到幸福。但是如果羊吃掉了这朵花,对他来说,好像所有的星星一下子全都熄灭了一样,这难道不重要吗?"我当时是那样心怀感激,原来为了这些忧愁烦恼,是不需要惭愧的,爱,是不需要惭愧的,因为,它是人生中非常重要的事。

从那个时候开始,我觉得小王子真的不是一本童话,如果真的只拿它当童话看,就是"轻率了它"。它是一本爱的教科书。

又过了十几年,2005年,我已经33岁,已经是小王子说的"那些大人"了。可我还在从这本爱的教科书中学习。那一年,小王子的一句话又前所未有地触动了我,就是小王子说起他那朵宇宙中独一无二的玫瑰花时讲的:"我当时太年轻,还不懂得爱她。"那一年,我经历了人生中第一次真正的离别。我没失恋,我说的离别不是与爱人,而是我的父亲,那一年,他过世了。我忽然发现,我还是太年轻,真的不曾好好爱他,我从没有真正试着去了解他,去感受他的喜怒哀乐。我没有去倾听过他的怨艾和自诩,我没有聆听过他的沉默。可是,他是我的父亲,他是我在世界上应该拥有的独一无二。所以,这句话让我想了很多,我曾经想当然地认为爱只是一种本能,但那一年,我发现爱需要学习。特别是你能不能够在适当的时候,在适当的场合,用适当的方式,表达心底的爱。说到底,你还不够珍惜,不懂得该用什么方式去把爱传达给你想爱的人。真的不是每个人都具备这样的能力。

后来,2008年,汶川地震,我们没日没夜地工作,希望共同扛起灾难。而那次灾难过后,我又想起了小王子的这句话。其实所有活着的人,都是幸存者,而今后的生活将会有更多的承载。我能学会、能做到的就是不再吝惜说"爱",早一点把爱送给周围的亲人、朋友甚至素不相识的人,让他们知道。这样哪怕某一天,我们也遇到生命中不可获知的磨难时,至少可以说,我给过爱予他人,我不后悔。所以,《小王子》在时时提问我:你懂得爱了吗?

而如果你仅仅把《小王子》看作一本爱的教科书,恐怕依然轻率了它。在后来一次次与小王子的对话中,我发现他能给我带来的不仅有爱,有温情,更有对人、对世界的深刻了解。小王子有无数的"金句":"审判自己比审判别人要难得多。""人在沙漠上,真有点孤独。可到了有人的地方,也一样孤独。""只有用心才能看得清,实质性的东西,用眼睛是看不见的。"随着年龄增长,我在生活中几乎遇到了所有小王子曾经遇到过的那些人,心中只有自己的爱慕虚荣的人、为权势忙碌的政客、为金钱奔波的商人、用酒精麻痹自己逃避生活的酒鬼、日夜工作却不知为何的点灯人……当然，还有拥有狐狸和蛇的那种智慧的人。所有看似荒诞离奇的人们，都真实地存在于我们生活里。同时，我也在一次次地去审视自己，是否每个人的影子都在自己身上存在？我越来越根本无法再轻率它。它一点不幼稚，反而深刻得让我有点害怕。小王子是一个孩子，可又是一个最最成熟的人。什么是成熟？人们总是不自觉地把它和世故画上等号。世故是只知道趋利避害，成熟是渡尽劫波仍然能用清澈的目光看待这个世界。尽管我们能看到那么多的灰暗甚至是黑暗，但生活中始终有美和真存在，就好像让沙漠更加美丽的，就是在某个地方，藏着的一口井。

最近，我又见到了我的小王子。这一次，我又发现了一个以前没有发现的秘密，小王子生活的那个小小的、只能容纳一个人的星球在哪里？其实，那不就是我们每个人的心吗？那里有一朵花，是宇宙中独一无二的，你该每天都给她浇水，用心去爱她。那有三座火山，你该每星期把它们全都打扫一遍，连死火山也打扫，谁知道它会不会再复活？你该及时地呵护刚刚长出来的那些娇嫩的好的幼苗，同时要及时清除很有危害的猴面包树的坏苗，别让它在将来危害你的星球。你该用心地看所有的日出日落，因为那是你的星球。是的，也就是说，你的小王子就住在你的心这颗星球上，你总会遇见他。与小王子的相遇，我比埃克苏佩里幸运的是，我再没有失去过他。

如果你遇见了他，希望你别轻率他，别错过他。

四

我喜欢一切描述食物的文字。当然，置于厕上似有不妥，但置于枕边也有问题，太容易在夜深人静准备入睡时，激起想要去深夜食堂的痛苦纠结。

食色性也，是人类生存繁衍的必需，人类在这两件事上都投入了无比的热情。后者语涉私隐，不可说，前者却可大大方方地展现它的万种风情。通常，爱食物的人，必是爱生活的人，也会是爱人的吧？而能于文字间描摹食物之予人的美好，且能细致入微，于无色无嗅无味中撩人心绪，非大家不能为。在我枕边，最常伴的是汪曾祺先生的《故乡的食物》《人间草木》和梁实秋先生的《雅舍谈吃》。

此等美文必得有三：其一，对食物的真爱。那是没有任何缘由的，只为最最原始的食物与人的关系打动。在物资匮乏的年代，人们似乎很羞于表现出自己对食物的欲望，也就是所谓的"馋"，可这"馋"字，无论何时，竟是深入人的骨髓，不管你是不是正面对向它，它都在你的意识里。今天，人们不再羞于谈"馋"，甚至很多美食博主必须立起一个"馋"的人设，但究竟何为"馋"？至今，我觉得梁实秋写的一篇《馋》讲得最入木三分。

真正的馋人，为了吃，绝不懒。我有一位亲戚，属汉军旗，又穷又馋。一日傍晚，大风雪，老头子缩头缩脑偎着小煤炉子取暖。他的儿子下班回家，顺路拾得四只鸭梨，以一只奉其父。父得梨，大喜，当即啃了半只，随后就披衣戴帽，拿着一只小碗，冲出门外，在风雪交加中不见了人影。他的儿子只听得大门哐啷一声响，追已无及。约一小时,老头子托着小碗回来了,原来他是要吃温桲拌梨丝!从前酒席,一上来就是四干、四鲜、四蜜饯,温桲、鸭梨是现成的,饭后一盘温桲拌梨丝别有风味(没有鸭梨的时候白菜心也能代替)。这老头子吃剩半个梨,突然想起此味,乃不惜于风雪之中奔走一小时。这就是馋。

每读此段,都让我想起自己的一段"馋"事。某夏日傍晚,已用过晚饭,忽然不知从何而起一股对鸭脖子的相思,片刻之后竟不可抑,于是出门寻此味而去。那时还没有车,知道一家好味鸭脖,过去至少公交三四站地。久等公交车不至,招手拦了出租车,呼啸而去。到了地方,唯恐一会儿又坐不到车,不能及时回家享受美味,和司机约好稍等片刻马上返程。抱着两盒新鲜的鸭脖回到车上,北京的出租车司机最是闲不住嘴,一见大乐,说:"真有这为了嘴不怕受累的,来回的车钱比您这俩鸭脖子还贵吧?"我也乐。回家急啖,却真如梁先生《馋》文中所言:"老实讲,滋味虽好,总不及在痴想时所想象的香。"可这"馋"事,无论如何是人生的乐事,况且,"馋非罪,反而是胃口好、健康的现象,比食而不知其味要好得多",尽可大大方方地"馋"下去。

其二,借食物道出的人情、世情。若心中无情,只就吃论吃,这些文字岂不成了简单的菜谱?无论汪还是梁,他们的美食文字多以人生际遇为底,或于暮年回首,或于异地相思,有时无需长篇大论,只在描述食物之间偶尔几笔,便令人心中一荡。

《故乡的食物》中,汪曾祺先生说到家乡的咸菜茨菰汤,从前文"我十九岁离乡,辗转漂流,三四十年没有吃到茨菰,并不想",到收尾处忽一句"我很想喝一碗咸菜茨菰汤。我想念家乡的雪。"万般滋味,才下眉头,却上心头。

梁实秋先生《雅舍谈吃》中曾记下儿时居京华时,母亲亲手制作核桃酪。细细铺陈了做核桃酪的缘起、过程后,最后是记忆中的味道:"分盛在三四个小碗(莲子碗)里,每人所得不多,但是看那颜色,微呈紫色,枣香、核桃香扑鼻,喝到嘴里黏糊糊的、甜滋滋的,真舍不得一下子咽到喉咙里去",这写的是食物,更是母亲与故乡。那深情,字里行间,掩不住,也未曾掩。

比起年轻人描写食物的文字,我更爱老人的,就在于那不再有火气的文字,就如同开水白菜的那道开水,能于寻常处见最不寻常意。

其三,必得要一点文气。这一点文气仿佛一道菜最关键的那一点作料,可化朽为奇,令格调迥然不同,这也是我觉得写好美食文字非大家不能为的重要原因。这一点文气究竟是什么,怎样才算得有,我也说不清,那只是一种阅读时的感受,但有无这一点文气感受截然不同。

正是读《故乡的食物》,让我识得了一个描述味觉的词汇——"极清香"。说蒌蒿:"蒌蒿是生于水边的野草,粗如笔管,有节,生狭长的小叶,初生二寸来高,叫作'蒌蒿薹子',加肉炒食极清香";说枸杞头:"枸杞头可下油盐炒食;或用开水焯了,切碎,加香油、酱油、醋,凉拌了吃。那滋味,也只能说极清香"。至于这究竟为何味?且看那汪先生的这一句:"我所谓清香,即食时如坐在河边闻到新涨的春水的气味。这是实话,并非故作玄言。"这"极清香",便是那一点文气了,这是实话,并非故作玄言。

再看《雅舍谈吃》中写"西施舌":"我第一次吃西施舌是在青

岛顺兴楼席上，一大碗清汤，浮着一层尖尖的白白的东西，初不知为何物，主人曰是乃西施舌，含在口中有滑嫩柔软的感觉，尝试之下果然名不虚传，但觉未免唐突西施。"不知您品出其间的文气了吗？在我的感受里，那点文气就在"但觉未免唐突西施"这几字上。

我终究是难以企及这两位大家的文笔，无法尽述这些美食文字背后的意蕴，只知读他们，便总能唤醒心底最美好、最柔软的那一部分。

五

若定论现在的人们不喜阅读，并不确切，只是阅读的形式变了而已，多了电子阅读器，还多了"听书"这种形式。此"听书"非彼"听书"，不是茶馆酒肆里的曲艺表演，而是随时随地戴上耳机用耳朵"阅读"。我于枕边厕上，想歇一歇眼睛时，也常听书，算作极好的放松方式。最常听的，惭愧，不是一本书，是一部电视系列剧的录音，为什么要放在这一章里说？是因为在我眼中，这就是一部书，其包罗万象、嬉笑怒骂、家长里短，录成文字，便是一部奇书。这部奇书，已成经典，也必将永流传，这就是《我爱我家》。

拍摄制作播出于25年前的《我爱我家》是中国电视情景喜剧的发端，也是迄今仍未被逾越的高峰。之后的情景喜剧也不是不令人发笑，但若论既笑得开心又笑得得益，既笑得一时又笑得一世，其韵味悠长、隽永，即使有些优秀作品亦无一可与之比肩者。这座高峰当然是"编、导、演、摄、服、化、道"等各方心血集成，但奠基并最终成其大成就的，我认为首功当属编剧（片中字幕称其为文学师）之一的梁左。

据说王朔曾立一宏愿,长篇小说要么不写,要写怎么也得是部《红楼梦》。这个宏愿,显然他未实现,倒是梁左,不声不响地给《我爱我家》打下了一个《红楼梦》的底子。我想,未来的人们要了解20世纪90年代的中国人特别是北京人的世俗生活,是必要看一看、读一读《我爱我家》这部奇书的。就像红楼一样,它也有着无与伦比的丰富性与典型性,这一家人和邻居们的生活涉及彼时的政治、经济、社会、文化、道德,涉及彼时意识的变化、观念的碰撞,涉及上下前后数十年间这个国家的重要事件、重要时刻,涉及柴米油盐、吃喝拉撒诸般烟火气十足的人间气象。《红楼梦》借一个贵族家族的起伏兴衰叹人生况味,《我爱我家》借一个平民家庭的喜乐悲欢咏人生美好。有此力作,梁左身后的评价便不只是一个相声、喜剧的创作名家,在岁月继续的浸润下,他终成文学大师。

读红楼,读金庸,读"我家",有一大乐趣是相同的,就是时常在某一刻忽遇同道中人,一句话顿生惺惺相惜之情,又有一种对上暗号般的窃喜。偏偏生活中,《我爱我家》台词处处可用。压力大几近崩溃,"我真想大哭一场啊""俺好命苦啊",宣泄殆尽;美食当前,食指大动,"这个我吃着竟很受用",得自《红楼梦》,却尽显"我家"风范;突遇打击,"当头一闷棍,背后一板砖",还有什么比这更能形容那一刻的蒙圈?家里互相推着去做饭,没准儿就用上了"打卤面不费事,弄点肉末打俩鸡蛋,搁点黄花木耳、香菇青蒜,使油这么一过,使芡这么一勾,出锅的时候放上点葱姜,再洒上点香油,齐活了!"更奇妙之处,还在"我家"台词真可穿越时空。北京城市副中心建设宣布时,多少人乐着想起了贾圆圆作文里那句"北京紧挨着首都";杨大夫那一通替国家许愿:"要买房,奔大兴，进城只需一刻钟、一刻钟"，再没比这更有前瞻性的房地产开发预言了吧；所谓"加水就能跑"的水氢动力源汽车的新闻冒出来时，这不就是倒卧发明家纪春生的那个"母液"嘛……

《我爱我家》是喜剧，但绝非闹剧，面子是喜剧，里子是正剧。它不乏讽刺，但绝不是匕首投枪，只是针，暗暗戳中那些痛处，划到那些痒处。而难得的是，这施针之人，满怀着温情。

读《我爱我家》久了，那些人真如自己的家人一般熟悉了，而且不止"我家"那几口，连带着邻居、同事、过客，不下百十来个，无一人不鲜明独特，过目不忘，也过耳不忘，绝不会把任何两个人物弄混淆了。这也得归功于那一班好演员，才有了老傅同志那特别得不得了的腔调，和平女士那一口不知打哪儿寻摸来的口音（比如，两个四声字连在一起时，她永远能把前一个四声念成二声，请试着用和平的口音念念"再见""报告"这几个词，感觉到了吗？），贾志新那总是笑场又总还在戏里的皮笑肉不笑……《我爱我家》演员的班底来自鼎鼎大名的北京人艺，每一位演员都托得住底，任一个小角色都叫人叹为观止。还有那些客串的明星，怕是再也找不到这样让他们毫无顾忌地放飞自我的地方了，葛优、谢园、方青卓这些本就有许多喜剧角色的不论，连李雪健、宋春丽这样银幕、屏幕上总一身正气凛然的形象的在《我爱我家》里居然有如此喜剧光彩！这就是好演员，这就是《我爱我家》的气场。

如果您没看过《我爱我家》，请一定一定把它收入观剧、听书的计划中，必不虚此行。等哪天忽然听到"问苍茫大地谁主沉浮"，若接得上"姆们姆们姆们"，那才是：抚掌大笑出门去，我辈都是我家人。

我仍然只是一个观众,一个影迷,一个爱电影的人,我爱那一道如此美妙的光

那是一道光,如此美妙
—— 我与电影

在一片黑暗中藏着无尽的未知。

一道光投射进黑暗中,在光的世界里,有无数影子,它们或近或

远,或实或虚,上演着一个又一个故事。有的逼真似现实还原,有的玄幻若天马行空,有的完整如回首一生,有的断章像记忆残存……这,就是人类的梦。

人只在沉睡时才有梦吗?不,清醒时亦有梦,人类自己创造了一个梦,这个梦就是电影。

同样在黑暗中,一道光投射在银幕上,上演着一个又一个虚虚实实、人生百态的故事……

一

我爱电影。

从小就爱,记不得第一次被爸爸妈妈带进电影院是什么时候了,只知道自此有了一种近乎迷恋的喜爱。回想起来,那个年代的观影体验并不舒适,好一点的影院、剧场,椅子也不过是带翻背的硬座,没有可乐、爆米花,只有满地来不及打扫的瓜子皮。看电影的人很多,大概对太多人来说,看电影是最重要的娱乐方式之一。很小的时候,个子还没有座椅高的我,常常要坐在妈妈腿上或者坐在座椅之间硬硬的扶手上,有时为了避免挡住后排的人招致非议,妈妈还会让我把腰再弯一弯,这个总要摆出别扭姿势的小孩,却总能坚持一两个小时地一动不动。

那时候,电影开始之前,总会先在银幕上打出一幅幻灯片,上面是一个大大的"静"字,底下衬着一牙新月、几竿修竹。每至此刻,我都会主动充当义务提示员,冲着前前后后的人比画着"嘘"的手势,其实又有几个人会在意这个煞有介事的小孩?可我总觉着,一个神奇的时刻要来了，怎么能不屏气凝神地迎接？迎接那道神奇美妙的光！直到今天，进入设施完备的放映厅观影已是平常，讲究的人还有独享的家庭影院，我仍然觉得小时候排着队、甚至拥挤着走进电影院，一大群人为一个光影故事欢笑、悲伤，才是看电影的最浪漫方式。

我们这代人，可能是还对露天电影院有记忆的最后一代了吧。说是"电影院"，其实不过是一块空地，有时是操场，有时干脆只是大院里老人们冬日晒太阳、夏夜乘凉的地方，支起一块银幕（有时就是一块大大的白布），就立刻不一样了。露天电影最神奇的地方是银幕的前后都可以看，只是有一面所有的画面、字都是反的，小孩子们最喜欢跑到银幕背面去捣乱，可印象中我从来都是坐在银幕前方，和在真正的电影院里一样，目不转睛地从头盯到尾。心里始终觉着，电影是用来欣赏的，不是用来玩的。露天电影还有一个特征，就是它的不确定性，放映员带来的拷贝可能和之前预告的完全不同，每每引来一片嘘声，可嘘归嘘，很少有人扭头就走，有电影看总比没有强吧。"今儿晚上放电影"，谁随口一句话，都能变成奔走相告的喜讯，但有时候也难辨真假。我永远是宁信其有不信其无，早早地搬着小板凳去占地方，当然就会有"乘兴而去、败兴而归"的时候。

比起露天电影院的随意，正规影院的排片当然严谨得多。那时候影院总会在月末把下一个月的排片表贴在海报栏上，我这个忠实观众就会按着时间表，把每一部都看过才心满意足。错过了这家电影院，还有另一家，所有放映信息尽在掌握中！《少林寺》大火之时，影院按正常放映时间已完全排不过来，我记得我们一家去看《少林寺》是在后半夜，想来那时候居然已经有午夜场了。我先睡了一觉，迷迷糊糊地被爸爸妈妈叫醒，迷迷糊糊地被带进影院，一进去我就速醒，比谁都精神！影院有时候还会有更别出心裁的排片方式（也许是兴之所至），比如两部片子一起放，中间还间隔20分钟，观众看完第一部出来透口气，接着再进影院。我记得有一次就是这样连着看了故事片《战上海》和戏曲片《朝阳沟》，致使我至今只要提到其中一部，就会自然而然地想到另一部，虽然这两部电影实在有些风马牛不相及。后来有了电视，也依然挡不住我这个影迷的热情，按着排片表看电影的习惯一直坚持到了中学时代。

要说那时候的电影也非常丰富啊，除了各大电影厂的新片，甚至还有很多1949年之前的影片复映，这些复映的影片大多是千挑万选的精品，其轰动程度有时远超新片。比如曾创下20世纪40年代放映纪录的《一江春水向东流》、20世纪60年代风靡男女老幼的越剧电影《红楼梦》，还有更早的印度大片《流浪者》等等，年幼的我与它们初次相遇，半是欣喜半是懵懂，但爸爸妈妈问我好不好看，我一定是频频点头！而且，以我儿时的标准，时间长的电影比时间短的电影要好，这些可都是上下集的巨片啊，能不好吗？也因此，我自小就有了与父辈甚至祖辈共同的一些电影记忆。

还有那些新片，《甜蜜的事业》《瞧这一家子》《小花》《天云山传奇》《人到中年》等等，或清新或沉郁，或喜感或悲情，都在我面前展现着一个丰富的世界。那时候的电影，从里到外透着一股掏心窝子的真诚，即使难免用力过猛；那时候的演员，特别是那些年轻人，没有整容脸，没有炒作，朴素而明丽，即使同样难免用力过猛，但绝不会将"能把台词背下来"当成努力的标志。

谁说那个年代文化匮乏呢？今天，大家惊呼动画片《哪吒之魔童降世》光彩夺目，岂不知当年上海美影《哪吒闹海》《大闹天宫》早就是无出其右的巅峰？最早为中国电影在世界三大电影节上赢得荣誉的是美术片——《三个和尚》，曾惊艳了柏林；今天，在院线看到的国外影片大多出自好莱坞，岂不知当年我们可以在电影院里看到秘鲁、智利等世界各国的电影；今天，大家习惯了各种类型片，岂不知当年我们曾将一种最有中国特色的类型片发扬光大——戏曲片，不仅京评豫越黄梅戏等大剧种，一些并非全国知名的剧种如潮剧、眉户戏等也在银幕上大放异彩，为戏曲艺术留下了多少珍贵的影像资料，更让从小也是戏迷的我如痴如醉。

犹记得初中二年级，有一天放了学，我晃到学校旁边的电影院，正放映豫剧戏曲片《对花枪》，买票进场，居然加上我不过三四个观众，简直是包场待遇。门口收票的人一脸狐疑地看着这个背着书包的中学生兴致勃勃地来看这么个片子，估计很是怀疑这小孩是不是为逃课来的。可我真的看得有滋有味，马金凤，豫剧五大名旦之一，神采飞扬，不是盖的！今天，大家感慨翻译片的没落，岂不知当年"上译""长译"曾有多少神作问世，那些幕后的声音，精彩程度丝毫不亚于大明星。看过《尼罗河上的惨案》，不禁感慨也只有那些声音可以与银幕上的一班巨星交相辉映。也许这些仍可被用来当作文化匮乏的佐证，不正是因为文化匮乏，所以任何一部作品都可以有轰动效应吗？我们是有过对文化艺术饥不择食的时期，可作为那个时代的影迷，最幸福的是，即使我们饥不择食，但供给我们的很少有假劣，绝大多数的创作者都极力赋予作品以更丰富的营养。

到了高中阶段，按着排片表看电影这个习惯我就坚持不下去了，一是课程紧了,二是电影票贵了,三是我对电影也开始挑剔了,还有就是录像厅开始大行其道,抢了电影院的风头。

上了大学,有限的周末时光里,坐着远郊区长途公交进趟城,还是会习惯性地找家电影院,选一部看得过去的片子,给自己两个小时"做梦"的时间。学校里也会放电影,因为沾了艺术院校的光,常有从电影资料馆借来的国外电影的拷贝,每到此时,必定一票难求。今天可以坦白讲,自己画张小礼堂的票偷偷混进去也是常有的,理由就是,"艺术院校的学生看电影的事,怎么能叫混呢?"有时候,同一个晚上,一部影片的拷贝会在几所高校之间辗转,很容易出现接不上片的事故。有一次放映美国影片《白夜》,中间情节的突兀让人一头雾水,我们都没好随便置喙,万一是人家大导演的独特手法呢?半天才弄明白,原来是刚辗转到我们这儿的几本胶片的前后顺序在匆忙中搞乱了。停下重放,情节又莫名起来,显然还没弄对!学校的团委书记无奈之下抄起大喇叭对放映员大喊:"这是你重新剪辑过的电影吧?"从此成了广院的一个段子。四年间,我们相当于上了上百部资料馆电影的观摩课,也把看电影的口味培养得愈发刁钻起来。

从我工作的第二年起,第一部进口分账大片《亡命天涯》开启了中国电影市场的一种全新生态。紧张的工作节奏,让我更加将看电影视为最好的调节方式。一边被好莱坞大片的视听轰炸吸引,一边又可惜自己在广院养成的艺术片品位,直叹"堕落了",必定要翻出几张中国、欧洲或其他地域出品的"大闷片"的碟片来找找感觉,仿佛那些几乎无故事性,只表达那些心理、情绪,那些时空交错、情节跳跃的影片才是艺术。我是有多矫情?!可这又何尝不是对当年电影市场全面"美国化"的一种下意识的反应?

中国电影也在这二十几年间左冲右突,寻找着、塑造着新的模样。从曾狂扫欧洲几大电影节的奖项,到贺岁片、中国式大片逐渐占领市场;从优秀中国影人的规划中必定有"进军好莱坞",到各种国际大制作总要带上点儿"中国元素";从欢呼资本的进入,到警惕资本的侵蚀。中国在变,世界在变,电影在变,市场在变,可到底中国电影有没有变成期望中的那个样子?电影本身还是不是我们认知中的那个样子?只能说,这种变化还没有完成,这门艺术还等待着一种再确定。今天,电影的产业发展、商业运营、工业生产,其间的门道、规律、趋势,远不是我一个外行能说清楚的,我仍然只是一个观众,一个影迷,一个爱电影的人,我爱那一道如此美妙的光。

二

我始终对华语电影抱有不一样的热忱,那似乎是血脉中的某种东西决定的。百余年来,中国的几代电影人在世界电影中打上了深深的中国烙印,如果哪部电影史忽略了华语电影,那注定是有残缺的。

电影是导演的艺术,在我心中,有几位重量级的中国导演,他们的作品是华语电影大厦的重要基石,他们都形成了属于自己的电影模式,但他们又总是充满了争议。

谢晋,无疑是20世纪中国电影传统的最好承接者,他的电影故事丰满、技巧圆熟、人物鲜明,是中国观众最容易接受的那类情节剧,也是20世纪80年代最具票房号召力的导演。但"谢晋模式"一度在文化圈被质疑甚至批判，认为他的美学意识陈旧，道德观念陈腐，是过度迎合的机会主义等等。那个时候的文艺争鸣很多，对创作方式进行探讨也很正常，不过，以今天的眼光衡量，这种对"谢晋模式"的挑战还是有点儿为批而批的感觉，一概的推翻不仅对谢晋本身不公平，对成就谢晋的时代也不公平。我认为，谢晋的电影与其说在迎合什么，不如说在尽力地保留和强化中国人的生活最美好的部分，那也是中国人几千年政治传统、道德传统中最美好的部分——忠奸可辨，善恶有报，他相信人性的美好与伟大，他相信良性的制度可以保护人性的美好与伟大。我心中最好的谢晋电影，一部是《舞台姐妹》，那里有属于中国的故事、属于中国的韵律、属于中国的气质，那里有谢晋对故乡和人民的最美情感，那是谢晋精力最旺盛、艺术正成熟时代的作品，尽管不可避免地受到一些非艺术因素的影响，但依然有着中国电影最美的气韵。另一部，当然是《芙蓉镇》，那是谢晋作品的最高峰，就算只有这一部作品，他也足以名垂影史。经历过那个年代的谢晋，自《天云山传奇》始，以勇气、责任、良知为墨，以电影为笔，剖析、刻画、反思着那个年代的中国与那个年代的中国人，到了《芙蓉镇》，如椽的笔力已达极致，艺术与技术都完全不存在所谓"谢晋模式"的那些套路，而是无一处可指摘。"活下去，像牲口一样活下去""运动了，又要运动了"，这些经典的台词是人的呐喊，更是历史的警钟。谢晋导演以善用演员著称，刘晓庆、姜文、徐松子、祝士彬等都在这部戏里贡献了他们最好的表演，更加成就了这部巨作。以谢晋为代表的那一代中国电影人，有着一种强烈到近乎执拗的社会责任感，在他心中，大概是没有什么"作者电影"的概念的，他的电影必定要与人民联系起来。谢晋的电影，就是那个时代的中国。

陈凯歌，我心中的"大"导演，必得是大主题、大视野、大跨度，方显他的凯歌本色。当年一鸣惊人的《黄土地》，千沟万壑的黄土高原已奠定了陈凯歌的电影特质。他的电影必要极具哲思，必要将人置于时代的极致中，以见人面对命运的无力与抗争，从而提出人的终极哲学命题。这一点令陈凯歌有一种强烈的艺术家气息和哲学家气派。作为观众，我对他和他的电影的期待与对其他导演完全不同，总觉得陈凯歌一旦落了凡尘，反倒失了他的格调，像《和你在一起》《搜索》这类小品文式的作品，有一种怎么也做不像的"接地气"，反倒尴尬起来。艺术家总归是要有些别扭之处的，伟大的艺术家更是如此，陈凯歌的不善于或者不屑于只讲故事便是他的别扭之处。若仅是不善于，只要他那股气派撑住了，总归差不到哪里去。只怕有时候他孩子般赌气似的非要讲，又一定要讲出诸般道理来，那些故事中的人物就像是陈凯歌的化身，是陈凯歌冲到了角色的前面。往往讲着讲着，只剩下更多的道理。很有意思的是，陈导又偏偏是最会讲戏的导演，每每看到他在接受采访时谈及电影的命题、人物的感觉，都准确至极，让人无限期待这些精彩在银幕上的一一呈现。待看了电影，回过神来，却无比怀念听他讲电影的过程。而当他难得真的讲了回故事，并且讲好了故事，则必定是神品、巅峰，如《霸王别姬》，如《荆轲刺秦王》。好的艺术作品是有自己的生命力的，就像有的作家说："我的人物不是我写出来的，是他自己在我笔下生长出来的"，《霸王别姬》正是如此。也许是剧作本身力透纸背，使得陈导不需要冲到角色前面去宣示，而是任由着他的角色们说着只属于角色的话，做着只属于角色的事，他只给了电影一个悲悯的视角和情怀，便道尽了"迷恋与背叛"

的主题，更何况，他还遇到了神仙级别的张国荣。《荆轲刺秦王》大概是陈凯歌最被低估的电影，当年所谓的"票房滑铁卢"，今天看简直不值一晒。我认为，这部作品更是陈凯歌电影的标志，厚重的历史观，浓重的宿命感，诗剧式的手法，讲道理却不突兀，讲故事却不流俗，每个人物都立得住。整部电影有着华语电影中难得一见的真正的莎士比亚戏剧般的张力，这样的艺术品，是不应该也不必要仅以票房论英雄的。我相信，时间会吹尽黄沙始到金。所以，陈导不必总想证明自己也一样能驾驭商业大片，能驾驭商业大片的导演不少，但陈凯歌只有一个。

张艺谋，一个传奇，他是最早被捧上神坛的，也最早被拉下神坛的。他是一个极有想象力、喜欢尝试所有新鲜手段的导演，与此同时又会不知不觉地固执于某种坚持，所以，尽可以说张艺谋没有模式，也尽可以说张艺谋总是这个模式。唯一没有争议的是，他是最好的影像大师，他把电影的色彩运用到了极致，甚至创造了电影色彩。从《红高粱》那一片浓烈的红横空出世，张艺谋就在世界电影中留下了抹不去的痕迹。他最早为世界影坛所瞩目的正是他的电影中迥异于西方的色彩、构图与表现形式，至于当年什么"靠出卖民族丑陋面博取奖项"等等非议，根本就不是正常的文艺评论，只不过是那个年代的"杠精与键盘侠"而已。很难说张艺谋电影只是形式大于内容，但形式又实在是张导太过张扬的特征，以至于淹没了许多其他，除非某一个元素以更强大的力量突围出来，比如巩俐的表演。假设一下，如果《秋菊打官司》没有巩俐，可能被人们记住的只是纪实性拍摄的一个"生活空间"。虽然"谋女郎"大名鼎鼎，但认真说，除了巩俐，还没有哪个演员在张艺谋电影中真正绽放异彩，包括章子怡。所以，我一直认为，张艺谋导演是需要好演员来成就的。同样，他对形式的迷恋也在某种程度上掩盖了思想的表达，其实他从不吝啬在电影中体现对人、对历史、对时代的思考，只是有些思考在那样的形式下还是显得简单化了。若评选张艺谋最不具形式感的电影，没有争议，《活着》，这恰恰是他最见功力的电影。也许依然是扎实的剧作，让张导不再需要着意于形式（虽然他终究忍不住还是在福贵赌了一宿后让他趴在一个胖大的女佣背上被背回家去，这算是影片中仅有的视觉奇观了吧，哈哈），而这个空前收敛着的张艺谋反而贡献了一部最具直指人心力量的电影。很多人将其与余华的原作相比，认为电影的结尾尚未达到小说那种抵达人心的深度，但我却更喜欢电影给出的那种不灭的希望与生命力，我相信，那也是秦人张艺谋的生命力。那之后，自《英雄》始，我们看到的更多的是一个在电影工业生产流程上不遗余力、屡创纪录的张艺谋，一个在大型国事活动中殚精竭虑、无与伦比的张艺谋，偶有《归来》令人回想起当年的张艺谋，恰是巩俐在成就。也许，我们本不该仅仅将张艺谋看作一个导演，他在中国电影的各个领域都留下了不一般的印记，对于影人张艺谋，我们应该给予最大的尊重。

王家卫，对一个演员来说，大概这句话是真理："如果你爱他，就送他去见王家卫；如果你恨他，就送他去见王家卫"。"墨镜王"是出了名的"慢工出细活"，慢到令人发指，慢到让人怀疑自己在浪费生命；出了名的"爱折磨演员"，对有些演员，他就是片场掠夺成性的"魔鬼"，即使你熬到杀青，也可能被剪得一秒不剩；对有些演员，他又是最终成片中慷慨馈赠的天使，没有王家卫，我们就见不到最好的张曼玉、梁朝伟。有人说王家卫是大师，能探得最幽微深处的人性；有人说王家卫是骗子，只有不知所云的喃喃呓语。这样一个独一无二的导演，实是华语电影中不可或缺的宝藏。我是爱"墨镜王"的那种调调的，有些导演一辈子只是在拍同一部电影，王家卫大概就是这样。《阿飞正传》是他电影的真正开篇，从此，一个渴望爱、惧怕爱、拥抱爱、舍弃爱、孤独爱、疏离爱的灵魂游荡在他的一帧帧影像中，可以是不死不落脚的飞鸟，可以是大漠深处的独行客，可以是"不如我们从头再来"的爱人，可以是发乎情止乎礼的偷情者，可以是毕生自持的一代宗师。王家卫似乎更不擅讲故事，而我们似乎也从不期待从他这里看到什么故事，只要有那么一瞬间，那个灵魂曾走进你心里，已足够。

三

当年，美国米高梅电影公司曾有这样豪迈的宣传语：米高梅的明星，灿若天上的星河。现在"明星"这个称谓仿佛变成了有脸蛋无演技的代名词，弄得个个出来都要说一句："其实我是演员"。我认为，明星首先要是优秀的演员，但优秀的演员并非个个皆是明星，真正的明星，必定要有不同凡响的容颜、气度和魅力，只有他们，能做到在电影中塑造着人生，丰满着人生。

我的影迷记忆中，始终留存着一些明星，他们曾惊艳了我的时光。

很小的时候，第一个迷上的明星是李秀明。她有着极其符合那个时代审美的相貌和气质，浓眉亮眼，纯朴朝气，即使扮演神话片中的孔雀公主，也不是仙气萦绕莫可逼视，仍如邻家姐姐一般令人亲近。再稍长，更是沉静中添了一股凛然气，是银幕上一时无两的绝对的大青衣。

　　王丹凤，这位早在上海滩便成名的大明星，却是靠"文革"后复映的电影才走进了我这样年龄的影迷心中。她如画的眉目之间有一种迥异于那个时代更为主流的工农兵气质的韵味，小时候不知是什么，后来才发觉那是一种毫无侵略性却丝丝缕缕沁入人心的女性魅力。当年上海的女明星，自有一段风骚，就连我印象中一向悲苦的上官云珠，原来在以前的电影中竟也那般活色生香、气韵生动。

　　20世纪七八十年代，香港左派电影公司"长城""凤凰"的大批电影在内地上映或复映，那些将上海明星气质承接过去并赋予新气息的香港演员，一下子俘获了我这个小影迷的心。"长城三公主"夏梦、石慧、陈思思和"凤凰当家花旦"朱虹，在我心中足以比肩古时候的四大美人，如真的能由她们分饰四美，大气端庄的夏梦是西施的不二人选，杨贵妃当是雍容华贵的朱虹的角色，娇俏灵动的陈思思最宜貂蝉，清纯干练的石慧自然是出塞的昭君。很长一段时间里，内地的电影不能也不敢充分地展示人的单纯而毫无功利的美，而这些香港电影里的明星却毫不吝惜地释放着她们的美丽。还有高远、傅奇等一干男演员，也有着不同于内地小生们的风度翩翩，在古装片中印证着什么是面如冠玉、唇若施丹。他们银幕上的风采给我留下了极深刻的印象，以至于在1984年春节联欢晚会上看到担任主持人的陈思思，我一时疑惑，全不顾《三笑》里的秋香已是十数年前的角色，失望地拒绝承认眼前的中年妇人是那个年轻俏丽的丫鬟。那大概是我人生中第一次体会到"最是人间留不住，朱颜辞镜花辞树"是这般滋味。

　　儿时对银幕上的美只是自然地心生欢喜，到了知好色则慕少艾、有了少男心绪的时候，胡慧中，这个名字在我心中，代表着永远的第一次。《欢颜》的开始，伴着《橄榄树》的歌声，胡慧中的脸占据了整个银幕，很少有人能经得起如此特写镜头的考验，而她的一颦一笑如闪电般彻底击中了我的全部神经，我第一次知道了明眸皓齿这个成语究竟是什么意思，第一次感受到了美竟可以如此惊心动魄，第一次如失了魂魄一样几次走进电影院，只为了开始的那几分钟。有人说林青霞才是女神，我没在大银幕上看过琼瑶时代的林青霞，看到时她已是雌雄莫辨、亦正亦邪的东方不败，她的美有一股凌厉的味道，令人过目不忘，若论美得独特、美得个性，林青霞自然更胜一筹。但胡慧中的美曾给了一个少年惊天动地般的冲击，在我心中，她是永恒。

在众多的银幕情侣中，有两对是我心头永远的白月光。

一对是山口百惠与三浦友和，他们在中国以电视剧《血疑》大热，而早在小屏幕之前，他们大银幕上的合作就已经令我着迷，《绝唱》《风雪黄昏》，正式引进翻译上映的大约只有这两部，但已足够。他们东方式的情感表达，东方式的纯洁之美，不仅在银幕上放射着夺目的光彩，在生活中也成就了传奇的爱情。

初中时有一阵，班级里不知怎么兴起了查找与自己生日相同的名人，我查了半天，只找到了一位名人——山口百惠，从此便总是自认为与她有了某种神秘的联系似的，我总觉得，她的人生选择，真的像极了出生时那样的冬日才有的决绝与凛冽。

另一对是奥黛丽·赫本与格里高利·派克。如果有一天，我只能选一部电影陪伴我，我想会是《罗马假日》，无他，只为了这两个银幕上至美的化身。这部电影让奥黛丽·赫本赢得了唯一的一座奥斯卡金像奖，而她反复强调，这是格里高利·派克送给她的礼物。他们没有如影迷所愿成为生活中的伴侣，但光风霁月、心怀坦荡的友谊持续了一生，终此一生，派克是好莱坞公认的最正派先生，赫本是名副其实的人间天使。他们共同写下的不是公主与王子的迷人童话，是美人与君子的隽永诗篇。

通常那些有两男一女或两女一男，三位主角的电影，三个主角同时被观众认可很难，特别是这三个主角在戏里有情感纠葛时，观众难免会选边站队，就总有一位（两男主之一或两女主之一）成了被嫌弃的那位。除非情节、人设都极合理合情，除非三位演员的表演势均力敌、互为辉映而不至堕了哪一个的光彩，除非三位都是明星级的人物，那就不只是三主角都被接受，那简直就是神仙打架，让人大呼过瘾。我们这一代的观影记忆中，香港电影是极重要的部分，这其中，就有两部三主角的影片让我念念不忘。

《纵横四海》出品于香港电影最意气风发的时代，有最踌躇满志的吴宇森执导，有最好时光里的周润发、张国荣、钟楚红联袂出演，将这个情节上有不少漏洞、平俗庸常的飞贼故事，拍得行云流水、酣畅淋漓、荡气回肠，通篇洋溢着一种只有那个年代的香港电影、香港电影人才有的挥洒自如、纵横四海的神采飞扬。最经典的那场舞会戏，更是完全由三位明星撑住气场，发哥的洒脱不羁，哥哥的风流倜傥，红姑的性感娇憨，产生了奇妙的化学反应。很难说清楚，在那场戏里，他们究竟是在表演角色还是在自然释放着自身的魅力。也许只能说，吴宇森用胶片记录下了三位极富气质的明星最有魅力的时刻。这部电影不是吴宇森最好的电影，也不是周润发、张国荣、钟楚红最好的电影，但留下的那份明星魅力，在他们的所有作品中都是独一无二的。

《新龙门客栈》是新武侠电影时代的扛鼎之作。徐克、程小东、李惠民用天马行空的想象力、飘逸凌厉的光影效果制造了一个沉雄壮阔、波谲云诡的大漠江湖，梁家辉、林青霞、张曼玉则让所有人笃信那个江湖的存在，因为有这些快意恩仇、爱恨分明的江湖儿女。率先登场的两位女主角，演技、气场已开挂的张曼玉自然玲珑剔透、风情撩人，林青霞虽仍是那些年惯常的男装造型，但眼角眉梢的英气与柔媚混合得天衣无缝的神采，与张曼玉不遑多让。两位女主的光彩照人让观影的我一度担心男主角要如何才能压得住阵脚。而梁家辉甫一登场，就让人放下心来，那举手投足间的渊渟岳峙、气度不凡，镇得住大漠的滚滚风尘，也经得起儿女的绵绵情意。还是要说到那个时代香港电影的气韵，连带着那些明星都有一种压不住的自信，流溢在每一寸光影中，这也正是他们超凡的魅力所在。

　　我完全不能理解为什么总有人吐槽巩俐不够美。自然，每个人都有自己评判美的标准，在我的标准中，如若巩俐不够美，那真不知美究竟为何物，是否是虚无缥缈、不可捉摸的东西。巩俐的脸不那么精致，但反而美得疏朗大气，美得莫可逼视。最为难得的是，即使初出茅庐时，她也有一种从容不迫，那大概是与生俱来的巨星气质。最美的巩俐在《古今大战秦俑情》，焚身以火的那一幕，冬儿临去的回眸，真的是一眼千年。她是世界影坛公认的最美的亚洲面孔之一，她重新定义了东方之美，而这种美，来自中国。

　　当年米高梅公司的宣传语也许多少有些夸大其词，但电影诞生百余年来，确有万千星辉曾经和正在照耀着那块银幕，那一道光中，他们永远是最耀眼的存在。

四

我不止一次被问到,如果不做现在的工作,会选择什么职业?每次我都不假思索地回答,做一件与电影有关的事儿,比如编辑电影杂志,或者开一间电影主题的咖啡馆,甚至做一名电影图书馆的管理员。都说能把兴趣变成职业,是幸福的,我相信。

这些年,也多少参与过和电影相关的一些事,主持过电影节的开幕式、颁奖礼,客串过电影频道的栏目主持人等等。我的大学同学潘奕霖曾经是《流金岁月》栏目的主持人和制片人,那是一档以老电影为主题的节目,我从一个忠实观众逐渐成为一个最挑剔和讨人嫌的观众,因为我总是没完没了地挑毛病,尤其不能容忍对老电影的介绍中出现一丁点儿硬伤,如果发现了,我会劈头盖脸地指责他和他的团队不够专业、不够敬业,批判通常以一句"这节目真该让我来做结束"(再次向老潘鞠躬致歉,请原谅我曾经如此大言不惭)。其实节目哪有那么不堪,只是对自己心心念念无比神圣的事,容不得一点哪怕只是我以为的轻慢。也曾被老潘拉去做过客串的主持人,采访过王晓棠等我自小心里神一般的人物,也许老潘多少有点儿"看你能有几分能耐"的审视,我哪里顾得上这些,先过了粉丝的瘾再说。

央视的一个系列节目《电影传奇》在筹备阶段,想找几个对老电影有兴趣也有些储备的人到北影、长影、上影、八一厂等老字号电影大厂查找资料,我成了最后去干这活儿的几个人之一。幸好那时候工作还没有如今这么忙,我是业余时间心花怒放地一头埋进那些故纸堆,翻捡着有价值的照片、剧本、修改意见、海报,还有特殊年代的批判材料等等,让工作人员复印、复制下来,存入节目资料库。一坐就是

《51号兵站》，我的寸头很出戏

半天，可我乐此不疲，那感觉不亚于得了基督山伯爵和阿里巴巴的宝藏。其中去的最多的是长影，这是中华人民共和国成立后第一部电影的诞生地，有如"电影考古界"的西安、洛阳、开封，随手就是可进博物馆的珍存。也曾朝圣般地走进那里的几大摄影棚，小心翼翼，仿佛生怕扰动了那始终萦绕在棚内的电影的气息。《电影传奇》为中国电影留下了许多宝贵的记忆，能参与其中，哪怕只尽了一点点绵薄之力，也是圆了我一个影迷的梦。

也被人问过："有没有想过做演员？"天地良心，我还知道自己几斤几两，我太理性，少有共情的本事。曾经八一电影制片厂筹拍反映航天事业的影片《飞天》，需要一个新闻播音员的角色找到我；也有过好莱坞的一部灾难大片辗转联系上我，问是否可以考虑试镜一个新闻主播的角色，剧中有人类面临劫难时，世界各国的新闻媒体都在

扮演创作《义勇军进行曲》的田汉

报道这一件事的情节,其中要有一张中国面孔。这些当然都婉拒了,一是按照台里规定在职播音员主持人不能接拍影视剧,二来我自知即使只在银幕上演自己也绝不是一件轻而易举的事。

但我到底还是有过一点演艺经历,那同样来自《电影传奇》。因为每一集都有再现老电影经典片段和背后创作故事的影像化拍摄,需要很多临时演员,于是节目组拉来了一票台里的主持人客串角色,估计是觉得大家又敬业又不要片酬,值!起初我很踌躇,看了几期节目,倒给我添了些勇气,主持人嘛,也没人会拿专业演员的标准来要求,

我与电影人的一次大交集

我估摸着也能试试吧。

我的第一场戏居然就是重头戏,演的是《51号兵站》里的小老大,可我哪里找得到梁波罗先生年轻时的玉树临风?那会儿还偏偏留了个寸头,化妆师喏着牙花子捣鼓了半天也没能在我脑袋上复制出小老大的三七分,只好爱谁谁了。反复看了几十遍当年电影里的那段戏,人物分析自忖能写出一大篇,可真要用形体、表情去表现那个人物,我着实呆若木鸡。

再加上每个场景都要不同镜头反复拍摄,要一遍遍保持同样的情绪和细微的表情,最后我已经是完全不知该作何反应了。跌跌撞撞地拍下来,我很没底气地问导演怎么样?他说挺好挺好,台词背得挺熟,可他嘴角抽搐的坏笑暴露了真实想法。可也奇怪我这样水平的处女作居然没被退货，还为我迎来了更多片约。后来，我又演过《桃花扇》那一集里大明星冯喆的现实故事、《风云儿女》的幕后故事中创作《义勇军进行曲》的田汉、《三进山城》拍摄花絮里的导演等等，说不上过了戏瘾，因为每次还是倍感折磨。

不过，我收获了不少拍电影的小秘密，比如可以用甘油模拟汗珠展现大汗淋漓；比如片场里有个重要的工种——放烟，能营造出各种不同的场景效果；比如映在脸上的熊熊火光，其实就是有人拿一卷报纸在地灯前面呼扇呼扇……我像一个好奇的小孩子进了玩具店，目不暇接，心动神驰。这段唯一的演艺经历，没有什么成功不成功，对我来说，那就是一个影迷的一段幸福时光。

电影是人类创造的一个梦。灯熄了，一道光投射在银幕上，又一个梦开始；灯一亮，就是梦醒时分。可是，怎么梦中的那一道光还是那样清晰、经久不息、如此美妙？

扫码解锁康辉的文艺梦

后 记

　　对流行的事物，我总是会慢半拍，甚至是慢几拍。许是性格使然，我习惯性观察许久、判断许久，如真要行动，也就延宕许久。

　　"名人"出书，也曾是一股潮流。这里所说的"名人"，有实至名归，也有浪得虚名，不过，看书的人大抵眼光只盯在这个"名"上，虚实之间，又哪里会那么分明？

　　我也曾是读者，从起初的好奇、充满兴味，到后来连书页都懒得翻开一下，渐觉大部分的"名人书"无外乎是一点个人经历、个人感受，到底价值几何呢？可能从小接受的是老派思想的影响，文以载道，敬惜字纸，成为印刷体的文字在我心里始终是件神圣的事物。要人敬惜的字纸，合该是能真正载道的文章吧？每每在一些图书展会上，见到成堆的"名人书"被清仓甩卖式地折扣出售，我仿佛看到作者的难堪。我曾逃避着每家出版社的邀约，也曾赌咒发誓绝不做此跟风者，就是因为过不了心里的这一关，"我能给读书的人提供什么？""我的人生经历于其他人又有何价值和意义？""我做得到让所有读书的人满意吗？"

　　可如今，我食言而肥，也出了这么一本书，何也？为名？为利？

都不是。这些文字委实说不上是作品，不会给我带来什么额外的名声；这本书出版，也不可能让我获得多丰厚的报酬；是终于要赶潮流？名人出书早已不是市场的风口。到底为什么？最初动摇我决心的，是一次与某出版人在聚会上的邂逅，席间也被问及是否有计划写点儿什么？我照例祭出我的那几条理由。那位老兄很认真地听过后，又很认真地对我说："请别低估自己，有时候一句话、一件事就可能影响一个人，甚至改变一个人，特别是年轻人。你珍惜的那些美好的东西为什么不可以用这种方式和更多人分享呢？只要你的文字是真诚的，这就是价值和意义。至于能不能让所有人满意，又有什么人什么事是能满足所有人的呢？"那天的聚会散了，他的这几句话，让我记住了。

再后来，就有了长江文艺出版社的这次约稿，我仍未立即应允，理由已变为"我觉得自己还没有准备好"和"没有时间"，但内心对此已无先前的坚辞不就。慢慢地，一点一点积攒了这些文字，在金丽红、黎波两位社长的鼓励下，在张维、晨阳和被我的拖沓耗走的二冬、杨硕等几位编辑的督促与协助下，终于有了这样一本仍不像样的书，真的要谢谢他们的坚持与容忍。

我仍然不敢奢望这些文字真的可以影响或改变谁的人生，写下这些字并让它们变成铅字，就算是我与他人交流的另一种形式吧，我的工作就是与人交流，我始终相信一点，真诚的交流，总能产生一点价值和意义。这价值与意义一定是与同样真诚交流的人共同创造产生出来的，我的文字不过是一个载体。至于会有不喜欢的人，这再正常不过，只要不是强买强卖，当与我无关。

希望借此书看到一个完整的我的朋友，抱歉可能会让您失望。完全认识一个人大概不是那么容易，一生也未必能做到，况且我们都还有未来长长的人生呢。且分享一点人生的片段，能于某处会心一笑，就是最好的交集了。

最后再粘贴些文字，是数年前与同样做记者的一位友人的一次假托闲聊的采访，算是本书的一点番外吧。

1、最近在忙什么？

没什么特别，日常的工作而已，每周的工作频率和时间都差不多，说实话，有时会有种重复与懈怠的感觉，不过职业要求我每一次面对镜头都必须达到相当的水准，这样说来，我算是个相当敬业的人。至于有突发事件，那就要随时准备做特别报道，时间不固定，人会很紧张，不过新闻人一遇到有事发生，总有种兴奋与冲动——职业病，哈哈，往往做完了节目才会觉得累。

2、播音工作和新闻工作有什么区别吗？需要怎样融会贯通？如果重新再来，你还会选择播音吗？

我没觉得二者有什么本质区别，都是新闻范畴，播音应该是新闻工作的一个部分，不认为自己是新闻人的播音员恐怕不能算是合格的。既然没有本质区别，也就谈不上融会贯通，只是按照一个新闻从业人员的职业要求来工作就好了。我总是对自己不满意，也许这也有负面作用，因为苛求，就难有无所顾忌的自信。如果重新再来，我大概不会再选这一行。你会惊讶这样的回答吗？也许很多同行在接受采访时都会说热爱这一行如同自己的生命等等，但我入行本来就是很偶然的，如果重新活一次还是做同样的事，岂不是太没有新鲜感了？

3、你一路走来很顺,是否觉得自己很幸运?有哪些特别值得庆幸和遗憾的?

确实,从上学到工作,旁人眼里的我一直波澜不惊、顺风顺水。可能比起有些同行、同事,我的确是幸运的。但在工作中我从来不相信只靠运气就可以,所谓的顺,也必定是认认真真努力的结果。做这一行骗不了人,你在屏幕上是什么样就是什么样。我庆幸自己在这个略显浮躁、几乎每个人都在极力向前挤的行业里,这么些年还能保留着一点单纯,看世界的眼睛还能保留着一点清澈。但恐怕遗憾似乎也在于此,成熟的新闻人应该有更成熟的眼光,这与赤子之心并不矛盾,我大约还没成熟地做到这一点。

4、工作中遇到最麻烦的事是什么?如何克服?

工作中最麻烦的事应该是要和与日俱增的惰性做斗争。热情通常不可能永远保持,即使从事的是新闻这样"每天都是新的"的职业,也会有懈怠的时候,甚至也有过怀疑自己是否还有必要做"铁肩担道义"的事情。如何克服?其实也很简单,我还是认为在社会中,每个人都有自己的职业角色,你可以不再喜欢,可以考虑重新选择,但只要你还在做这一行,就要做到这一行必须达到的职业水准,这不仅仅是职业道德的问题,这是一个人对社会负责的问题。

5、我研究血型多年(哈哈,吹牛的),通常都认为 A 型血的人比较谨慎、严密且比较保守、恋旧,这与从事新闻工作好像有些格格不入,你有没有这样的感觉?特别是随着年龄的增长?(本人也是

A 型血）。

本人不仅是 A 型血，还是摩羯座，所以是个绝对固执（用北方话讲是"很轴"的）、绝对完美主义的一个人，对自己、对别人都要求很高甚至可以说到苛刻的地步。我倒没觉得 A 型血的谨慎、严密、恋旧（你用到的四个词我唯一不同意的就是"保守"）的特点与新闻工作格格不入，在如今新闻越来越偏向碎片化、似乎更少人在乎新闻真假的时候，或许这几个特点反而是做新闻的人该有的特质吧。要说自己的性格中与这个职业有所抵触的地方，应该在与人沟通方面，我不是一个很善于、乐于与他人沟通的人，却偏偏做了一份必须且要很好地与人沟通的工作，但还是那句话，只要还做这一行，我就不会允许自己丧失职业水准，况且，以 A 型血、摩羯座的完美主义，我也会努力与他人做到很好的沟通与合作。只是工作之余，恐怕还是会"躲"起来，这大概是很难改掉的了。

6、描绘一下你理想中的生活？

祖国强盛，世界和平；所有我爱的人与爱我的人都健康、快乐；有足够的钱与闲，可以云游四海。

7、最看重别人对你怎样的评价？

一个好人。

这，大概就是我了。

图书在版编目（CIP）数据

平均分/康辉著.— 武汉：长江文艺出版社，2019.11（2020.5 重印）

ISBN 978-7-5702-1302-3

I.①平… II.①康… III.①随笔 - 作品集 - 中国 - 当代 IV.① I267.1

中国版本图书馆 CIP 数据核字 (2019) 第 223423 号

平均分

康辉 著

选题产品策划生产机构 | 北京长江新世纪文化传媒有限公司
总 策 划 | 金丽红 黎 波
责任编辑 | 张 维　　装帧设计 | 门乃婷工作室 郭 璐　　媒体运营 | 刘 冲 刘 峥 洪振宇
助理编辑 | 赵晨阳　　内文制作 | 门乃婷工作室 张景莹　　责任印制 | 张志杰 王会利
法律顾问 | 梁 飞　　版权代理 | 何 红
总 发 行 | 北京长江新世纪文化传媒有限公司
电　　话 | 010-58678881　　　　　　　　　　传　　真 | 010-58677346
地　　址 | 北京市朝阳区曙光西里甲 6 号时间国际大厦 A 座 1905 室　　邮　　编 | 100028
出　　版 | 长江出版传媒　长江文艺出版社
地　　址 | 湖北省武汉市雄楚大街 268 号湖北出版文化城 B 座 9-11 楼　　邮　　编 | 430070
印　　刷 | 天津盛辉印刷有限公司
开　　本 | 880 毫米 ×1230 毫米　1/32　　　　　　　　印　　张 | 10.25
版　　次 | 2019 年 11 月第 1 版　　　　　　　　　　　印　　次 | 2020 年 5 月第 6 次印刷
字　　数 | 230 千字
定　　价 | 58.00 元

盗版必究（举报电话：010-58678881）

（图书如出现印装质量问题，请与选题产品策划生产机构联系调换）